Marlena, Mitte zwanzig, wohnt in Polen auf dem platten Land und ist zum Kummer ihrer Mutter noch immer nicht verheiratet. Dann verliebt sie sich plötzlich bis über beide Ohren in einen Amerikaner, der als Journalist über die Zeit nach dem Kommunismus berichtet. Marlena hat das Glück, zu lieben und geliebt zu werden, aber sie weiß es nicht, oder wenigstens: Sie kann es nicht glauben. Und so ähnlich geht es ihrem Geliebten auch, der schließlich nach Amerika zurückkehrt. Dass sie ein Kind erwartet, wird er nie erfahren. Drei Männern begegnet Marlena, die jeder auf seine Weise ihrem Leben eine entscheidende Richtungsänderung geben. Ihr Weg führt sie aus dem Dorf nach Warschau, über eine Heiratsvermittlung in die Niederlande zu einem Bauern, Jahre später zurück nach Polen, wo alles begann.

LOT VEKEMANS, geboren 1965, studierte Geographie, später an der Schriftsteller-Akademie Colofon in Amsterdam. Seit 1995 schreibt sie Theaterstücke. Sie sind in mehr als fünfzehn Sprachen übersetzt und wurden vielfach preisgekrönt. Ihr Stück »Gift« feiert derzeit in Deutschland Triumphe. »Ein Brautkleid aus Warschau« ist ihr Romandebüt.

Lot Vekemans

# Ein Brautkleid
# aus Warschau

Roman

*Aus dem Niederländischen
von Eva M. Pieper und Alexandra Schmiedebach*

btb

Die niederländische Originalausgabe erschien 2012 unter dem
Titel »Een bruidsjurk uit Warschau« bei Cossee, Amsterdam.

Der Verlag weist ausdrücklich darauf hin, dass im Text
enthaltene externe Links vom Verlag nur bis zum Zeitpunkt
der Buchveröffentlichung eingesehen werden konnten.
Auf spätere Veränderungen hat der Verlag keinerlei Einfluss.
Eine Haftung des Verlags ist daher ausgeschlossen.

Verlagsgruppe Random House FSC® N001967

1. Auflage
Genehmigte Taschenbuchausgabe Oktober 2017
by btb Verlag in der Verlagsgruppe Random House GmbH,
Neumarkter Str. 28, 81673 München
Copyright © Lot Vekemans, 2012
Copyright © der deutschsprachigen Ausgabe by Wallstein Verlag,
Göttingen, 2016
Umschlaggestaltung: semper smile, München
nach einem Entwurf von Eden und Höflich
Covermotiv: © Victor Metelskiy, Irina Kostynk, aarows/
shutterstock
Druck und Einband: GGP Media GmbH, Pößneck
AH · Herstellung: sc
Printed in Germany
ISBN 978-3-442-71509-1

www.btb-verlag.de
www.facebook.com/btbverlag

ERSTER TEIL

# Die Geschichte von Marlena

I

Es war Juni und viel zu warm für die Jahreszeit. Wir hatten die Fenster des Autos von Nachbar Wiesław heruntergedreht, aber die Hitze schlug uns immer noch ins Gesicht. Ich saß mit meiner Mutter und meiner Schwester Irena auf dem Rücksitz, eine Pobacke schief gegen die Seitenwand des Autos gequetscht und mit gebeugtem Kopf, damit ich nicht bei jedem Schlagloch gegen die Decke stieß.

Neben mir saß meine Mutter, unsere Hüften waren aneinandergepresst, als wären wir dort miteinander verwachsen. Auf der anderen Seite meiner Mutter saß Irena. Ab und zu beugte sie sich vor, steckte den Kopf aus Nachbar Wiesławs Fenster und schrie allen Autos zu, die uns entgegenkamen. Mutter schlug ihr mit der flachen Hand auf die nackten Schenkel, um sie zum Schweigen zu bringen. Vergeblich. Auf dem Schoß hatten wir fünf gelbweiße Fahnen. Vor mir saß unsere Nachbarin Pola, breitbeinig, die Hände auf dem Armaturenbrett. Sie schrie Nachbar Wiesław zu, er solle achtgeben auf die Schlaglöcher, sich in Acht nehmen vor einer Kuh am Wegesrand oder vor einem alten Mann, der plötzlich auf die Straße lief.

Nachbar Wiesław schwieg. Undeutlich brummelnd verfluchte er meinen Vater, der im letzten Augenblick beschlossen hatte, nicht mitzufahren, weshalb wir plötzlich alle zusammen in seinem winzigen Fiat saßen. Mein Zicklein, nannte er sein Auto liebevoll. Das Ding war schon fünfzehn Jahre alt und im Laufe der Zeit von Rot zu Fahlrot verblichen, aber Wiesław war stolz darauf, als wäre es der neueste Volkswagen. Er wusch es jede Woche und berührte sein kleines Zicklein mit mehr Zärtlichkeit, als ich es ihn je bei Nachbarin Pola hatte tun sehen.

Wir waren auf dem Rückweg aus Warschau, wo wir den Papst gesehen hatten. Zusammen mit Tausenden von Menschen am Straßenrand hatten wir dem Papamobil mit den gelbweißen Fahnen zugewinkt. Aus den Lautsprechern, die an Laternenpfählen aufgehängt waren, erklang entlang der ganzen Straße das »Barka«, das Lieblingslied des Papstes. Irena hatte es lauthals mitgesungen. Ich sang nicht gern. Meine Mutter und Nachbarin Pola standen unter einem Regenschirm, der sie vor der prallen Sonne schützte. Meine Mutter klagte, der Papst sei viel zu spät dran, ihr Kleid sei zu eng und sie könne kaum etwas sehen. Nachbar Wiesław hatte sich auf einen Grünstreifen am Straßenrand gesetzt und schälte eine Birne. Was ihn anging, konnte der Zirkus so schnell wie möglich wieder vorbei sein. Mein Vater und mein Bruder Miłosz waren zu Hause geblieben. Sie hatten den Papst erst vor zwei Jahren gesehen. Mutter konnte damals nicht mit, weil sie sich den Knöchel verstaucht hatte. Bei jedem Schritt schrie sie vor Schmerzen. Es war passiert, als sie die Kellertreppe hinunterging, um Kartoffeln zu holen. Hunderttausend Mal war sie schon die Treppe hinuntergegangen, um Kartoffeln, Möhren oder Kohl zu holen. Und jetzt trat sie fehl. Sie stieß einen Schrei aus und lag am Fuß der Treppe im Keller. Miłosz war zu Hause. Er trug sie nach oben und wollte den Arzt holen. »Keinen Arzt«, sagte meine Mutter. Miłosz drückte vorsichtig auf ihren Knöchel, und Mutter schrie wie am Spieß. »Keinen Arzt!« Sie durfte den Fuß vier Wochen nicht belasten. Sie lief mit Krücken herum und fluchte, dass es eine wahre Freude war.

Der Papst kam zum siebten Mal in unser Land. Man sagte, Kwaśniewski habe ihn gebeten, ihn bei seinem Bestreben zu unterstützen, Polen in die Europäische Gemeinschaft zu bekommen. Andere meinten, er wäre aus eigenem Antrieb gekommen, um Solidarność zu einem Comeback in der Politik zu verhelfen. Einige wenige behaupteten, der Papst habe immer noch Angst, dass die Kommunisten in Polen wieder das Sagen bekämen. Aber das war Unsinn. Der Kommunismus lag hinter uns, und Polen war schon seit zehn Jahren frei. Mein Vater freute sich nicht darüber. »Was hat man von der Freiheit«, sagte er, »wenn sich dadurch nichts bessert.« Mein Vater meinte, alle Veränderungen hätten ihm rein gar nichts gebracht.

Er fragte nur: »Was kostet ein Brot, was kosten die Kartoffeln, was kostet ein Teller Sauerteigsuppe in der Kantine von Janusz?« Ich hasste die Sauerteigsuppe. »Eine gute Bauernmahlzeit«, sagte meine Mutter. In Polen waren alle Bauern arm. Aber Hunger hatten sie nie. »Außer in dem Jahr, in dem du geboren wurdest. Das war eine einzige Missernte.« Mein Vater hatte damals die Kartoffeln, die Möhren und den Kohl vergraben. In einer Grube dicht hinter unserem Haus. Er hatte eine kleine Holztür gezimmert und sie mit Gras und Moos abgedeckt. Wenn man es nicht wusste, war die Grube unauffindbar.

Auf dem Rückweg von Warschau hielten wir bei einem Restaurant, um Mittagspause zu machen. Meine Mutter fand es unsinnig, sich für eine Mahlzeit in ein Restaurant zu setzen. Wir konnten genauso gut am Straßenrand auf einer Decke Brot mit Wurst und kalte Suppe essen. Aber Nachbarin Pola musste auf Biegen und Brechen in das Restaurant, das großartige amerikanische Hamburger servierte, wie sie fand. »Amerikanische Hamburger! Wer geht denn schon in ein Restaurant mit amerikanischen Hamburgern!«, behauptete meine Mutter. »Das ist doch kein richtiges Essen.« Nachbarin Pola drohte ihr mit dem Zeigefinger. »Warte nur ab, bis du die Hamburger probiert hast. Dann will ich dich noch mal hören.« Nachbar Wiesław nickte. Er gab seiner Frau nicht oft recht, aber diesmal konnte er nur nicken. Wenn sie nach Warschau fuhren, aßen sie immer in diesem Restaurant. Und immer Hamburger.

Er fiel mir sofort auf. An einem schmalen Tisch in einer Ecke der Terrasse. Man sah ihm an, dass er nicht von hier war. Seine Kleider, die perfekt passten, als seien sie für ihn maßgeschneidert, die Haare glatt nach hinten gekämmt und länger, als es bei uns üblich war. Die Ärmel seines Hemdes bis zur Hälfte der Unterarme hochgekrempelt. Und dann die Sonnenbrille. Mit verspiegelten Gläsern. So eine hatte ich schon mal in einer Illustrierten gesehen. Bei uns trug niemand so eine Sonnenbrille. Außer Tomek, aber Tomek war ein Wichtigtuer. Und ein Aufreißer. Wie er die Sonnenbrille aufsetzte und dann auf einen zukam, die Hände in den Taschen. Er stieß seine Beine nach vorn, aus der Hüfte heraus. Und wenn er dann ganz nah bei dir war, schaute er über den Rand seiner Sonnenbrille und sagte: »I wanna fuck you. I wanna fuck you!«

Natürlich wusste ich, was das bedeutete. Józef hatte es mir erklärt, als wir zusammen am Schwimmbecken lagen und er seine Hand auf meinen Slip legte. Ich erschrak. Ich wollte Józef nicht. Józef war der Sohn von Mietek, und Mietek trank. Alle tranken, aber Mietek konnte im Suff bösartig werden. Wenn er getrunken hatte, fluchte er auf alles und alle und nach dem Fluchen schlug er um sich. Einfach so. Weil die Suppe nicht heiß genug war, weil die Wohnung nicht sauber genug war oder weil noch Matsch an seinen Stiefeln klebte. Matsch an seinen

Stiefeln! Wer konnte denn etwas dafür? Der Matsch? Den Matsch konnte er nicht schlagen, also schlug er seine Frau, seinen Sohn oder wer ihm auch immer unter die Augen kam.

»Józef ist nett«, sagte meine Mutter. »Józef ist ein guter Mann.« Józef war ein guter Mann, aber ich wollte Józef nicht. Als er also im Schwimmbad seine Hand auf mein Bikinihöschen gelegt und mir gesagt hatte, was »I wanna fuck you« bedeutet, schlug ich seine Hand weg. Viel zu hart. Davon erschrak er. Es war nicht meine Absicht, ihn so hart zu schlagen, oder vielleicht doch, denn danach hat er seine Hand nie mehr auf mein Höschen gelegt. Wir gingen zwar noch schwimmen, aber nicht mehr zu zweit. Ich nahm immer noch jemanden mit. Ewa oder Hanna oder eines der anderen Mädchen aus dem Dorf.

»Warum kommt Józef nicht mehr?«, fragte meine Mutter. »Józef hat sich verlobt«, sagte meine Schwester Irena, »mit der Tochter von Marek, der bei der Polizei ist.« Das war schlau von Józef. Die Tochter eines Polizisten. Mietek würde sich nicht trauen, sie einfach so zu schlagen, und wenn er es doch täte, käme es ihn teuer zu stehen. Meine Mutter brummte: »Die Tochter von Marek, die Tochter von Marek, was ist an meiner Tochter denn verkehrt?« Ich schwieg. »Den Ersten, der dich will, den nimmst du«, sagte meine Mutter. »Du bist schon fast sechsundzwanzig.«

Der Erste war er. Der Erste, der mich anschaute und mich mit seinen Augen nicht mehr losließ. »Entschuldigung«, sagte ich, als ich auf dem Weg zur Toilette aus Versehen gegen seinen Tisch stieß. Die Suppe schwappte über den Tellerrand. »Nicht schlimm«, sagte er, »ich habe sowieso keinen Hunger mehr.« Er nahm die Sonnenbrille ab und sah mich an. Ich stand dort wie festgenagelt. Am Tisch hinter mir wurde es still. »Marlena, was machst du?«, rief meine Mutter. Sie stand auf und packte mich unsanft am Arm, wodurch ich noch einmal gegen seinen Tisch stieß. Und wieder schwappte die Suppe über den Rand seines Tellers. Mutter schlug die Hände zusammen, als wolle sie eine Fliege töten. »Es tut mir leid, mein Herr.« Er lachte. »Das macht nichts, gnädige Frau, ich war schon fertig.« Und er streckte seine Hand aus und stellte sich vor. Natan. Mutter nahm die Hand nicht an, als spürte sie, dass dieser Mann eine Geschichte in Gang setzen würde, die ihr nicht gefiel. Wie ein rettender Engel kam Nachbarin Pola dazu, nahm Natans schwebende Hand und schüttelte sie lange auf und ab. Sie lud ihn an unseren Tisch. »Kommen Sie, ich bestelle Ihnen einen Hamburger. Haben Sie die schon probiert? Die besten Burger, die ich jemals gegessen habe. Kommen Sie, kommen Sie und setzen Sie sich hin. Vergessen Sie Ihre Suppe. Wenn man hier ist, isst man Hamburger.« Und sie zog Natan auf einen Stuhl.

Mutter setzte sich auch.

Ich ging weiter zur Toilette. Dort saß ich bestimmt zehn Minuten. Irena holte mich, weil wir weiterfuhren. Beim Gehen gab Natan mir die Hand, und in seiner Hand war ein Zettel. »Ruf mich bitte an!«, stand da und darunter eine Telefonnummer.

Den ganzen Weg nach Hause habe ich kein Wort mehr herausgebracht. Nachbarin Pola machte darüber bestimmt zwanzig Bemerkungen. »Du bist aber still. Ist etwas los? Sie ist ja so still!«

»Ach«, meinte meine Mutter, »die sagt nie viel. Der muss man jedes Wort aus der Nase ziehen. Manchmal gehen wir zusammen einkaufen, und dann sagt sie die ganze Zeit keinen Ton. Nein, Irena dagegen, die redet wie ein Wasserfall. Vom ersten bis zum letzten Schritt wird gequasselt. Zum Glück weiß ich, dass alle beide von mir sind und dass ich sie zu Hause geboren habe und sie also nicht im Krankenhaus verwechselt wurden, denn sonst ...« Den Satz beendete sie nicht. Nachbarin Pola lachte. »Im Krankenhaus verwechselt. Wie kommst du bloß auf so etwas. Das wäre was. Im Krankenhaus verwechselt.« Sie legte eine Hand auf das Bein von Nachbar Wiesław, und der lachte jetzt auch.

2

Drei Tage nach unserer Begegnung rief ich Natan aus einer Telefonzelle am Bahnhof an. Die Nummer, die er mir gegeben hatte, gehörte zu einem Hotel. Der Besitzer ging an den Apparat. Er hatte eine freundliche und sanfte Stimme. Ich hörte, wie er Natan rief. Das Herz schlug mir bis zum Hals.

Wir verabredeten uns auf dem Bahnhof in Warschau. Die Zugfahrt war eine Qual. Alles dauerte endlos. Der Moment, in dem sich die Türen zur Abfahrt schlossen, das Pfeifen des Schaffners bei jedem Halt, sogar die Landschaft schien schleppender an mir vorüberzuziehen als sonst. Ich stand im Gang, den Kopf gegen das Fenster gelehnt, und blickte auf die verwilderte Landschaft. Minutenlang zählte ich jede Sekunde, um sicher zu sein, dass die Zeit weiterlief, dass ich mich Warschau näherte.

Natan wartete wie verabredet am Ausgang. Er las eine Zeitung. Als ich ihn sah, blieb ich stehen. Für den Bruchteil einer Sekunde erwog ich, umzukehren. Die Treppe hinunter zurück zum Bahnsteig, zurück in den Zug, zurück nach Hause, zurück zu allem, was ich schon seit Jahren verlassen wollte. Wenn ich jetzt auf ihn zuging, seinen Namen aussprach, wenn er jetzt aufschaute, mich ansah, die Zeitung zusammenfaltete, mich wie auch immer begrüßte, dann würde sich alles ändern. Ich stand wie angewurzelt da.

»Natan?«, sagte ich leise.

Er konnte mich unmöglich gehört haben, aber er schaute auf. Er faltete seine Zeitung zusammen und lachte. Mit ein paar Schritten stand er vor mir. Er nahm meine Hände.

»Da bist du.« Ja, da war ich.

Wir verließen gemeinsam den Bahnhof.

»Wohin willst du?«, fragte Natan.

Ich sah mich um.

»Sollen wir einfach spazieren gehen?«, fragte ich und zeigte auf den Palast der Wissenschaft und Kultur.

»Okay«, sagte Natan. »Kennst du dich aus?«

»Nein«, antwortete ich. »Du?«

»Ein bisschen.«

Auf dem Platz vor dem Palast kaufte mir Natan ein Eis. Wir setzten uns auf eine Bank. Es war viel los. Einige Frauen verkauften Kleidung und gestrickte Pantoffeln.

Natan fragte, ob ich es nicht verrückt gefunden hätte, den Zettel mit seiner Telefonnummer.

»Warum denn?« Jetzt sah ich seine Unsicherheit, aber vielleicht wollte ich mir das auch nur gern einbilden.

»Machst du das öfter?«, fragte ich.

»Nein, nie.«

Ich lachte.

»Wirklich nicht«, sagte er.

»Ich glaube dir.«

Wir schwiegen einen Moment.

»Woher kommst du eigentlich?«, fragte ich.

»Wieso?«

»Du hast einen merkwürdigen Akzent.«

»Ach ja?«

»Ja.«

»Ich komme aus Amerika. Aus der Nähe von Chicago. Highland Park, um genau zu sein.«

»Ja, ja.«

»Glaubst du mir nicht?«

»Nein.«

Natan zog ein schwarzledernes Etui aus seinem Rucksack und nahm einen blauen Reisepass heraus. »Schau.«

Ich nahm seinen Pass. *United States of America* stand auf der Vorderseite. »Aber du sprichst Polnisch«, sagte ich.

»Meine Großeltern kamen aus Polen. Und mein Vater eigentlich auch, aber er war noch ganz klein, als er Polen verließ.«

Ich wollte den Pass öffnen, aber Natan nahm ihn schnell wieder an sich.

»Das Foto darfst du nicht anschauen«, sagte er. »Es ist schrecklich.«

Natan stand auf. »Sollen wir ein Stück weitergehen?«

Er nahm meine Hand und zog mich von der Bank.

»Etwas weiter in der Richtung ist ein Park. Wir können uns ins Gras legen, auch wenn das hier niemand tut. Es hat mich überrascht, dass hier niemand im Gras liegt. Wieso eigentlich nicht? Ist das verboten?«

»Ich weiß nicht«, sagte ich.

»Ich finde Warschau großartig«, sagte Natan. »Und du?«

»Ich bin nicht so oft hier«, meinte ich. »Meine Mutter kann Warschau nicht ausstehen.«

»Warum nicht?«

Ich zuckte mit den Schultern. »Einfach so.«

Ich wollte die Straße überqueren, aber Natan hielt mich zurück. »Nicht hier«, sagte er. »Da hinten ist eine Unterführung.«

Er nahm wieder meine Hand. »Ich halte dich lieber fest«, sagte er. Ich traute mich nicht, etwas zu sagen, aus Angst, er würde sie vielleicht loslassen. Es war wunderbar, so neben ihm zu gehen, und ich wünschte mir, alle würden glauben, wir wären ein Paar.

Wenig später lagen Natan und ich im Gras des Sächsischen Gartens. Wir schauten in die Blätter der Bäume. Ich zeigte auf eine Taube. »Gleich kackt sie, und dann fällt alles genau auf uns«, sagte ich. »Tauben kacken nie direkt nach unten«, meinte Natan.

»Nein?«

»Nein.«

»Woher weißt du das?«

»Erfahrung«, meinte er.

Ich musste lachen. »Das ist ein Witz, oder?«

»Ja«, sagte Natan.

Er rollte sich auf die Seite und sah mich an. Ich hoffte, er würde mich küssen. Aber nichts geschah.

»Schaust du mich an?«, fragte ich.

»Ja.«

Hinter uns hörten wir Kinder an einem Springbrunnen kreischen. Es herrschte reges Treiben im Park. Ältere Leute unterhielten sich auf den Bänken und aßen geflochtene Brotkränze, von denen sie den Dutzenden gurrenden Tauben hin und wieder ein Stückchen zuwarfen.

»Darf ich ein Foto von dir machen?«, fragte Natan.

»Ein Foto?«

Er holte einen kleinen Fotoapparat aus seiner Tasche.

»Ein Foto von mir?« Ich setzte mich auf.

»Ist das so verrückt?«

Ich wusste es nicht. Bei uns fotografierte nie jemand. Nur zu offiziellen Anlässen. Zur Kommunion oder Firmung und auf Hochzeiten natürlich.

»Ich habe keine Ahnung, wie ich aussehe«, sagte ich.
»Du siehst großartig aus.«
Natan stand auf und machte ein paar Schritte rückwärts.
»Soll ich lachen?«, fragte ich.
»Wie du willst.«
Er knipste.
»Hast du es etwa schon gemacht?«
»Das war nur ein Versuch. Jetzt kommt das richtige.«
Ich versuchte zu lachen, aber es gelang nicht.
»Ich kann nicht auf Kommando lachen.«
»Macht nichts.«
Er drückte noch ein paar Mal ab.
»Darf ich eins von dir machen?«, fragte ich.
»Von mir?«
»Ja.«
»Was soll ich mit einem Foto von mir?«
»Das schickst du mir dann«, sagte ich.

Natan zögerte, gab mir jedoch den Fotoapparat. Er erklärte, auf welchen Knopf ich drücken musste und wie ich scharfstellen konnte. Ich schaute durch das Objektiv. Er schien viel weiter weg zu stehen. Als ob ich ihn aus weiter Entfernung anschaute.

»Hast du es schon gemacht?«, fragte Natan.
»Noch nicht«, sagte ich. »Jetzt lach schon.«

Natan lachte. Ich drückte auf den Knopf und hörte ein Klicken. Ich wollte noch ein Foto machen, aber das zweite Mal geschah nichts. »Du musst erst weiterspulen«, sagte Natan. Er nahm den Fotoapparat, drehte rechts oben an einem kleinen Hebel und gab ihn mir zurück. Er setzte sich wieder ins Gras. Ich betrachtete ihn durch das kleine Viereck des Apparates.

Er sah jetzt sehr ernst aus. Plötzlich summte es in meinen Ohren, und ich hörte das Blut durch meine Adern strömen.

»Was ist?«, fragte Natan.

»Nichts«, sagte ich. Ich hörte das Klicken der Kamera. Unwillkürlich hatte ich gedrückt.

Wir gingen in die Altstadt. Natan fotografierte mich überall. Ich fing an, mich daran zu gewöhnen.

»Bist du etwa Fotograf?«, fragte ich.

»Journalist«, sagte er.

»Und worüber schreibst du?«

»Über alles, was hier geschieht.«

»Nicht über mich, hoffe ich.«

»Nein, über dich würde ich lieber ein Gedicht schreiben. Oder ein Lied. Wenn ich es könnte.«

»Kannst du das denn?«, fragte ich.

»Nein«, sagte er. »Ich kann nur über schwierige Sachen schreiben.«

Er küsste meine Hand. Ich wollte, dass er mich auf den Mund küsste.

Am Spätnachmittag brachte mich Natan zurück zum Bahnhof. »Sehe ich dich wieder?«, fragte er. Ich nickte.

»Wann?«

»Wann du willst.«

»Morgen«, sagte er.

Ich lachte. »Nein, nicht morgen. Nächste Woche.«

Bei unserem zweiten Treffen war Natan schweigsam. Wir gingen in die Altstadt und setzten uns in ein Straßencafé. Wir tranken Bier. Ich wagte nicht, Natan zu fragen, was los sei. Ich hatte riesige Angst, dass er mich nicht mehr sehen wollte.

Natan sah mich plötzlich sehr ernst an. Er sagte, er sei das letzte Mal nicht ganz ehrlich gewesen. Ich spürte, wie sich die Muskeln in Po und Beinen anspannten, als mache sich alles in mir auf etwas gefasst.

»Das ist egal«, sagte ich.

»Das ist nicht egal«, erwiderte Natan. »Ich will gern ehrlich zu dir sein.«

Ich dachte, er würde sagen, er habe schon eine Freundin oder er wäre verheiratet. Stattdessen erzählte Natan, dass er nicht als Journalist hier war, sondern um über seine Familie zu schreiben. Sein Vater und seine Großeltern waren Juden und mussten im Krieg fliehen. Er war in Polen, weil er wissen wollte, woher er ursprünglich kam. Während er es erzählte, hielt er meine Hand fest.
Ich war erleichtert.
»Ist das alles?«, fragte ich.
»Ja.«
»Ich dachte, du würdest mir etwas Schlimmes sagen.«
Er lächelte.
Ich fragte, woher seine Großeltern kamen. »Aus Tykocin«, sagte Natan. Er war in der Hoffnung dorthin gefahren, mit Leuten reden zu können, die seine Großeltern gekannt hatten. Doch alle, die er traf, schüttelten den Kopf. Schließlich war er beim Frisör gelandet, und der hatte ihm die ganze Geschichte erzählt. Von den Deutschen, die im Wald außerhalb des Dorfes drei Meter tiefe Gruben hatten ausheben lassen. Alle hatten darüber gesprochen und es hatte viel Unruhe gegeben, vor allem unter den Juden. Wochenlang lagen die Gruben da, ohne dass etwas geschah. Manche hatten sich schon daran gewöhnt, bis überall Plakate mit der Mitteilung aufgehängt wurden, alle Juden hätten sich am nächsten Morgen um zehn Uhr auf dem Markt zu versammeln. Der Frisör war selbst noch ein Kind gewesen, konnte sich aber noch sehr gut daran erinnern, wie die gesamte jüdische Bevölkerung am nächsten Morgen mit dicken Mänteln, Decken und Koffern auf dem Markt erschienen war. Nur ein paar Leute hatten sich geweigert, dem Aufruf Folge zu leisten.
Es dauerte zwei Stunden, bis etwas geschah. Manche glaubten an ein Missverständnis und wollten schon wie-

der nach Hause gehen. Die Ersten hatten ihre Koffer in die Hand genommen, als die Deutschen mit großen Militärlastwagen auf den Marktplatz fuhren. Alle Juden wurden aufgefordert, einzusteigen. Niemand von ihnen kam zurück.

Im Dorf hörten sie die Schüsse. Zwei Tage später waren die Gruben zugeschüttet.

Natan sagte, er habe sich an einem Stuhl festgehalten, um nicht zusammenzubrechen, als der Frisör ihm die Geschichte erzählte. Tykocin sei nie mehr dasselbe gewesen, meinte der Frisör.

Als Natan geendet hatte, schwiegen wir lange. Wir bestellten noch ein Bier.

»Warum willst du diese Geschichten wissen?«, fragte ich nach einer Weile.

»Ich will einfach wissen, woher ich komme«, sagte er. Ich war mir nicht sicher, ob ich verstand, was er meinte.

»Warum erzählst du mir nicht von deiner Familie«, bat Natan. Ich schüttelte den Kopf. Nicht jetzt. Beim nächsten Mal vielleicht.

Natan nahm wieder meine Hand und streichelte die Finger. »Du hast schöne Hände«, sagte er. »Als ob du Klavier spielst.« Ich musste lachen und zog die Hände zurück. Ich hatte noch nie Klavier gespielt, nicht einmal eines berührt.

Den ersten Kuss gab mir Natan unter einer Linde am Rand der Altstadt. Wir hatten uns auf ein Mäuerchen gesetzt und schauten auf den Fluss. Natan zeigte auf das Stadion, das auf der anderen Seite der Weichsel lag.

»Weißt du, dass das Stadion schon seit Jahren nicht mehr benutzt wird?«

Ich legte den Zeigefinger auf seine Lippen.

»Sag nichts.«

Natan schaute mich an. »Küss mich!«, dachte ich. »Küss mich, küss mich, küss mich!«

Ich nahm seine Hand und schloss die Augen. Es dauerte einige Sekunden, bis ich seinen warmen Atem auf meiner Wange spürte. Ich wandte den Kopf und öffnete die Augen. Er sah mich direkt an. Sehr ernst.

»Jetzt küss mich schon«, sagte ich.

Und dann küsste er mich, genauso wie ich es schon hundert Mal geträumt hatte. Natan. Ich war verliebt in Natan, und Natan war verliebt in mich. Ich wollte bei ihm bleiben, ich wollte ihn heiraten, ich wollte Kinder mit ihm haben, ich wollte alles.

Man weiß es sofort, wenn es wahre Liebe ist. Sie steht sicher und fest wie ein Felsen in der Mitte eines Flusses und weicht selbst dem wildesten Toben nicht. Es ist, als sei man größer als man selbst. Als wohne man im Herzen statt das Herz im Körper. Ja, genauso fühlte es sich mit Natan an.

Zu Hause merkten sie, dass sich etwas an mir verändert hatte. Ich klopfte beim Essen nervös mit den Nägeln auf die hölzerne Tischplatte und starrte beim Wäschefalten minutenlang nach draußen. Manchmal noch mit einem Hemd oder T-Shirt in der Hand. »Was ist bloß los, Marlena?« Meine Mutter riss mir das T-Shirt aus den Händen. »So dauert es Jahre, bis alles im Schrank liegt.«

Natürlich wusste sie es. Was los war. Alle Mütter wissen so etwas, aber sie traute sich nicht zu fragen. Aus Angst, es wäre der falsche Junge. Sie hatte noch keinen Jungen in der Nähe unseres Hauses gesehen, also war sie sich sicher: Der ist nicht von hier.

Nein, er ist nicht von hier. Er kommt aus Amerika. Ihr würde das Herz stehenbleiben, wenn ich es ihr sagte. Amerika! Was willst du mit einem Jungen aus Amerika!

Ich wusste es nicht. Ich wusste nicht, was ich mit Natan wollte, aber ich wusste, dass es nur einen Platz auf der Welt gab, an dem ich sein wollte, und der war neben ihm, mit ihm, bei ihm.

Es war nicht einfach, Natan zu treffen, ohne dass meine Mutter argwöhnisch wurde. »Musst du schon wieder nach Warschau?«, fragte sie. Ich log, dass ich einer Freundin half, ein Brautkleid auszusuchen. »Ein Brautkleid aus Warschau? Wer kauft denn in Gottesnamen ein Brautkleid in Warschau?« Kopfschüttelnd lief sie die Kellertreppe hinunter. »Sei vorsichtig«, rief ich noch. »Sei du bloß vorsichtig.« Mehr sagte sie vorläufig nicht dazu.

»Meine Mutter wird misstrauisch«, erzählte ich Natan.

»Warum sagst du ihr nicht die Wahrheit?«, fragte er.

Die Wahrheit! Das war absurd. Wenn ich meiner Mutter die Wahrheit sagte, würde sie mich im Haus einsperren und einen der Nachbarsjungen mit einem Luftgewehr vor die Tür setzen und mit dem Auftrag, auf mich zu schießen, wenn ich den Hof verlassen wollte. »Warum?«, fragte Natan. Schon seine Frage machte mir klar, dass ich es ihm nicht erklären konnte.

»Und wenn du eine Arbeit hättest? In dem Hotel, in dem ich wohne. In dem wir uns begegnet sind. Hotel Europa.«

Ich sah ihn an.

»Wieso eine Arbeit in dem Hotel?«

»Als Küchenhilfe«, sagte Natan. »Ich kenne den Besitzer. Szymon. Er ist ein Cousin meines Vaters.«

»Aber ich kann überhaupt nicht kochen.«

»Dann lernst du es eben.«

Und so begann ich, in der Küche des Hotelrestaurants zu arbeiten, in dem ich Natan begegnet war. In der

Küche, in der die besten Hamburger des ganzen Landes gemacht wurden, wie Nachbarin Pola meinte. Meine Mutter hielt zu Anfang nichts davon, aber Nachbarin Pola war völlig aus dem Häuschen. Der Gedanke, ich würde lernen, echte amerikanische Hamburger zu machen und wer weiß was sonst noch alles! Sie zwang meine Mutter geradezu, der Arbeit zuzustimmen. »Wenn du Marlena nicht gehen lässt, gucke ich dich nie wieder an.« Ich weiß nicht, ob das für meine Mutter die schlimmste Vorstellung war. Auf jeden Fall ließ sie mich gehen, unter der Bedingung, dass ich jeden Montag nach Hause käme, um ihr zu helfen. Nur widerwillig hatte ich zugestimmt. »Wo schläfst du?«, fragte sie noch. »Es gibt ein Zimmer über der Küche«, sagte ich, »mit einem Bett, einem Tisch, einem Stuhl und einem Schrank.« »Mehr brauchst du auch nicht«, brummte sie. Mehr brauchte ich auch nicht.

Drei Monate lang war ich fast jeden Tag mit Natan zusammen. Wir gingen gemeinsam im Wald spazieren und lagen manchmal stundenlang auf einer Decke im Moos zwischen den Farnen. Natan brachte mir amerikanische Wörter bei, und ich erzählte ihm polnische Geschichten. Zwischendurch half ich in der Küche oder machte die Hotelzimmer sauber. Szymon war zufrieden. »Marlena ist eine gute Hilfe«, sagte er zu seinen Stammgästen. Ich mochte ihn.

Szymon leitete das Hotel zusammen mit seiner Cousine Basia. Sie waren beide Juden und hatten einander über vierzig Jahre nach Kriegsende zufällig wiedergefunden. Natan erzählte, Szymon sei in Holland geboren, weil seine Mutter zu Beginn des Krieges dorthin geflohen war. Szymons Eltern wollten eigentlich nach Amerika, genau wie Natans Großeltern, doch das Vorhaben scheiterte, als Szymons Vater eines Morgens in Warschau verhaftet wurde und ins Gefängnis kam. Szymons Mutter war völlig verzweifelt und wollte auf ihren Mann warten, doch die Nachbarn überredeten sie, so schnell wie möglich fortzugehen. Sie war damals im zweiten Monat schwanger. Wie geplant, war sie erst nach Holland gegangen. Dort sollte sie in Rotterdam auf das Schiff nach Amerika steigen. Doch so weit kam sie nicht. Natan erzählte, sie sei in Holland in einem Flüchtlingslager gelandet. Mit Ausbruch des Krieges wurde es zum Konzentrationslager. Szymons Mutter war damals zum Glück schon untergetaucht. Ich hatte Natan überrascht angeschaut, als er die Geschichte erzählte. »Hat Szymon dir das erzählt?«, fragte ich. Er wisse es von seiner Großmutter, meinte er. Szymon erwähnte lieber nichts aus dieser Zeit.

Ich fragte Natan, wann Szymon wieder nach Polen gekommen sei. »Irgendwann Anfang der neunziger Jahre«, sagte er.

»Warum?«, fragte ich.

Natan zuckte die Schultern. »Es hat anscheinend etwas mit Basia zu tun«, meinte er.

Ich sah Natan an und gab ihm einen Kuss auf den Mund. Wir saßen draußen auf einer Holzbank hinter dem Hotel. Da war es morgens noch angenehm kühl, weil die Sonne dort noch nicht hinkam. Ich wollte wissen, ob er auch mit Basia verwandt sei, doch er verneinte. »Ich zeige es dir«, sagte er. Er riss ein Blatt aus einem Schreibheft und nahm den Stift, der neben ihm auf der Bank lag. Er zeichnete seinen Familienstammbaum. In dem Durcheinander von Namen sah ich, dass Szymon auf derselben Linie mit Basia und Natans Vater stand, doch die eine war mit Szymons Vater und der andere mit Szymons Mutter verwandt. Es war kompliziert. Natan zog auf dem Blatt einen Strich von Szymons Mutter zu seiner Oma. »Die beiden sind Schwestern«, sagte er. »Verstehst du?«

Ich nahm ihm den Stift aus der Hand und schrieb meinen Namen neben seinen auf das Papier und dazwischen ein Herz. Unter unsere Namen zeichnete ich eine Figur. »Und wer ist das?«, fragte ich.

Natan sah mich an. Ein Feuerball schoss mir vom Bauch in den Kopf. »Was ist?«, fragte ich. »Was glaubst du?«, sagte er. Er nahm meine Hand und zog mich von der Bank. Während wir zusammen die Treppe zu dem kleinen Zimmer hochstiegen, das ich über der Küche bewohnte, stockte mir der Atem in der Kehle. Ich hatte furchtbare Angst, Szymon oder Basia würden uns sehen, doch im Hotel war es still. In meinem Zimmer legte ich mich angezogen aufs Bett. Ich bat Natan, die Gardinen zu schließen. Es wurde dämmrig im Zimmer. Natan zog sein T-Shirt über den Kopf und warf es über den Stuhl. Als er seine Hose auszog, schwankte er kurz. Ich lachte und schlüpfte aus Bluse und Rock. Einen Augenblick betrachteten wir einander. »Erst du«, sagte ich. Ohne Zögern streifte er die Unterhose ab. Ich hakte den BH auf, schob den Slip über die Füße und warf ihn auf den Boden, auf die anderen Kleidungsstücke. Natan stand jetzt neben mir. Ich nahm seine Hand und zog ihn zu mir. Und als ich wenig später spürte, wie seine Lippen über meinen ganzen Körper glitten, hatte ich ein Gefühl, von dessen Existenz ich nicht das Geringste geahnt hatte.

Natan musste unerwartet nach Hause zurückkehren. Er sagte, seine Mutter habe mit der Nachricht angerufen, seinem Vater sei etwas passiert. Er wusste nichts Genaueres. Er erzählte es mir, als wir zusammen auf einer blauen Decke auf einer Lichtung im Wald lagen. In ein paar Tagen müsse er fort. Ich spürte seine Unruhe. »Du fliegst also fort«, sagte ich.

»Ja«, sagte er.

»Wohin?«

»Nach New York und dann nach Chicago.«

Ich drehte mich auf die Seite und streichelte ihm mit dem Zeigefinger über die Stirn, an der Nase entlang, über den Mund, zum Hals und hielt bei der kleinen Kuhle unterhalb seines Halses an.

»Ich käme gern mit dir nach New York.«

»Ich kann dir davon erzählen.«

»Darf ich denn nicht mit?«

»Später, wenn zu Hause alles geregelt ist.«

Ich fragte ihn, was denn alles geregelt werden müsse, und er lachte.

»Alles Mögliche«, sagte er.

Wir schwiegen eine Weile.

»Und dann kommst du mich holen, und dann heiraten wir?« »Dann komme ich dich holen, ja.«

Ich rollte mich wieder auf den Rücken.

»Gut, dann darfst du mir von New York erzählen.«

Natan griff nach einem Weidenzweig, der auf dem Boden lag, und pulte die Rinde ab. Dabei redete er. Ich schloss die Augen. Er erzählte von der Freiheitsstatue im Hafen von New York, die eigentlich für den Suezkanal in Ägypten gebaut worden war. Er erzählte von der Weitläufigkeit im Central Park, von den Düften in Chinatown, dem Essen bei Silvio's Famous Food, dem besten Italiener der Stadt, wie man sagte. Es sei nur ein kleiner Laden, doch die Leute stünden tagtäglich Schlange. Silvio, so erzählte er, war ein italienischer Emigrant, der Anfang der dreißiger Jahre vor der Krise im eigenen Land geflohen und auf das Schiff nach Amerika gestiegen war. Mit einundzwanzig Jahren hatte er damals keine Ahnung, was ihn erwartete. In New York angekommen, fand er Arbeit als Tellerwäscher in einer Küche, die kein Sonnenstrahl erreichte. Dort arbeitete Silvio zwölf Stunden am Tag, von zwei Uhr mittags bis zwei Uhr nachts. Nur mittwochs hatte er frei. Dann ging er zum Hafen, um sich die Freiheitsstatue auf Liberty Island anzuschauen. Mit diesem Bild vor Augen dachte er an seine Heimat, an seine Mutter und das Essen, das sie kochte. Er vermisste das Essen. Ihre Spaghetti, ihre Gnocchi, ihre Lasagne und ihr Ossobuco. Verglichen mit dem, was in der Küche zubereitet wurde, in der er jetzt arbeitete, war das Essen seiner Mutter himmlisch. Wenn er die Augen schloss, konnte er ihre Gerichte förmlich riechen und schmecken. Das frische Basilikum, den zerdrückten Knoblauch, das Olivenöl, die frisch gemahlenen Mandeln, die gegrillten Paprika. Er konnte das Brutzeln der Töpfe auf dem Feuer hören. Es war, als säße er jeden Mittwochnachmittag bei ihr in der Küche auf einem Hocker neben dem Herd. Er sah, wie sie die Zwiebeln schnitt, die Tomaten pellte, wie das Öl in den Topf glitt. Und jeden Mittwochnachmittag nährten diese Erinnerungen seine Sehnsucht nach ihren Gerichten.

So kam es, dass er eines Tages selbst anfing zu kochen. Genauso wie er es in Gedanken bei seiner Mutter sah. Er begann vorsichtig mit einer Suppe. Nach der Suppe kamen die Spaghetti Bolognese, und nach der Bolognese übte er sich in der Zubereitung von Lamm mit Lorbeer, Rotwein und frischem Oregano. Nach dem Lamm gab es keinen Weg zurück. Eines Tages betrat er ein Restaurant, an dessen Fenster ein Zettel hing: »Koch gesucht«.

Zwei Jahre später übernahm er das Restaurant von dem betagten Besitzer. Er entfernte das Aushängeschild und malte mit zierlichen Buchstaben Silvio's Food auf die Fassade. Er kochte dort, wie seine Mutter kochte, und im Nu war sein Restaurant jeden Tag voll.

Silvio starb 1983. Er hatte drei Söhne. Der jüngste übernahm das Geschäft und veränderte seinem Vater zu Ehren den Namen des Restaurants in Silvio's Famous Food.

Ich hörte Natan gern zu. Wenn er erzählte, war es, als läge ich mit dem Kopf auf einem weichen Kissen. »Woher weißt du all diese Dinge?«, fragte ich.

»Ich habe den jüngsten Sohn letztes Jahr für ein kulinarisches Magazin interviewt«, antwortete er.

Natans Leben war deutlich abenteuerlicher als meins. Manchmal machte ich mir Sorgen, was er mit einem polnischen Mädchen wie mir anfangen sollte, das noch nie über die Landesgrenzen hinausgekommen war und nur sehr mäßig Englisch sprach. Als ich das einmal ansprach, nahm er mich fest in die Arme und sah mir tief in die Augen. »Liebe hat nichts damit zu tun, wer du bist oder was du tust oder wo du gewesen bist! Liebe ist eine Sache des Herzens, und das Herz trifft keine falschen Entscheidungen.« Das gefiel mir sehr, und die Art, wie er es sagte, beruhigte mich.

Ich konnte mir kaum vorstellen, dass Natan in ein paar Tagen wirklich weg sein würde. »Ich werde dir schreiben«, sagte er. »Sooft ich kann.« Wir verabredeten, dass er seine Briefe an das Hotel schicken würde, damit meine Mutter sie nicht fände. Er würde mir Bescheid geben, wie ich ihn in Amerika erreichen konnte.

»I love you«, flüsterte er mir ins Ohr.

»I love you too«, antwortete ich.

3

Einen Monat nach Natans Abreise stellte sich heraus, dass ich schwanger war. Ich war wieder zu Hause, weil es nach dem Sommer zu wenig Arbeit für mich im Hotel gab. Meine Mutter merkte es als Erste. Mir war oft schlecht und ich war müde, wagte aber nicht, mir vorzustellen, dass ich schwanger sein könnte. Ich behauptete allen gegenüber, ich sei wahrscheinlich einfach etwas krank.

Eines Morgens nahm mich meine Mutter mit zum Arzt. »Ihre Tochter ist schwanger«, sagte er nach einer Untersuchung, die keine zehn Minuten dauerte.

Schweigend gingen wir nach Hause. Ich hatte meiner Mutter nie von Natan erzählt.

Ihre Lösung war simpel: Innerhalb der nächsten zwei Monate heiratest du Cousin Janek.

Janek war der Sohn von Onkel Konrad. Bei seiner Geburt war etwas schiefgegangen, niemand konnte sagen, was es war. Janek war fünfunddreißig, benahm sich aber wie ein achtjähriger Junge. Er hatte kurze Arme und Beine und riesige Hände und Füße. Wenn er bei uns daheim am Tisch saß, kicherte er die ganze Zeit. »Janek ist ein guter Junge«, sagte mein Onkel und schlug ihm dabei auf die Schulter. »Janek will ein Mädchen«, sagte Janek dann, und Onkel Konrad lachte. Und meine Mutter lachte und mein Vater. Ein Mädchen, ja, ein Mädchen, das wollen alle Jungs.

Janek half meinem Onkel in der Autowerkstatt. Er wechselte Reifen und bediente die Zapfanlage. Den Stammkunden wusch er die Autos. Alle mochten Janek. Und alle wünschten ihm ein nettes Mädchen. Das tat ich auch, aber nicht mich.

»Wenn du Janek nicht heiratest, lassen wir es wegmachen. Mit einem Kind kriegst du nie einen ordentlichen Mann.« Ich konnte nicht glauben, was meine Mutter da sagte. Ein Kind wegmachen zu lassen war eine Sünde, mit der sie sich meinen und ihren Platz im Himmel verscherzte. Meine Mutter war fest davon überzeugt. Der Papst hatte sich noch im Sommer empört darüber geäußert. Er verabscheute die vielen »Gräber der Ungeborenen«, die das Land besudelten und das Christentum in seinen Grundfesten angriffen. Jeder wusste, dass er von den illegalen Abtreibungen sprach, die in den letzten Jahren Hochkonjunktur verzeichneten. Meine Mutter applaudierte laut bei diesen Worten des Papstes. »Jede Abtreibung ist ein Mord und eine Missachtung von Gottes Schöpfung.« Meine Mutter klatschte noch lauter.

Bei uns im Haus bestimmte meine Mutter alles. Sie wusste, was für jeden von uns gut war, und wenn sie es nicht wusste, tat sie so als ob. Es hatte keinen Sinn, ihr zu widersprechen, und es war unmöglich, sie auf andere Gedanken zu bringen. Ihr etwas zu erklären war völlig überflüssig. Meine Mutter brauchte keine Erklärung. Kein einziges Mal fragte sie, von wem ich schwanger war. Wie es so weit hatte kommen können. Ob ich nicht wusste, dass Sex vor der Heirat eine Sünde war. Meine Antworten interessierten sie nicht. Ich hatte eine Verfehlung begangen, und sie würde die Verfehlung wiedergutmachen. Nicht meinetwegen, sondern ihretwegen, wegen ihres Anstands und natürlich wegen ihres hart erarbeiteten Platzes im Jenseits.

Zu Hause schloss ich mich in meinem Zimmer ein und dachte nur an Natan. In Gedanken schrieb ich ihm Briefe, in denen ich um Hilfe schrie. Rette mich aus den Klauen meiner Mutter! Er würde unverzüglich und ohne Zögern in das nächste Flugzeug steigen. Ich hatte gerade erst eine Karte von Natan bekommen. Mit der Freiheitsstatue in New York. »Du fehlst mir jetzt schon«, stand darauf. Er schrieb, er würde erst zu seinen Eltern nach Highland Park fahren. Ich fragte Szymon, was Natans Eltern von mir halten würden. »Was spielt das für eine Rolle«, sagte er. »Es geht darum, wie wir dich finden. Und wir finden dich großartig.« Diese Antwort beruhigte mich nicht.

Mein Vater klopfte behutsam an die Tür. »Marlena, darf ich hereinkommen? Ich habe mit deiner Mutter gesprochen. Wir schaffen das schon irgendwie gemeinsam. Wir überlegen uns etwas. Bitte.« Ich glaubte meinem Vater. Dass er mit meiner Mutter gesprochen hatte. Nicht, dass wir es irgendwie gemeinsam schaffen würden.

Mein Vater klopfte wieder an die Tür. »Marlena, Marlena, bitte, lass mich rein. Mama ist nicht zu Hause, sie weiß nicht, dass ich mit dir rede.« Ich lauschte einen Augenblick, ob er wegging, doch er blieb stehen. Ich schloss die Tür auf. Vor mir stand mein Vater. Müde vom Leben, das hinter ihm lag, und müde von dem Gedanken an das Leben vor ihm. Ich ließ ihn herein. Er setzte sich auf die Bettkante und schaute sich um. »Gefällt dir dein Zimmer so?« Ich nickte. Früher hatte ich das Zimmer mit Irena geteilt, aber seit ihrer Heirat war es mein Reich. Luxus.

»Deine Mutter glaubt …« Ich stand auf. Er nahm meine Hand und zog mich wieder neben sich. »Ich bin nicht ihrer Meinung. Ich will, dass du das weißt.« Ich legte den Kopf in seinen Schoß und weinte. »Ich will nur wissen, vom wem es ist, wer der Vater ist«, sagte er und streichelte mein Haar, wie er es nicht mehr getan hatte, seit ich ein kleines Mädchen war. »Natan«, sagte ich. »Er heißt Natan.« »Liebst du ihn?« Ich weinte noch stärker. Mein Vater klopfte mir jetzt auf den Rücken, als wäre ich ein kleiner Hund. »Liebt er dich?« Ich nickte unaufhörlich.

Zehn Minuten saß er so bei mir auf dem Bett. Ohne ein Wort zu sagen. Bevor er aufstand, gab er mir einen Kuss auf die Stirn. »Geh zu ihm«, sagte er »und sorge dafür, dass du seine Frau wirst.« Dann weinte er hemmungslos. Nur ganz kurz. Es war so schnell wieder vorbei, dass ich mich fragte, ob ich mich getäuscht hatte. Schweigend verließ er das Zimmer. Er schloss die Tür, und ich hörte ihn die Treppe hinuntergehen. Kurz lang, kurz lang, kurz lang. Sein steifes rechtes Bein gab immer denselben Rhythmus an.

An einem nebligen Morgen schlich ich mich mit zwei Koffern in der Hand aus dem Haus. Auf den Küchentisch hatte ich einen Zettel gelegt. »Ich bin weg. Sucht mich nicht.« Ich nahm an, mein Vater würde den Grund verstehen. Meinen Ausweis und das Geld, das noch von der Arbeit im Hotel übrig war, hatte ich mitgenommen. Es würde für ein paar Wochen reichen.

Ich nahm den Bus zum nächsten Bahnhof. Ich hatte keinen richtigen Plan. Ich wollte zu Natan, aber ich hatte noch keine Adresse von ihm. Keine Adresse, keine Telefonnummer, nichts.

Am Bahnhof rief ich Szymon an und fragte, ob er wüsste, wie ich Natan erreichen konnte. Er wusste es nicht. »Ist schon ein Brief gekommen?«, fragte ich. »Nein«, antwortete Szymon. »Kein Brief.«

Ich schwieg. »Was ist denn los?«, fragte er. Ich erzählte ihm, dass ich von zu Hause weggelaufen war. Dass ich Streit mit meiner Mutter hatte. Dass ich … Den letzten Grund schluckte ich herunter. »Warum kommst du nicht hierher?«, fragte Szymon. »Nein, nein«, sagte ich, »bei dir suchen sie mich sofort.« Szymon versprach, er würde mich nicht verraten, wenn jemand bei ihm auftauchte, um mich zu suchen. »Mach dir um mich keine Sorgen«, sagte ich. »Ich schaffe das schon.«

»Für Amerika brauchen Sie ein Visum«, sagte die Frau im Reisebüro. »Das können wir beim Konsulat für Sie beantragen, aber ich muss Sie warnen. Fast die Hälfte wird abgewiesen.«

Ich saß ihr regungslos gegenüber.

»Was werden Sie in den Vereinigten Staaten tun?«

»Ist das wichtig?« fragte ich.

Die Frau zog ein Papier aus einer Schublade und legte es vor mich.

»Das sind die Fragen, die Sie für einen Visumsantrag beantworten müssen. Außerdem sind Sie verpflichtet, ein Rückflugticket und genügend Bargeld bei sich zu haben.«

Ich betrachtete die Liste.

»Sie können maximal drei Monate bleiben.«

»Drei Monate?«, fragte ich.

»Als Tourist, ja.«

Ich schob das Papier zurück. »Vielen Dank für die Information«, sagte ich und stand auf.

»Sie haben es sich anders überlegt?«

»Ich denke darüber nach.«

Ich hob meine Tasche vom Boden auf.

»Vielleicht kann ich Ihnen helfen«, sagte die Frau.

»Womit?«

»Ich habe das Gefühl, Sie möchten das Land verlassen. Verzeihen Sie meine Offenheit, aber wenn Sie das Land verlassen wollen, kann ich Ihnen vielleicht helfen.«

Das Land verlassen? Ich hatte keine Ahnung, ob ich das Land verlassen wollte. Ich wollte zu Natan, ja, und ich wollte weg von meiner Mutter, aber bedeutete das, dass ich das Land verlassen wollte?

»Es tut mir leid. Wahrscheinlich habe ich mich getäuscht. Vergessen Sie es.«

»Ich dachte, Sie wären ein Reisebüro«, sagte ich.

»Das bin ich auch.«

»Und außerdem helfen Sie Menschen, das Land zu verlassen?«

»Die Sache liegt etwas differenzierter«, sagte die Frau.

Sie öffnete eine andere Schreibtischschublade und holte einen Prospekt hervor. Aurora, stand mit zierlichen Buchstaben auf dem Umschlag. Und darunter etwas in einer fremden Sprache. Es war ein Heiratskatalog. Für polnische Frauen und holländische Männer.

»Ich weiß nicht, ob das etwas für Sie ist«, sagte die Frau. »Aber es ist ein sehr guter und zuverlässiger Weg für eine polnische Frau, das Land schnell, sicher und legal zu verlassen. Ich nehme an, Sie können sich unter dem illegalen und unsicheren Weg etwas vorstellen?« Ich nickte. Ich kannte die Geschichten. »Und glauben Sie mir, sie sind wahr.« Die Frau sagte es streng, fast mütterlich, als wolle sie mich vor Gefahr behüten. Ich vertraute Leuten nicht, die mich vor Gefahr behüten wollten. Allzu oft entpuppten sie sich selbst als Gefahr.

Ich nahm den Katalog und betrachtete die kleinen Fotos der Frauen. Ich las Namen und Alter. Hanna, 24 Jahre. Wanda, 25 Jahre. Zosia, 26 Jahre. Darunter standen kurze Texte in einer Sprache, die ich nicht kannte. Holländisch.

»Wenn Sie möchten, kann ich Sie mit dem Besitzer des Büros in Kontakt bringen. Er ist zurzeit in Warschau.« Ich bedankte mich freundlich und wollte aufstehen. Die Frau schob mir den Katalog hin. »Denken Sie einfach mal darüber nach.«

Ein Heiratskatalog! Die Frau tickte nicht ganz richtig. Ich floh gerade vor einer Heirat. Einer Heirat mit Janek.

In der Nacht konnte ich nicht schlafen. Ich lag in meinem Bett in einer Pension und starrte auf das Licht, das von der Straße her einen Streifen über die Zimmerdecke warf. Minuten glitten vorüber. Worauf hatte ich mich um Himmels willen eingelassen? Ich legte die Hände auf den Bauch, spürte jedoch nichts. Hatte sich der Arzt geirrt? Was, wenn ich nicht schwanger war? Könnte ich noch zurück nach Hause? Ich stand auf, ging zum Waschbecken und knipste das Licht über dem Spiegel an. Ich sah mich selbst, oder nein, ich wollte mich selbst sehen. Und die Person, die mich ansah, wollte mir ähneln. Sie tat es aber nicht, sie war nicht ich. Ich ging zum Fenster. In der schmalen Straße war es still. Über die Gebäude hinweg starrte ich in einen dunklen Himmel.

Am nächsten Morgen rief ich Szymon wieder an. Meine einzige Hoffnung war, Natan zu finden.

»Geh zu ihm und sorge dafür, dass du seine Frau wirst.« Die Worte meines Vaters hatten mich überrascht. Ich hatte ihn noch nie so erlebt. Vielleicht konnte er meine Mutter überreden, vielleicht saß sie jetzt schluchzend am Küchentisch, und es tat ihr leid, was sie mir befohlen hatte. Die Heirat mit Janek. Eine Abtreibung. Ich schüttelte kurz den Kopf, als müsste ich für die Wahrheit wach bleiben: Meine Mutter saß nicht schluchzend am Küchentisch, und mein Vater war nicht in der Lage, sie umzustimmen.

Szymon war nicht im Hotel. Basia ging ans Telefon. Sie freute sich sehr, meine Stimme zu hören. »Wann kommst du mal wieder vorbei? Komm doch dieses Wochenende, dann kannst du mir helfen. Wir haben eine Hochzeit.«

Ich log, dass ich nicht konnte. Ein anderes Mal vielleicht. Bald, ja, ich versprach es. »Szymon vermisst dich!«, sagte Basia. »Er spricht jeden Tag von dir.«

»Habt ihr noch etwas von Natan gehört?«
Ich hielt den Atem an. Basia schwieg. Lange.
»Was ist?«, fragte ich. »Ist etwas geschehen, ist ihm etwas passiert?«
»Nein, ihm ist nichts passiert«, sagte Basia.
»Was denn dann? Was ist los?«
»Schlag ihn dir besser aus dem Kopf«, sagte Basia.
»Warum? Was ist geschehen?«
»Der Junge ist nicht gut für dich.«
»Nicht gut für mich? Wieso nicht gut für mich? Basia, was meinst du damit?«
Doch Basia schwieg. Szymon würde es mir erzählen, sagte sie. »Ruf morgen wieder an.«
Ruf morgen wieder an?
Mir war, als würde ich in einen Abgrund stürzen. In eine Felsspalte, die ich nicht gesehen hatte. Eine schmale Spalte, die sich unter meinen Füßen plötzlich zu einer Schlucht weitete, in die ich fiel, ohne zu wissen, ob ich je wieder herauskäme.
Am nächsten Tag rief ich nicht wieder an.

4

Die Frau im Reisebüro war nicht überrascht, mich wiederzusehen. »Ich habe den sechsten Sinn«, sagte sie triumphierend, als sei es ihr persönlicher Erfolg. Sie machte für mich einen Termin mit dem holländischen Besitzer der Agentur. Er hieß Richard. Noch am selben Nachmittag könnte ich ihn im Restaurant des Marriott-Hotels treffen. Er hatte dort bis zwei Uhr einen Termin, danach könne ich ihn sprechen. Würde ich das Hotel finden? Ich nickte. Das Marriott lag dem Bahnhof genau gegenüber. Man konnte es nur schwer verfehlen.
Das Restaurant befand sich im vierzigsten Stock.

Richard saß mit einer Tasse Kaffee am Fenster. Auf dem Tisch lag der Katalog von Aurora. Er stand auf, als er mich sah, und drückte mir kräftig die Hand. Ich setzte mich ihm gegenüber.

»Möchtest du etwas trinken?«, fragte Richard.

»Tee, bitte.«

Richard rief den Ober und bestellte einen Tee.

»Großartige Aussicht, nicht wahr?«, sagte Richard.

Er wies nach draußen. Unter uns erstreckte sich Warschau, so weit das Auge reichte. »Seit es das Marriott gibt, ist das hier mein Lieblingsplatz«, sagte Richard. »Bist du schon einmal hier gewesen?«

»Nein«, sagte ich.

Richard fragte, ob ich rauchte. Nein. Er fragte, ob ich etwas dagegen hätte, wenn er rauchte. Ich traute mich nicht, ja zu sagen.

Im Restaurant war es ruhig. Aus dem Hintergrund klang Jazzmusik. Ich schaute nach draußen. Die Aussicht war tatsächlich überwältigend.

»Hat Zyta dir erklärt, was Aurora ist?«, fragte Richard. Zyta. Die Frau vom Reisebüro hieß also Zyta. »So ungefähr«, sagte ich. »Wenn es dir recht ist, erzähle ich es gern noch einmal«, sagte er.

Richard sprach langsam, hin und wieder suchte er nach einem Wort. Dann schloss er die Augen und schwieg. Man sah, wie sich sein Augapfel bewegte, als würde er an der Innenseite seines Schädels in einem polnischen Wörterbuch blättern.

In etwas mehr als einer Stunde erfuhr ich alles über seine Heiratsvermittlung. Wie die Idee nach der Begegnung mit seiner polnischen Frau entstanden war. Wera hieß sie, und Wera war großartig. Alle polnischen Frauen waren großartig. Er lachte. Nun ja, fast alle polnischen Frauen.

Ich dachte an Beata, das Mädchen, das früher schräg vor mir in der Klasse gesessen hatte. In jeder Pause prügelte sie sich. Egal, mit wem. Sie hatte die Krallen einer Katze, und wenn sie die Gelegenheit bekam, kratzte sie ihre Gegner blutig. Einmal war ich ihr erwähltes Opfer, doch bevor sie ausholen konnte, hatte ich sie an den Haaren gepackt und so kräftig daran gezogen, dass ich die Büschel noch in der Hand hielt, als sie sich weinend auf den Boden fallen ließ. Eine Katze greift man im Nacken. Das hatte mir mein Opa beigebracht. Beata hatte noch tagelang darauf gewartet, sich zu rächen, doch die Chance bekam sie zu meinem Glück nicht.

»Verstehst du, was ich sage?«, fragte Richard. Ich sah auf. »Du musst wirklich nach Holland gehen wollen«, sagte er, »und nicht nur weg aus Polen. Auswandern ist nicht ohne, weißt du. Viele Frauen unterschätzen es und wollen innerhalb eines Jahres wieder zurück. Du verstehst, dass das nicht gut für meine Kundschaft ist.«

Ich wusste nichts von Holland.

Richard bestellte noch einen Kaffee und für mich eine Cola. »Willst du etwas essen? Sie machen hier köstliche Nudeln. Oder vielleicht ein Stück Kuchen?« Ich hatte keinen Hunger.

Während des Gespräches mit Richard suchte ich ständig nach einem Fluchtweg. Konnte ich irgendwo anders hin? Wer würde mir helfen wollen? Wie bekam mich meine Mutter nicht in die Finger? Musste ich Szymon anrufen, um zu erfahren, was wirklich mit Natan los war?

»Schlag dir den Jungen aus dem Kopf.«

Ich konnte mir leicht vorstellen, dass Natan in Amerika auf andere Gedanken gekommen war. Was sollte er auch mit einem polnischen Mädchen, ohne Ausbildung, mit einer stockkatholischen Familie. Ein polnisches

Mädchen, das noch nie ihr eigenes Land verlassen hatte, das noch nicht einmal an den Grenzen ihres Landes gestanden hatte. Was sollte ich neben ihm? Einem gebildeten Amerikaner mit dem Ehrgeiz, Schriftsteller zu werden. Nein, nein, nein, dachte ich. Hörst du mich, Natan? Zweifle nicht an mir, bitte. Ich würde über den großen Teich zu ihm fliegen und neben ihm im Gras liegen und seinen Geschichten zuhören und mit dem Finger über seine Wange streicheln und sagen, dass alles gut wird.

Aber in meinen Gedanken sah ich stets ein anderes Mädchen neben ihm liegen. Ein hübscheres Mädchen, ein besseres Mädchen. Ein Mädchen, das ganz und gar zu ihm passte. Und sein Vater und seine Mutter und sein Großvater und seine Großmutter schauten anerkennend zu.

»Schlag dir den Jungen aus dem Kopf.«
»Schlag dir den Jungen aus dem Kopf.«
Ich wollte nicht wissen, warum.

Richard erklärte mir die Prozedur. »Du wirst dich erst von einem Arzt untersuchen lassen müssen, damit wir sicher sein können, dass du gesund bist. Und ich brauche ein polizeiliches Führungszeugnis. Erschrick nicht, das gehört zum Standardverfahren. Oder wartet dort eine unangenehme Überraschung auf mich?« Ich schüttelte den Kopf. Natürlich nicht. Ich hoffte nur, dass mich meine Mutter nicht als vermisst gemeldet hatte.

»Alles in allem dauert es etwa drei bis sechs Monate. Es sei denn, wir finden sofort ein *Match*.«

Richard bat mich, am nächsten Tag in sein Büro zu kommen. Dann würde er mir mehr Informationen über die holländischen Männer geben, die er momentan in seiner Kartei hatte. Und die noch kein *Match* gefunden hatten. Ich verabscheute das Wort. Er legte mir ans

Herz, keine übereilten Entscheidungen zu treffen. »Die Ehe ist eine heilige Institution.« Er klang wie meine Mutter.

In der Nacht schrak ich aus einem Traum auf, in dem ich auf dem Behandlungstisch irgendeines schmuddeligen Arztes lag. Meine Beine waren festgebunden und weit gespreizt. Der Arzt hatte eine große Eisenzange in der Hand. In einer Ecke des Zimmers stand meine Mutter. Sie hielt einen Rosenkranz in den Händen und betete unaufhörlich.

Richards Büro befand sich im dritten Stock eines grauen Wohnblocks im Süden der Stadt. Es stellte sich als Zytas Wohnung heraus. An den Wänden des Korridors klebten Poster von exotischen Orten. Überall schien die Sonne, der Strand war weiß und das Wasser tiefblau. Gebräunte Frauen in knallbunten Bikinis schauten mich verführerisch an. Ihre Botschaft war deutlich: Komm zu mir, hier liegt dein Glück.

»Ich habe gehört, dass du doch nach Holland willst«, sagte Zyta und führte mich ins Wohnzimmer. »Ich habe noch nichts entschieden«, antwortete ich. »Zögere nicht zu lange, denn auf deinen Platz warten mindestens schon zehn andere.« Sie ging aus dem Zimmer in die Küche. »Kaffee?«, fragte sie.

Kurz darauf saß ich mit einer Tasse Kaffee neben Richard und schaute mir Fotos von holländischen Männern an. Keiner ähnelte Natan. »Du musst durch die Äußerlichkeiten hindurchschauen«, sagte Richard. »Du musst gewissermaßen mit den Augen der Seele sehen.« Ich hatte keine Ahnung, was er damit meinte. »Äußerlichkeiten sind Schein. Verwirrung, Täuschung. Du spürst es von innen, wenn jemand dein *Match* ist.« Wieder das Wort.

Richard schob mir das Foto eines Mannes mit dünnem braunem Haar und roten Wangen hin. »Schau dir ihn mal an. Nicht von außen, sondern von innen. Schau in seine Seele, in seine Augen. Schau, ob er dich anspricht.« Ich sah traurige Augen. Augen, die vom Leben betrogen worden waren. Augen, die ich von meinem Vater kannte. Und meinem Großvater. Plötzlich musste ich weinen. Richard schob mir ein Papiertaschentuch hin. »Es ist gut«, sagte er. »Es ist gut.«

Die Augen gehörten Andries. Einem holländischen Bauern, der vor einigen Jahren seine Frau bei einem Autounfall verloren hatte. Er suchte eine Frau, die liebenswert war und ihm bei der Arbeit helfen konnte.

»Er ist durch seine Schwester zu uns gekommen«, sagte Richard. »Sie fand, es sei an der Zeit für eine neue Frau. Eine, die anpacken kann und nicht bei jeder Kleinigkeit jammert, wie hart ihr Leben ist.«

Ich schwieg und war etwas überrascht von meinem Weinkrampf.

»Wir haben für ihn noch kein *Match*, weil die meisten Frauen nicht zu einem Bauern wollen«, fuhr Richard fort. »Aber wenn das für dich kein Hindernis ist, kannst du vielleicht schon nächste Woche nach Holland.« Er hielt einen Moment inne und schaute mich an. »Wenn dir das nicht zu schnell geht, natürlich.« Ich ließ den Kopf sinken und betrachtete den Teppichboden. Dunkelrot mit schwarzen Tupfen. An meinem rechten Fuß war das Brandloch von einer Zigarette.

Es war eine Tatsache, dass ich zurück ins Reisebüro gegangen war. Es war eine Tatsache, dass ich eine erste Verabredung mit Richard gemacht hatte. Es war eine Tatsache, dass ich jetzt in Zytas Wohnung saß und mir Fotos von holländischen Männern anschaute, um ein *Match* zu finden. Es war eine Tatsache, dass ich in einer

Woche weg aus Polen sein konnte. Weg von dem allsehenden Auge meiner Mutter, das mich tausend Mal mehr verängstigte als das allsehende Auge Gottes. Auf dem Weg nach Holland, im Bauch ein Baby von der einzigen Liebe meines Lebens, die mich wahrscheinlich schon für eine andere eingetauscht hatte.

Ich sah auf und nickte. Richard schlug vor Freude mit der Hand auf den Tisch, als hätte ich gerade seinen Heiratsantrag angenommen.

Nun folgten nur noch einige Formalitäten. Richard war optimistisch. Er würde Andries anrufen und ihm ein Foto von mir faxen. Könnte ich mehr Informationen über mich geben, beispielsweise, dass ich mich auf einem Bauernhof wohlfühlen würde?

Ich erzählte Richard, dass ich mein ganzes Leben auf dem Land verbracht hatte und die Tiere besser verstand als die Menschen. Das war nicht gelogen. Schon als kleines Kind hatte ich zusammen mit meinem Opa die Kühe auf die Weide gebracht. Dann saßen wir zusammen auf einem Schemel auf der Wiese, während die Tiere grasten, soweit es die Länge ihrer Ketten zuließ. Nach einer Weile mussten wir sie an eine andere Stelle bringen, und ich zog zusammen mit Opa an dem Eisenstift, den er ins Gras gestampft hatte. Auf der Weide hatte Opa mir auch beigebracht, wie man melkt. Er legte seine großen Hände um meine und zusammen zogen wir rhythmisch an den Eutern. Zu sehen, wie die Milch zwischen meinen Händen hervorkam, war fantastisch. Jahrelang half ich ihm jeden Tag. Bis er so viel trank, dass er morgens nicht mehr aus dem Bett kam. Von da an kümmerte ich mich alleine um die Kühe.

Bei der ärztlichen Untersuchung musste ich zuerst einen langen Fragebogen ausfüllen. »Sind Sie schwanger?«, stand bei Frage fünfzehn. Ich kreuzte »nein« an.

Danach wurde mein Blutdruck gemessen, Augen, Ohren und Mund kontrolliert und mein Herz abgehört. Kerngesund. Der Arzt betastete noch kurz meinen Bauch, und ich sah, dass er meine Brüste musterte. Ich war jetzt fast sechs Wochen schwanger und hatte keine Ahnung, ob er es mir ansehen konnte.

»Sie sind sich sicher, dass Sie dieses Abenteuer eingehen wollen?«, fragte der Arzt. Ich nickte. »Das ist schade«, sagte er, »so schöne polnische Frauen wie Sie sehe ich ungern gehen.« Als ich ging, drückte er mir eine Flasche Tabletten in die Hand. Er lächelte. Es war ein Vitaminpräparat. »Nehmen Sie eine nach dem Aufstehen. Es wird Ihnen helfen, jetzt, da Sie zu zweit sind.«

Auf meiner Bescheinigung stand, dass ich gesund war. Kein Wort über meine Schwangerschaft.

## 5

An einem regnerischen Morgen im Oktober kam ich mit dem Bus in Breda an. Ich reiste mit sechs anderen polnischen Frauen, die ebenfalls über Aurora holländische Männer gefunden hatten. Sie standen alle schon monatelang mit ihnen in Kontakt und die meisten hatten bereits in Polen geheiratet. Eine der Frauen zeigte mir ein Foto. »Sieht er nicht gut aus?« Ich wusste es nicht. Der Mann auf dem Foto hatte rotblondes Haar und eine kleine Nase mit Sommersprossen. »Er arbeitet als Buchhalter in einer großen Fabrik in Tilburg. Seine ganze Familie ist zur Hochzeit nach Polen gekommen. Ich bin so glücklich.« Ich gab der Frau das Foto zurück und lächelte.

»Und deiner?«

»Er ist Bauer«, sagte ich.

»Bauer?«

Ich schaute nach draußen auf Schilder mit fremden Ortsnamen in einer fremden Landschaft. Es regnete leicht, und dadurch löste sich meine Aussicht in langgezogene Streifen auf. Ich wusste, was die Frau dachte. Die meisten Frauen im Bus flohen gerade vor dem polnischen Bauernleben.

Als ich Andries zum ersten Mal sah, drückte er meine Hand so fest, als griffe er nach einem Werkzeug. Er holte mich mit einem Auto ab, das fast doppelt so groß war wie das von Nachbar Wiesław. Mein Gepäck passte problemlos in den Kofferraum. »Ist das alles, was du hast?«, fragte er. Ich verstand ihn nicht. »All?«, fragte er und deutete auf die Koffer. Ich nickte. Unterwegs zu seinem Haus fiel mir auf, dass keine Menschen an der Hauptstraße entlanggingen und dass es überall sauber war. »Clean«, sagte ich zu ihm und zeigte auf die Böschung. »Yes«, antwortete er.

Der Hof von Andries lag zwischen Feldern von grünem Weideland, am Ende der Straße, wo der Asphalt in einen Sandweg überging. Ich konnte die Spuren eines Traktors erkennen. Andries besaß drei. Er zeigte sie mir am Tag darauf. Drei Traktoren, zwei blaue und einen grünen. So neue Maschinen hatte ich noch nie gesehen.

Andries trug meine beiden Koffer ins Haus. Als er die Tür öffnete, rannte ein Hund heraus und sprang bellend an ihm hoch. Er war schwarz mit einem weißen Kragen und weißen Söckchen. Als der Hund mich sah, kam er wedelnd auf mich zu. Ich ging in die Knie und hielt die Hände vor mich, um ihn zu bremsen. Er war noch jung. »Boele, hierher!«, rief Andries. Ich wollte den Hund streicheln, doch immer wenn ich die Hand ausstreckte, wich er aus. »Boele!«, rief Andries wieder. Er hörte nicht. »He is young«, sagte Andries. Ich nickte und stand auf. Boele rannte einem auffliegenden Vogel hinterher.

Die Möbel im Haus waren aus dunkler Eiche. Nur die Küche war weiß. Weiße Kacheln, weiße Schränke. »New«, sagte Andries. »Nice«, erwiderte ich. »Nice and clean.« Die Küche stand voller elektrischer Apparate. Eine Kaffeemaschine, ein Wasserkocher und etwas, das sich später als Mikrowelle herausstellte. Zu meiner Überraschung befand sich in einem der Küchenunterschränke eine Geschirrspülmaschine. Sie sah noch unbenutzt aus.

Das Haus war groß. Es gab ein Wohnzimmer, das aus zwei Räumen bestand und in der Mitte eine Schiebetür hatte. Neben der Küche befand sich ein Arbeitszimmer mit einem großen Schreibtisch, auf dem ein Stapel Papiere lag. Dem Arbeitszimmer gegenüber lag der Hauswirtschaftsraum mit Waschmaschine und Wäschetrockner. Ich blieb stehen, um mir die Maschinen anzusehen. Es war das erste Mal, dass ich einen Trockner sah. Bei uns hängt man die Wäsche noch draußen auf. Egal, zu welcher Jahreszeit.

Im ersten Stock lagen drei Schlafzimmer und ein Badezimmer. Andries brachte meine Koffer in ein Zimmer auf der Rückseite des Hauses. In dem Zimmer stand ein Einzelbett. »Your room«, sagte er.

Ich schaute hinaus, direkt auf eine Weide voller Kühe. Schon auf den ersten Blick zählte ich über dreißig.

»Oh look, the cows!«, rief ich begeistert.

»Yes«, sagte Andries.

»Twoje?«

Andries schaute mich fragend an.

»Your cows?«

»Yes.«

»All?«

»Yes«, sagte Andries erneut. Ich konnte es kaum glauben. In der Ferne glitt ein Radfahrer hoch über der Weide vorbei. »What is that?«, fragte ich Andries.
»Ein Radfahrer«, antwortete er. »Bicycle.«
»No, the land«, meinte ich.
»The land?«
»The high land?«
»Oh that? That is der Deich.«
»Nice«, sagte ich.
»Ja, nice«, sagte Andries. »You want to sleep?«
»No.«
»Eat?«
»Yes, please.«

Wir saßen einander gegenüber am Küchentisch. Boele lag unter meinem Stuhl und hatte seinen Kopf auf meinen Schuh gelegt. Ich streichelte ihn. Er leckte mir die Hand. Auf meinem Teller lagen Kartoffeln, Schnittbohnen und Wurst. Auf dem Tisch stand eine weiße Schale mit Sauce. Andries schnitt die Wurst in Scheiben, zerquetschte die Kartoffeln und vermengte alles miteinander. Dann goss er die Sauce darüber, bis alles wie eine kleine Insel in einer braunen Lache trieb. Er aß mit der Gabel. Als sein Teller leer war, stand er auf und stellte ihn ins Spülbecken.
»Die Kühe«, sagte er.
Ich sah ihn fragend an.
»Cows. Milk.«
Ich stand auf.
»No, you not. Not today. Today you rest.«
Andries schnippte mit den Fingern.
»Boele, kommst du?« Boele blieb liegen. »Boele?«
Andries stand auf und verließ die Küche, ohne Hund. Ich wusch die Teller ab und schaute durch das Küchen-

fenster nach draußen. Es wurde dämmrig, und ein roter Streifen färbte den Horizont. Durch dieses Bild hindurch sah ich meine Spiegelung im Fenster. In meiner Vorstellung konnte ich mir ohne weiteres ausmalen, dass ich nicht in Holland war, sondern in Amerika. Dass nicht Andries, sondern Natan nachher in die Küche käme. Dass ich später nicht allein in das Einzelbett steigen, sondern mich mit dem Rücken an Natans Bauch schmiegen würde. Dass ich spüren würde, wie er atmete. Dass ich mit dem Gefühl einschlafen würde, zu Hause zu sein.

Am nächsten Morgen bekamen wir Besuch von Riet, Andries' Schwester. Sie war eine Frau mit vollen roten Wangen und dünnem Haar, das sich an den Ohren in zwei Löckchen nach oben kringelte. Riet hatte einen Geschenkkorb dabei, der mit verschiedenen Sorten Wurst gefüllt war. Ihr Mann war Metzger. Den Wurstkorb hatte sich Riet als Geschenk zu Weihnachten ausgedacht, aber dank der großen Nachfrage konnte man ihn jetzt das ganze Jahr über bestellen.
»Thank you«, sagte ich zu Riet.
»Vielen Dank«, sagte Riet.
Ich schaute sie fragend an.
»Thank you. Vielen Dank. Auf Holländisch. Vielen Dank. Holländisch. Thank you. Vielen Dank.«
»Fiiielään Dank?«
»Sehr gut«, sagte Riet.
Riet machte Kaffee. Wir setzten uns zusammen an den Küchentisch. Andries war mit dem grünen Traktor auf dem Feld.
»Did you have a good trip?«
»Yes, thank you.«
Es war eine Weile still.

»You need to learn Dutch.«
»Dutch?«
»Our language. You need to learn our language.«
»Yes.«
»I will teach you.«

Dreimal in der Woche kam Riet auf dem Rad zu mir. Jedes Mal brachte sie Fleisch mit. In meiner ersten Unterrichtsstunde lernte ich, wie ich es zubereiten musste, genau wie Andries' erste Frau es immer getan hatte. Ich war eine gute Schülerin, und jeden Tag übte ich brav meine Sätze. Es war der beste Weg, meine Gedanken aufzuhalten. Gedanken an Natan, an zu Hause, an das Leben, das sich so unerwartet gewendet hatte, vom gelobten Land zur Notunterkunft.

Riet war neugierig. Nicht auf mich, sondern auf ihren Bruder. Wie er zu mir war und was er sagte. Ob er auch nett zu mir war. Und danach entstand immer eine lange Pause. Ich erzählte, wie der Tag begann und was ich ihm zum Frühstück machte. Erst Brei, dann melken, dann Kaffee mit vier Brot – Butterbroten, verbesserte sie mich – vier Butterbroten mit Käse. Jeden Satz sprach sie mir vor und ich wiederholte folgsam.

Ich schneide das Brot.

Ich schmiere die Butter.

Ich hobele den Käse. (Hobeln konnte ich nicht aussprechen.)

Ich gieße Milch in ein Glas. (Milch konnte ich auch nicht aussprechen.)

Ich mache Kaffee in einer Kanne.

»Sehr gut, Marlena, sehr gut.«

Manchmal führte Riet mit mir ein Gespräch unter Frauen. So nannte sie das. Sie erzählte dann von ihrem Mann. Was er tat und, vor allem, was er nicht tat. Sie war früher Lehrerin gewesen und wäre es auch gern geblieben. »Als ich wegging, haben sie für mich gesungen. Kannst du dir das vorstellen? So schön, so lieb, so ...« Und dann musste sie weinen, was sie normalerweise nie tat, aber sie spürte, dass sie in mir eine Freundin hatte. Das sagte sie. Ich wusste es nicht. Eine Freundin. Ich hatte nie Freundinnen gehabt. Vielleicht meine Schwester und, ja, meinen Großvater. Der war natürlich keine Freundin, aber trotzdem jemand, dem ich alles Mögliche erzählte. Von der Lehrerin in der Schule, vom Pilzesammeln im Wald, von den kleinen Kätzchen, die wir im Heu gefunden hatten. Er durfte es niemandem weitererzählen, und schon gar nicht meiner Großmutter. Wenn sie die Kätzchen fand, würde sie ihnen eigenhändig den Hals umdrehen. Allen Kätzchen. Kein einziges durften wir behalten.

In den ersten Monaten in Holland sprach ich kaum mit anderen Menschen. Andries hasste Besuch, und noch mehr hasste er es, irgendwo zu Besuch zu gehen. Also gingen wir nie zu einem Geburtstag oder einer Feier. Die Einzige, die bei uns am Küchentisch saß, war Riet. Manchmal kam ihr Mann mit. Kinder hatten sie nicht.

Das Leben auf dem Hof war mir schnell vertraut. Ich mochte die Wiesen und die Kühe. Ich mochte Boele, der mir überallhin folgte. Er erinnerte mich an einen der Hunde, den ich früher zu Hause hatte. Drum hieß er. Wir hatten ihn so genannt, weil er ein Nervenzucken in der rechten Vorderpfote hatte. Wenn er saß, trommelte er unablässig damit auf den Boden. Drum lief mir auch ständig hinterher. Er folgte mir zum Bus, wenn ich in die Schule musste. Und wenn ich nach Hause kam, wartete er wieder an derselben Haltestelle auf mich. Egal, wie spät ich nach Hause kam. Anfangs glaubte ich, er bliebe die ganze Zeit an der Haltestelle sitzen, doch meine

Mutter sagte, dass Drum zwischendurch wieder auf dem Hof war. Niemand verstand, woher er wusste, mit welchem Bus ich nach Hause kommen würde.

Andries war ein schweigsamer Mann. Ich dachte, es läge am Tod seiner Frau, doch Riet erzählte mir, er habe nie viel gesagt. Im Dorf hatte er den Spitznamen »der Stumme«, obwohl er sprechen konnte. Seine Sätze bestanden meist aus höchstens fünf Worten. »Die Kühe müssen gemolken werden.« »Ist mein Hemd gebügelt?« »Das Brot ist fast alle.« Er machte mir klar, was ich zu tun hatte. Der einzige Moment, in dem ich ihn mehr Worte hintereinander sagen hörte, war beim Gebet vor dem Essen. Manchmal sagte er plötzlich während der Mahlzeit, dass ich dankbar sein durfte. Für wen oder wofür ich dankbar sein durfte, sagte er nicht.

Ja, natürlich, ich konnte dankbar sein, dass ich bleiben durfte, als er herausfand, dass ich schwanger war. Er wusste, dass es nicht von ihm war. Wir hatten schließlich kein einziges Mal das Bett geteilt. Nie ließ er mich näher als einen halben Meter an sich heran, und der einzige Kuss, den ich von ihm bekam, war bei der Hochzeit auf dem Standesamt. Ich dachte, er fände mich hässlich, doch erst sehr viel später bekam ich das Gefühl, dass er sich seiner Frau gegenüber schuldig fühlte. Seiner verstorbenen Frau. Vielleicht hatte er Angst, sie würde ihn aus dem allmächtigen Jenseits mit Krankheit oder einem Unglück strafen. Ich dachte, dass eheliche Treue enden würde, wenn der Tod Mann und Frau scheidet, doch in seinem Glauben erstreckte sich die Treue wahrscheinlich noch über den Tod hinaus.

»Von wem ist es?«, fragte Andries eines Morgens nach dem Kaffee. Mit dem Kopf wies er auf meinen fast sechs

Monate schwangeren Bauch, den ich stets so gut wie möglich zu verbergen versuchte. Dieses Versteckspiel war natürlich zeitlich begrenzt. »Von wem ist es?«, fragte er noch einmal. In rasendem Tempo überschlug ich verschiedene Lügen. Dass es von ihm war. Unmöglich. Dass ich in Polen vergewaltigt worden war. Viel zu schlimm. Dass mich der Junge, der samstags bei ihm arbeitete, verführt hatte. Sehr unglaubwürdig. Dass es eine unbefleckte Empfängnis war? Quatsch.

Also erzählte ich ihm von Natan. Wie ich ihm in einem Hotel in Polen begegnet war und dass es Liebe auf den ersten Blick gewesen war. Ich erzählte ihm von unseren Ausflügen in den Wald, von seinen Geschichten, von seiner Stimme, von seinen Händen. Ich erzählte ihm alles. Über eine Stunde redete ich ununterbrochen, erst in gebrochenem Holländisch, dann in gebrochenem Englisch und zum Schluss einfach auf Polnisch. Als ich fertig war, musste ich weinen.

Andries hatte mich verstanden. Er blieb ganz still am Küchentisch sitzen. Er trank noch einen Schluck von seinem Kaffee, der inzwischen kalt geworden war. Dann sah er mich lange an. Mir fiel auf, dass in seinen blaugrauen Augen kleine braune Pünktchen saßen.

Ich habe keine Ahnung, wie lange wir uns ansahen. Plötzlich stand er auf. Die Stuhlbeine scharrten über die Fliesen. Wortlos ging Andries zur Tür. Er drehte sich nicht um, als er sagte: »Wenn du weg willst, kannst du gehen. Aber wenn du noch da bist, wenn ich wiederkomme, ist das Kind von mir. Von mir und keinem anderen.«

# 6

Im Krankenhaus von Breda brachte ich am Tag der Sonnenwende einen Sohn zur Welt. Ich nannte ihn Stanisław. Als er zum Trinken zu mir gelegt wurde, spürte ich eine Mischung aus Glück und Trauer. Zum ersten Mal seit Monaten hatte ich das Gefühl, Natan sei wieder bei mir. Als wäre er kurz in den Flur gegangen und würde gleich wieder hereinkommen, um zu sagen, wie schön sein Sohn sei. Wie schön ich sei und wie sehr er mich liebe. Aber ich war allein. Die Einzige, die hereinkam, war eine Krankenschwester, die mich zum Vernähen der Wunde fertig machte.

Zwei Stunden nach Stans Geburt rief ich Andries an. Er war bei der Entbindung nicht dabei gewesen. Er wollte nicht sehen, wie seine Frau das Kind eines anderen Mannes zur Welt brachte. »Ist es ein Junge oder ein Mädchen?«, fragte er. »Ein Junge«, sagte ich. Die Leitung blieb eine Weile still. »Wir dürfen heute Nachmittag nach Hause«, sagte ich. »Kommst du uns holen?«

Andries saß regungslos an meinem Bett, die Hände zwischen den Knien gefaltet. Er schaute zu Stan, der in der Wiege lag. Eine Schwester kam herein.

»Sind Sie der Vater?«, fragte sie.

Andries schaute mich an.

»Ja«, sagte ich.

»Herzlichen Glückwunsch«, sagte sie. »Sie sind bestimmt glücklich. Ist es Ihr erstes?«

Andries schwieg.

»Ja«, antwortete ich wieder.

»Wollen Sie ihn halten?«

Die Schwester schaute zu Andries. Ihr breites Lächeln erinnerte mich an das der Nonnen in der Schule.

»Ich weiß nicht, ob ich das kann«, sagte Andries.
»Unsinn. Soll ich ihn Ihnen geben?«
Die Schwester nahm Stan aus der Wiege.
»Gut den Kopf stützen«, sagte sie, »dann kann eigentlich nichts schiefgehen.«
Andries streckte die Arme aus, um Stan in Empfang zu nehmen.
»Nehmen Sie ihn etwas näher zu sich heran.«
Vorsichtig zog Andries die Hände etwas näher an seinen Körper, bis Stan an seiner Brust lag.
»Sehr gut«, sagte die Schwester.
Ein paar Minuten saß Andries so da, Stan an sich gedrückt. Er schaute ihn unentwegt an. »Er ist ein Ruhiger«, sagte die Schwester. »Da habt ihr Glück.«

Auf dem Weg nach Hause drückte ich im Auto die Stirn an die Scheibe. Sie war kühl. Ich saß mit Stan auf dem Rücksitz. Er schlief. Andries betrachtete uns im Rückspiegel.
»Alles in Ordnung?«, fragte er.
Ich nickte.
»Bist du müde?«
»Ja.«
»Wenn wir zu Hause sind, kannst du schlafen.«
Zu Hause machte Andries das große Bett in seinem Schlafzimmer fertig, damit Stan neben mir liegen konnte und auch die Wiege im Zimmer stand.
»Schlafen wir hier?«, fragte ich überrascht.
»Ist das nicht in Ordnung?«, erwiderte Andries.
»Doch.«
»Und wo schläfst du?«, zögerte ich.
»In deinem Zimmer.«
In dieser Nacht lag ich angespannt im Bett und lauschte allen Geräuschen, die Stan von sich gab. Ich

hatte Angst, etwas könne schiefgehen, und traute mich nicht, die Augen zu schließen. Um halb drei stand ich auf, um Wasser zu holen. Als ich das Licht im Badezimmer anknipste, hörte ich Andries im Flur. Er klopfte an die Tür.

»Ja?«

»Ist alles in Ordnung?«

»Ich habe Durst.«

»Und Stan?«

»Er schläft.«

»Darf ich ihn kurz sehen?«

Mit den Händen auf dem Rücken stand Andries kurz darauf neben der Wiege und betrachtete Stan. Ich legte mich aufs Bett. Jetzt, da Andries im Zimmer war, traute ich mich, die Augen zu schließen. Ich schlief sofort ein.

Als ich am nächsten Morgen aufwachte, stand Andries immer noch an Stans Wiege.

»Hast du die ganze Nacht da gestanden?«, fragte ich.

»Ja.«

»Warum?«

»Ich wollte euch nicht wecken.«

»Wie spät ist es?«

»Fünf Uhr.«

Ich klopfte mit der Hand aufs Bett.

»Komm, leg dich hin«, sagte ich. »Dann kannst du noch eine Stunde schlafen.«

Er legte sich neben mich auf die Bettlaken.

»Gute Nacht«, sagte ich.

»Ja«, erwiderte er.

Andries entpuppte sich als perfekter Vater. Als Stan noch ein Baby war, holte er ihn aus der Wiege, wenn er weinte, und spazierte mit ihm durchs Zimmer. Manchmal wechselte er sogar die Windeln. Später trug Andries ihn über den Hof und zeigte ihm die Ställe und Weiden. Ich hörte, wie er Stan von den Kühen und dem Deich erzählte und von der Hütte, die er früher mit seiner Schwester hinter dem Hühnerstall gebaut hatte, und dass er ihm, wenn er größer wäre, ein Baumhaus bauen würde. Stan lachte und zeigte in den Himmel. »Ja, das ist ein Vogel«, sagte Andries. »Und das ist ein Baum. Und das ist auch ein Vogel.« Andries hatte Stan nicht nur als seinen Sohn anerkannt, Stan war für ihn auch wirklich sein Sohn geworden.

Stan wuchs auf wie ein Junge vom Land. Er rannte den Hühnern hinterher, fing Kaulquappen im Kanal, suchte Eier auf der Weide, und wenn er müde war, schlief er auf Boele ein.

Es war ein Leben, wie ich es von zu Hause kannte, auch wenn ich als Kind nie den Luxus eines eigenen Zimmers gehabt hatte, den Luxus einer warmen Dusche, eines Daches, das niemals leckte, von Wänden, die sich im Winter nicht wie Eis anfühlten, und von Strom, der immer funktionierte.

Manchmal gab es Geräusche, die mich sofort nach Hause katapultierten. Dann hörte ich plötzlich Nachbarin Pola am Tor schwatzen. Oder Miłosz, der hinter dem Haus Holz hackte. Oder die Schritte meines Vaters auf dem Hof, der von der Arbeit auf der Baustelle zurückkam, die Schuhe und die nassen Socken auszog und seine Füße am Ofen wärmte. Nachts glaubte ich manchmal die Eulen im nahe gelegenen Wald zu hören. Und wenn ich morgens von der Bettkante aus über die Weiden schaute, schob sich mir manchmal urplötzlich das Bild eines frühen Morgens in Polen vor die Augen. Dann sah ich die Nebelschwaden zwischen den Hügeln aufsteigen, als Zeichen, dass es eine kalte Nacht gewesen war.

All diese Erinnerungen tauchten unvermittelt auf und verursachten Schmerzen, als würde mir jemand mit einem Messer in die Milz stechen. Ich versuchte sie wegzuschieben oder durch Bilder vom Vortag zu ersetzen. Stan, der einen Roller bekommt, Riet, die ihre Regenkappe über der Fußmatte im Flur ausschlägt, Andries, der mit dem Mann vom Milchwagen redet.

Als Stan fast sechs Jahre alt war, beschloss ich, mit ihm zum polnischen Kulturverein nach Breda zu fahren. Andries brachte uns mit dem Auto hin und wartete auf uns. Er wollte nicht mit hinein.

Im Verein war eine Menge los. Am Spätnachmittag sollte eine polnische Musikgruppe spielen, die auf Tournee war und zum Spaß beim Verein auftrat. Ich fragte mich, ob ich möglicherweise Bekannten begegnen würde. Vielleicht einer der Frauen, die gleichzeitig mit mir nach Holland gekommen waren.

Bevor die Musikgruppe zu spielen anfing, trat eine Frau auf das selbstgebaute Podest und nahm das Mikrofon. Sie stellte sich als Katrina vor und hieß alle willkommen. Es gab Häppchen umsonst, *Đurek*, *Bigos* und *Sernik*. Stan lehnte sich an mich. Er wusste nicht genau, was er tun sollte.

»Geh ruhig spielen«, sagte ich auf Polnisch zu ihm.

»Was denn?«

»Hier gibt es Tischfußballspiel, das magst du doch, oder?« Aber Stan blieb dicht neben mir stehen. Katrina stieg vom Podium und kam direkt auf mich zu.

»Euch habe ich hier noch nie gesehen«, sagte sie auf Polnisch.

»Wir sind zum ersten Mal hier.«

»Ist das dein Sohn?«

»Ja.«

»Und wie heißt du?«
Stan schwieg.
»Sprichst du kein Polnisch?«, fragte Katrina.
»Doch. Er heißt Stanisław.«
Katrina schaute wieder zu Stan. »So, Stanisław. Warum kommst du nicht mit in die Spieleecke? Wir haben einen Kicker und …« Sie streckte die Hand aus.
»Geh ruhig«, sagte ich zu Stan. »Ich bleibe hier.«
Stan folgte Katrina zögernd. Ich nickte ihm zu. Kurz darauf kam Katrina wieder zu mir.
»Mach dir keine Sorgen«, sagte sie. »So etwas gibt sich von selbst. Kennst du hier jemanden?«
»Ich glaube nicht.«
Katrina winkte einer Gruppe von Männern ausgelassen zu. »Sie sind erst letzte Woche angekommen«, sagte sie. »Sie arbeiten auf dem Bau, um Geld zu verdienen. Drei Monate arbeiten, zwei Wochen nach Hause. Sie wohnen zu acht in einem Bungalow auf der Peelse Heide. Die Leute in der Gegend nennen es schon die Polnische Heide. In über einem Viertel der Häuser wohnen Männer wie sie. Morgens werden sie mit einem Bus abgeholt und abends todmüde wieder abgeliefert.« Sie seufzte, als sei sie diejenige, die gerade diese schwere Arbeit verrichtet hatte.
Ich schaute zu Stan, der mit drei anderen Jungen Tischfußball spielte. Ich hörte ihn auf Polnisch schreien. »Daj spokój, daj spokój, ahhhh.« Er verfehlte einen Schuss. »Sie kommen doch freiwillig hierher, oder nicht?«, meinte ich.
Katrina lachte. »Für einen Polen ist das ein hohler Begriff.«
Sie sah mich jetzt direkt an. »Bist du freiwillig hierhergekommen?«
Ich schwieg und sah mich wieder in Zytas Wohnung.

Richard saß neben mir, zusammen betrachteten wir das Foto von Andries. Noch eine Sekunde, und ich würde mich entscheiden, den Mann auf dem Foto zu heiraten.

»Manchmal tut man, was man tut«, sagte ich.

Es war natürlich eine feige Entschuldigung.

»Kommst du mal wieder?«, fragte Katrina, als ich ging.

Andries erkundigte sich nicht, wie es im polnischen Verein gewesen war. »Wie fand Stan es?«, war seine einzige Frage, als wir wieder ins Auto stiegen, um nach Hause zu fahren.

»Toll«, sagte ich.

Andries drehte sich zu Stan um, der auf dem Rücksitz saß. »Wie war es, mein Junge?«, fragte er.

»Ganz okay«, sagte Stan.

»Was hast du gemacht?«

»Ähmmm …«

»Weißt du das nicht mehr?«

»Sie hatten leckeren Kuchen. Und es gab Musik. Und eine ganze Menge Leute.«

»Nette Leute?«

»Was ist denn das für eine Frage?«, sagte ich.

Andries sah mich überrascht an. »Eine Frage eben«, sagte er. Ich drehte mich jetzt auch zu Stan. »Es waren sehr nette Leute, oder, Stan?«

»Polnische Leute«, sagte Stan.

»Nette polnische Leute«, sagte ich. »Fahren wir?« Ich sah Andries an. Der drehte sich nach vorn und ließ den Motor an.

Am selben Abend fragte Andries, ob der polnische Verein wirklich so eine gute Idee war. Wir lebten in Holland, oder etwa nicht? Und für Stan war es bestimmt verwirrend. Vielleicht würde man ihn deshalb sogar in der Schule ärgern.

Ich schlug mit der flachen Hand auf den Tisch. Andries verschluckte sich an seinem Kaffee. Er wollte etwas sagen, doch sein Mund blieb offen stehen, als er den Ausdruck in meinen Augen sah. Es dauerte ein paar Sekunden, bis er den Mund wieder schloss und sich von seinem Schrecken erholt hatte. Meine Hand lag immer noch flach auf dem Tisch. Rot von dem Aufprall. Wenn nötig, würde ich noch einmal auf den Tisch schlagen. Doch Andries schwieg. Er hat nie wieder ein Wort über den polnischen Verein gesagt, aber er brachte uns nicht mehr dorthin. Die nächsten Male nahmen wir den Bus und den Zug.

Unsere Besuche beim polnischen Verein konnten nicht verhindern, dass Stan sich hauptsächlich wie ein holländischer Junge fühlte. Ich musste mich immer mehr bemühen, ihn für seine polnische Herkunft zu interessieren. Die Lieder, die wir schon seit Jahren zusammen sangen, fand er plötzlich blöd. Genau wie die Geschichten vor dem Schlafengehen. Ich versuchte ihn mit polnischen Comics und polnischen Spielen zu verführen, aber immer öfter fand ich sie unbenutzt irgendwo im Bücherregal über seinem Bett. Polen wurde eine Insel, von der er langsam forttrieb.

7

Meine Mutter lag im Sterben. Die Nachricht hatte mich zufällig über einen Mann beim polnischen Verein erreicht, der den Sohn von Nachbarin Pola kannte. Meine Mutter war eines Morgens aufgewacht und konnte sich nicht mehr bewegen. Sie wurde mit dem Krankenwagen ins Krankenhaus gebracht. Nach zahllosen Untersuchungen stellten die Ärzte Lymphdrüsenkrebs im weit fortgeschrittenen Stadium fest. Nichts mehr zu machen.

Ich erzählte es Andries. Er fragte, was ich tun wolle. Ich wusste es nicht. Seit ich weggegangen war, hatte ich nie wieder Kontakt mit meiner Familie gehabt. Sie hatten keine Ahnung, dass ich in Holland lebte, verheiratet war und einen Sohn hatte. Am Anfang hatte ich eine Karte geschrieben, damit sie Bescheid wussten, dass es mir gutging. »Grüße aus Holland« stand auf der Karte, und darunter war ein Foto von einem Mann in Tracht, der in einen Hering biss. Ich hatte die Karte allerdings nie weggeschickt.

Beim Abendessen las Andries einen Vers aus der Bibel vor. Es war die Geschichte von der Rückkehr des verlorenen Sohns. Es war klar, was er mir zu sagen versuchte, aber ich fand es feige, gerade jetzt als verlorene Tochter nach Hause zurückzukehren.

»Für wen würdest du hinfahren?«, fragte Andries mich am nächsten Morgen. Ich überlegte. Ich hatte die ganze Nacht wach gelegen und mich gefragt, was geschehen würde, wenn ich nach Hause führe. Was würde ich dort vorfinden? Gab es noch etwas zu finden? Außer einer Menge Vorwürfe und Anschuldigungen. Ich versuchte mir vorzustellen, wie es wäre, zu Hause anzukommen. Das Eisentor zu öffnen und den Hof zu betreten. Doch alles was ich vor mir sah, waren Bilder von früher. Mein Vater, der auf einem Schemel vor dem Haus Erbsen aus der Schote pulte. Miłosz, der mit den Hunden aus dem Wald zurückkam. Mein Opa, der auf einer Decke im Schatten lag und schlief, eine der Katzen an seinem Kopf. Als ob sie ihn vor bösen Geistern beschützen wollte.

»Ich denke, du solltest fahren«, sagte Andries.
»Vielleicht, ja.«
Wenn ich fahren würde, dann wollte ich Stan mitnehmen.
»Warum?«, fragte Andries.
»Es ist seine Familie.«
»Er kennt sie nicht.«
»Genau deshalb.«

Als Stan am Nachmittag aus der Schule kam, hatte ich unsere Koffer schon gepackt.
»Wir fahren nach Polen«, sagte ich zu ihm.
»Warum?«
Ich erklärte, dass wir zu seinen polnischen Großeltern fuhren. Dass seine Oma sehr krank war und wir von ihr Abschied nehmen würden.
»Kommt Papa auch mit?«
»Nein, Papa kommt nicht mit. Der bleibt zu Hause. Bei den Kühen.«
Stan schien wenig begeistert.
»Darf ich auch zu Hause bleiben?«, fragte er.
»Nein«, sagte ich. »Du kommst mit.«
Andries brachte uns zum Busbahnhof nach Breda. Zum Abschied drückte er Stan ein Päckchen in die Hand.
»Für unterwegs«, sagte er. Es war ein Nintendo.
Es war die gleiche Reise, die ich vor vielen Jahren in umgekehrter Richtung gemacht hatte. Damals wusste ich nicht, was mich erwartete, und in gewisser Weise galt das auch für diese Fahrt. Vielleicht ist das das Schicksal aller Emigranten. Man reist immer mit dem Gefühl, nicht zu wissen, was vor einem liegt, ob man nun weggeht oder zurückkehrt.
Um uns herum saßen polnische Männer, die nach der Spargelernte wieder nach Hause fuhren. Sie lärmten,

sangen Lieder, und in den Pausen tranken sie Wodka. Stan saß neben mir. Die ganze Fahrt über spielte er auf seinem Nintendo. Wenn wir bei einer Raststätte anhielten, um etwas zu essen, zu trinken oder auf die Toilette zu gehen, erzählte ich ihm von Polen. Von dem Haus, in dem ich geboren wurde, von meinem Bruder und meiner Schwester, von meinem Opa und wie er mir das Melken beigebracht hatte. Von den vielen Katzen auf unserem Hof und dem Hund Drum. Von den Wintern, den Wäldern und dem reißenden Fluss am Rand des Dorfes, in dem wir mit bloßen Händen versuchten Fische zu fangen. Stan hörte pflichtschuldig zu. »Vergiss nicht, dass du Pole bist«, sagte ich unterwegs immer wieder.

Nach neun Stunden Fahrt überquerten wir die polnische Grenze. Es war schon mitten in der Nacht. Ich versuchte die Schilder am Straßenrand zu lesen, aber es war zu dunkel, um genau erkennen zu können, wo wir waren. Beim nächsten Halt stand ich zum ersten Mal seit fast neun Jahren wieder mit beiden Beinen auf polnischem Boden. Unversehens stieß ich einen tiefen Seufzer aus. Als hätte ich jahrelang den Atem angehalten und als drängte die verborgen gehaltene Luft nun endlich nach draußen. Ich hatte nicht gedacht, dass ich so glücklich sein würde, zurück zu sein.

Am späten Vormittag kamen wir am Hauptbahnhof in Warschau an. Ich zeigte Stan den Palast der Wissenschaft und Kultur, der genau vor uns lag, als wir aus dem Bus stiegen. Vor Jahren hatte ich hier mit Natan gestanden und auf dasselbe Gebäude gezeigt.

Ich schlug Stan vor, den Tag in Warschau zu verbringen und in einem Hotel zu übernachten. Das hatte er noch nie getan. Er war ganz aufgeregt.

Wir gingen zu der Pension, in der ich gewohnt hatte,

als Stan noch in meinem Bauch war. So klein, dass ich daran gezweifelt hatte, ob er wirklich existierte. Jetzt ging er neben mir. Es fühlte sich an, als habe sich der Kreis geschlossen, von der Pension in Warschau nach Holland und wieder zurück. Alle Zweifel, die ich je bei meiner Entscheidung gespürt hatte, Polen zu verlassen, fielen an diesem Tag von mir ab. Ja, ich hatte das Richtige getan. Ohne jegliche Logik war ich dort angekommen, wohin ich wollte. Mit meinem Kind zurück in Polen, unerreichbar für meine Mutter, die jetzt in einem Krankenhaus auf den Tod wartete. Oder vielleicht gegen ihn ankämpfte. Wie ich meine Mutter kannte, war Letzteres wahrscheinlicher. Sie würde alles tun, um sogar dem Tod noch ihren Willen aufzuzwingen, wie sehr sie das Leben auch hasste. »Aber mich hast du nicht gekriegt, Mama«, sagte ich leise. Es war mein Triumph, hier zu sein, in dieser Stadt, mit Stan neben mir. Gesund und voller Leben.

Am nächsten Tag rief ich meine Schwester Irena an. Sie schrie auf, als sie meine Stimme hörte. »Wo bist du? Wie geht es? Bist du in Polen? Ich hole dich ab!« Ihre Begeisterung war überwältigend. Es dauerte eine Weile, bis ich ihr klarmachen konnte, dass ich in Warschau war. Mit meinem Sohn. Irena schrie wieder. »Du hast einen Sohn! Wunderbar! Wie heißt er! Wie alt ist er! Warte, sag nichts, ich komme dich sofort abholen, dann kann ich ihn sehen.« Plötzlich war sie still. »Mama liegt im Sterben«, sagte sie. »Ich weiß, deswegen bin ich hier.« Das war eine Lüge. Ich war nicht wegen meiner Mutter wiedergekommen. Ihr bevorstehender Tod war höchstens der Anlass, mit einem Stück Vergangenheit abzuschließen. Mit etwas, dem ich bisher den Rücken zugekehrt hatte, das aber damit nicht verschwunden war.

Ich fühlte mich wie ein Flüchtling, der in die Heimat zurückkehrt. Nicht, um dort zu bleiben, sondern um freiwillig und ohne Angst wieder gehen zu können.

Ich dachte an Katrina, die gesagt hatte, für Polen gäbe es die Möglichkeit des freien Willens nicht. Ich wollte das nicht glauben. Ich wollte nicht glauben, dass ich mich mein Leben lang immer nur zwischen Linien bewegt hatte, die von anderen gezogen worden waren. Aber wenn ich ganz ehrlich war, wusste ich, dass sie recht hatte.

Irena holte uns am Bahnhof ab und fuhr mit uns direkt ins Krankenhaus. Die ganze Strecke über redete sie unentwegt. Wie schnell Mutter abbaute, von den Schmerzmitteln, die nicht ausreichend halfen, von ihren schrecklichen Wahnvorstellungen. »Manchmal richtet sie sich schreiend auf und zeigt mit verzerrtem Gesicht auf das Kreuz, das gegenüber ihrem Bett hängt«, sagte Irena.

Sie wird in ihrem Dämmern wohl dem Teufel begegnet sein, dachte ich. Oder sie hat das Fegefeuer brennen sehen.

»Wie geht es Papa?«, fragte ich.

»Er ist verwirrt. Schon eine Weile. Er wohnt jetzt bei Miłosz, aber das verwirrt ihn noch mehr. Er glaubt, Mama wurde vom Teufel entführt. Ins Krankenhaus will er nicht. Er glaubt, dass sie dort Menschen mit Spritzen umbringen. Das hat er mal in einem Film gesehen.«

»Ich möchte ihn gern sehen.«

»Er weiß nicht, dass du hier bist.«

»Das wird er dann ja merken.«

»Sei bloß vorsichtig, Marlena.«

Ich war froh, dass mein Vater noch lebte. Ich wollte ihm gern zeigen, dass es mir gutging.

»Wie lange hat Mama noch?«, fragte ich.

»Sie wissen es nicht. Es kann noch Wochen dauern oder auch jeden Moment vorbei sein. Miłosz und ich besuchen sie abwechselnd.«

Während wir uns unterhielten, drehte sich Irena hin und wieder zu Stan um. »So ein hübscher Junge«, sagte sie und kniff mir dabei ins Bein.

»Spricht er Polnisch?«

»Ja«, sagte ich.

»Heute Nachmittag gehen wir ins Schwimmbad. Hast du Lust, mitzukommen?«, fragte sie Stan. Er nickte unschlüssig. »Wir werden sehen«, sagte ich zu Irena.

Mutter lag mit sechs anderen Frauen in einem Zimmer. Ihr Bett war an beiden Seiten mit einer grauen Gardine abgeschirmt. Sie schlief, als ich mit Stan hereinkam. Ich setzte mich auf den Hocker neben ihrem Bett. Stan stand schräg hinter mir. Er hatte sein Gesicht abgewendet und starrte auf den Nachttisch, auf dem eine halbe Tafel Schokolade und ein Apfel lagen. »Hast du Hunger?«, fragte ich. Er nickte. »Geh und hol dir was. Am Eingang steht ein Automat.« Ich gab ihm ein paar Münzen.

Ich betrachtete meine Mutter genau. Sie schlief mit offenem Mund, und ihr Atem ging so flach, dass es schien, als wäre sie bereits tot. In ihrem rechten Unterarm steckte eine Infusionsnadel, die sie über einen dünnen Plastikschlauch mit einem Beutel voller transparenter Flüssigkeit verband. Ihre Haut war durchscheinend. Die Adern lagen wie blaue Kabel auf ihren Händen, als könnte man sie ganz einfach zwischen Daumen und Zeigefinger hochziehen.

Ich wagte nicht, meine Mutter anzufassen. Aus Angst, sie könne sich genauso kalt anfühlen, wie sie aussah. Oder sie würde aufwachen und ich müsste etwas zu ihr sagen, was wahrscheinlich eine Lüge sein würde. Es war zu spät, um noch miteinander ins Reine zu kommen. Ich würde dich gern lieben können, Mama, dachte ich.

Plötzlich gab sie ein lautes schnarchendes Geräusch von sich und öffnete die Augen. Sie sah mich an. Überrascht. Vielleicht dachte sie, sie sei schon in der Hölle gelandet, an dem Ort, an den sie mich so oft verflucht hatte. Vielleicht erkannte sie mich auch einfach nicht.

»Halina?« Ihre Stimme klang gebrochen. Ich schüttelte den Kopf. Ich war nicht Halina. Ich wusste noch nicht mal, wer Halina war. Mutter klopfte mit der linken Hand auf die Decke. »Halina?«, fragte sie noch einmal. Es dauerte einen Moment, bis ich begriff, dass sie mir etwas sagen wollte und dass ihr Klopfen eine Aufforderung war, näher zu kommen. Ich schob den Hocker zum Kopfende und beugte mich etwas vor. »Sag Papa, dass sie schon weg waren. Sie haben sie nicht gefunden.« Ich schwieg. »Sag es ihm«, wiederholte meine Mutter. Ich nickte.

Eine Schwester schob einen Metallwagen herein, auf dem weiße, mit durchsichtigen Döschen gefüllte Plastikbehälter standen. Sie war überrascht, mich am Bett meiner Mutter zu sehen. Sie ließ den Wagen stehen und kam auf mich zu. »Sie wissen doch, dass jetzt keine Besuchszeit ist, oder?« Argwöhnisch schaute die Schwester zu meiner Mutter. »Sie können heute Nachmittag wiederkommen«, sagte sie. »Jetzt ist Medikamentenausgabe.« Sie trat ans Bett und kniff in den Infusionsbeutel. Meine Mutter kreischte auf. Ich erschrak. »Ganz ruhig, Frau Borzęcka«, sagte die Schwester. »Der Doktor kommt gleich zu Ihnen.« Ich stand auf und legte die Hand auf die Decke am Fußende. Meine Mutter sah mich wütend an. »Gehören Sie zur Familie?«, fragte die Schwester. Ich nickte. »Ich bin eine Tochter«, sagte ich leise.

»Ihr wollt alle meinen Tod. Aber ich sterbe nicht, hörst du? Ich sterbe noch lange nicht.« Meine Mutter zog sich mit beiden Händen zitternd an dem schwarzen Band hoch, das als Haltegriff über ihrem Bett hing. Einen Augenblick schien es, als würde sie sich aufrichten, um mir und der Schwester ordentlich die Meinung zu sagen. Doch nach wenigen Sekunden hatte sie keine Kraft mehr und fiel zurück aufs Bett. Mit weitaufgerissenen Augen blieb sie liegen. »Ihre Mutter bekommt gleich ihr Valium«, sagte die Schwester. »Davon wird sie ruhiger.«

»Ich komme später wieder«, sagte ich. Es war ein Versprechen, das ich lieber nicht halten wollte.

Beim Verlassen des Zimmers hörte ich, wie meine Mutter der Schwester erklärte: »Das ist überhaupt nicht meine Tochter.« Stan saß auf dem Boden im Gang und spielte mit seinem Nintendo. »Komm mit«, sagte ich und zog ihn hoch. »Gehen wir noch mal zurück zu Oma?«, fragte er.

»Nein«, sagte ich.

Beim Fahrstuhl drückte Stan auf den Knopf. Schweigend sah er zu, wie sich die Ziffern über der Fahrstuhltür langsam auf unser Stockwerk zubewegten.

»Stirbt Oma?«, fragte er plötzlich.

»Ja.«

»Wann?«

»Das weiß ich nicht.«

»Musst du dann weinen?«

»Hast du Angst davor?«

»Nein.«

Im Fahrstuhl zog ich Stan an mich und streichelte ihm über den Kopf. »Hast du Lust, heute Nachmittag schwimmen zu gehen?«, fragte ich. Er zuckte mit den Schultern.

»Kommst du mit?«

»Natürlich komme ich mit.«

»Hast du meine Badehose dabei?«

»Wir kaufen dir eine neue.«

8

Das Haus meines Bruders lag in einer Kurve. Nahm man sie zu weit, fuhr man direkt durch die Fenster ins Wohnzimmer. Miłosz meinte, das wäre noch nie passiert, obwohl das Haus schon seit zwanzig Jahren dort stand. Zur Sicherheit hatte er trotzdem eine Betonmauer vor das Haus bauen lassen.

Bevor ich zu Miłosz fuhr, kaufte ich *Sernik* beim Bäcker. Das war das Lieblingsgebäck meines Vaters. Irena hatte mir eingebläut, vorsichtig mit ihm umzugehen. Alles brachte ihn aus der Fassung, und unser Wiedersehen könnte ihn vielleicht überfordern. Sie hatte unglaubliche Angst, dass er den Verstand verlor. Ich konnte mir nicht vorstellen, dass ihn mein Besuch in den Wahnsinn treiben würde. »Du hast ihn nicht so erlebt«, sagte Irena.

Mein Vater war mager und nicht gut zu Fuß. Sein rechtes Bein war jetzt so steif, dass er es wie einen leblosen Baumstamm hinter sich herschleifte. Er musste das Bein mit beiden Händen anheben, wenn er bei Miłosz die Stufe zur Hintertür hochstieg. Sein Spazierstock schwenkte dabei gefährlich nach hinten aus.

Als mich mein Vater in der Küche stehen sah, ließ er seinen Stock fallen. Ich hatte Angst, er würde stürzen, doch er breitete die Arme weit aus und humpelte zwei Schritte auf mich zu.

»Marlena, Marlena!«

Ich lachte. Er hatte mich nicht vergessen.

Als er die Arme um mich schlang, spürte ich, wie mager er war. Ich hätte ihn mühelos hochheben oder wie ein kleines Kind ins Bett tragen können.

Miłosz' Frau machte Kaffee. Sie hatte mich nie wirklich gemocht, und ihre kühle Begrüßung an diesem Morgen zeigte, dass sich daran nichts geändert hatte. Es schien sie zu ärgern, dass sich mein Vater so über meinen Besuch freute. Scheppernd stellte sie zwei Tassen auf den Küchentisch und verschwand im Wohnzimmer. Für Stan hatte sie Limonade eingegossen, die so hell war, dass sie trübem Wasser glich.

Ich saß neben meinem Vater. Er hatte seine Hand auf meine gelegt und tätschelte sie ab und zu.

»Du bist gekommen«, sagte er immer wieder. »Du bist gekommen.«

Ich musste mir die Tränen verbeißen.

»Sie haben deine Mutter in die Hölle geschickt. Hast du das gewusst? Eines Tages haben sie sie in einem langen Auto mit einer Sirene auf dem Dach abgeholt. Aus dem Auto sind Teufel ausgestiegen. Ich habe sie gesehen. Sie hatten rote Anzüge an und winkten.«

»Mama liegt im Krankenhaus«, sagte ich. »Das weißt du doch, oder?«

»Sie geben ihr eine Spritze, und dann stirbt sie. Ich habe es gesehen. Sie haben es im Fernsehen gezeigt.«

»Das war nicht echt, Papa, das war ein Film.«

»Ein Film?«

»Ja, ein Film.«

»Kommst du mich holen?«

»Wieso?«

»Ich bin hier nicht sicher.«

Plötzlich schaute er zu Stan.

»Wer ist das?«

»Das ist mein Sohn, Stanisław.«

»Du hast einen Sohn?«

»Ich bin hier weggegangen. Erinnerst du dich noch, Papa?«

Mein Vater starrte Stan an.

»Ich bin nach Holland gegangen. Ich bin verheiratet, Papa. Stan ist mein Sohn.«

»Du hast ihn gefunden?«

»Er ist mein Sohn. Ich habe ihn zur Welt gebracht, nicht gefunden.«

»Du hast deinen Mann gefunden?«

Ich schwieg und dachte an das letzte Gespräch mit meinem Vater auf der Bettkante. Auch damals hatte er seine Hand auf meine gelegt. Am Morgen danach hatte ich mich aus dem Haus geschlichen. Um nie mehr zurückzukommen.

»Du bist meinem Rat gefolgt. Das ist gut.«

Ich nickte und schaute zu Stan, der seinen Opa mit großen Augen anstarrte. »Opa ist ein bisschen durcheinander«, sagte ich zu ihm.

»Magst du Kaugummikugeln?«

Mein Vater blickte Stan jetzt an.

Stan traute sich nicht zu antworten.

»Opa fragt, ob du Kaugummikugeln magst«, sagte ich.

»Ja«, sagte Stan.

»Ja«, sagte ich zu meinem Vater, »er mag Kaugummikugeln.«

Mein Vater kramte mit der linken Hand in seiner Jackentasche und holte eine Kaugummikugel hervor.

»Hier«, sagte er.

Er reichte sie Stan. Der nahm die Kaugummikugel und legte sie vor sich auf die Wachstischdecke.

»In den Mund stecken«, sagte mein Vater.

Stan zögerte und sah mich an. Ich nickte.

Langsam nahm Stan die Kaugummikugel zwischen Daumen und Zeigefinger und führte sie zum Mund. Er legte die Kugel mitten auf die Zunge und schloss die Lippen.

»Kauen«, sagte mein Vater.
Stan kaute.
»Lecker?«, fragte mein Vater.
Stan nickte langsam.
»Ich kaufe sie bei Pakulski«, erzählte mein Vater. »Der Einzige, der noch die echten hat.«
Beim Kauen schaute Stan meinen Vater unentwegt an. Mein Vater schaute zurück. Ohne etwas zu sagen. Es sah merkwürdig aus. Mein kauender Sohn und mein schweigsamer Vater, gefangen in einer stummen Szene, und es schien, als schlössen sie miteinander ein geheimnisvolles Bündnis.
Miłosz' Frau kam zurück in die Küche. »Seid ihr fertig?«, wollte sie wissen. Fertig? Fertig womit? Mit Reden, mit Kauen, mit Schauen?
»Komm«, sagte ich zu meinem Vater, »wir gehen nach draußen.«
»Du musst bei ihm bleiben«, sagte Miłosz' Frau. »Sonst läuft er weg, und ich habe keine Lust, ihn wieder suchen zu gehen.«
Ich half meinem Vater hoch und gab ihm seinen Spazierstock. Langsam schlurfte er zur Hintertür, die Stan für ihn aufhielt.
»Hast du gehört, was ich gesagt habe?«, rief Miłosz' Frau uns hinterher. Ich schloss die Tür.

Zwei Tage nach dem Besuch bei meinem Vater starb meine Mutter, mitten in der Nacht. Sie war alleine. Die Nachtschwester hatte auf dem Sofa ein Nickerchen gemacht und ihre Runde versäumt. »Sie ist friedlich eingeschlafen«, sagten sie. Aber genau wussten sie es nicht.

Ich blieb bei Irena, um ihr mit der Beerdigung zu helfen. Zusammen mit Stan schlief ich in ihrem Bett. Irena hatte sich eine Matratze ins Wohnzimmer gelegt. Ich freute mich über ihre Gastfreundschaft. Bei der Arbeit erzählte sie mir in einem ununterbrochenen Redefluss, was in den letzten acht Jahren alles passiert war. Mir fiel auf, dass sie nur selten etwas von Holland wissen wollte.

Irena war seit drei Jahren von ihrem Mann Mikołaj geschieden. Er trank immer weiter, sagte sie. Über die Hälfte seines Lohns ging für Wodka drauf. Es war einfach nicht mehr auszuhalten. Gottseidank hatte er sie nie geschlagen.

Ich musste an Opa Czesław denken. Als ich noch klein war, kam er häufig völlig betrunken nach Hause. Man hörte, wie er an der Eingangstür rüttelte und seine Stiefel in der Diele, wo die Mäntel hingen, von sich warf. Die Lichter waren schon aus. Auf Socken rutschte er über den Steinboden zu seinem Sessel am Kamin und setzte sich. Manchmal schien er direkt einzuschlafen, aber meistens hörte man ihn nach einer Weile weinen. Dann ging meine Mutter zu ihm und brachte ihn ins Bett. Sie zog ihn aus und hängte seine Sachen über den Stuhl in der Zimmerecke. Am nächsten Morgen ließ sie ihn liegen. Sogar sonntags, wenn alle in die Kirche mussten. »Was ist mit Opa?«, hatte ich oft als Kind gefragt. »Halt dich da raus«, antwortete meine Mutter dann. Mehr wurde dazu nicht gesagt. Nie. Halt dich da raus. Opa kam immer häufiger betrunken nach Hause und immer häufiger weinte er, manchmal auch, wenn er nicht getrunken hatte. Und immer häufiger legte meine Mutter ihn ins Bett und sagte zu uns: »Halt dich da raus.« Opa Czesław starb im Winter. Nachts hatte es geschneit. Ordentlich geschneit, denn wir bekamen die Eingangstür kaum noch auf. Opa hätte sich bestimmt darüber gefreut, denn Opa liebte Schnee. Oft baute er mit mir zusammen Schneemänner und Iglus. Ich hatte

Opa geliebt, bevor er so oft betrunken nach Hause kam.

»Kommt Opa in den Himmel?«, fragte ich meine Mutter. »Gott der Herr wird darüber verfügen«, antwortete sie. Das klang nicht gut. Gott der Herr wird darüber verfügen. Ich wollte einfach nur hören, dass Opa Czesław in den Himmel kam, aber anscheinend war das keine ausgemachte Sache. »Wenn ich sterbe, komme ich dann in den Himmel?«, fragte ich meine Mutter. »Du bist ein Kind. Alle Kinder kommen in den Himmel.« Ich habe mich nie getraut zu fragen, warum Opa vielleicht nicht in den Himmel kam. Erst später hörte ich, dass er schreckliche Dinge getan hatte.

»Siehst du Mikołaj noch?«, fragte ich Irena.

»Er kommt nur zu den Geburtstagen der Kinder.«

Das war drei Mal im Jahr.

Irena wollte wissen, wie Andries ist.

»Er ist nett«, sagte ich, »und ganz verrückt nach Stan.«

Es hatte mich überrascht, wie Andries sein Herz für Stan geöffnet hatte. Als ich ihn später einmal danach fragte, meinte er: »Vor Gott werden alle unschuldig geboren. Wer bin ich, um einem solchen Jungen etwas übelzunehmen?« Er war froh, dass es ein Sohn war. Er hatte nie ein Wort darüber verloren, doch als er Stan zum ersten Mal im Arm trug, sah ich, wie sich seine Schultern entspannten. Als würde eine Last von ihm abfallen.

»Kennst du Halina?«, fragte ich Irena morgens vor Mutters Beerdigung. Wir saßen beide in schwarzen Kleidern auf dem Sofa und warteten auf Miłosz, der uns abholen sollte.

»Halina?«

»Mutter sprach von ihr, als ich im Krankenhaus war.«

»Was hat sie denn gesagt?«

»Ich konnte es nicht richtig verstehen, aber sie hat den Namen Halina zwei Mal genannt.«

»Nachbarin Pola hatte eine Schwester, die Halina hieß. Aber die wohnte irgendwo im Norden. Ich glaube nicht, dass sie jemals bei uns zu Hause gewesen ist.«

»Vielleicht sollte ich Papa fragen«, sagte ich.

»Ich denke, sie hat einfach vor sich hin geredet«, meinte Irena. »In letzter Zeit hat sie so viel merkwürdiges Zeug gesagt.«

Sie stand auf, ging zum Fenster und schob die Gardine zur Seite, um zu schauen, ob Miłosz schon kam.

»Wie lange willst du eigentlich bleiben?«, fragte Irena.

»Ich weiß nicht.«

»Papa ist froh, dass du wieder da bist.«

»Ja.«

»Und du? Bist du froh, wieder hier zu sein?«

Ich schwieg. Ich wusste es nicht. Polen erinnerte mich an zu Hause, doch das war es nicht, zumindest nicht mehr so selbstverständlich, wie es früher gewesen war.

»Weißt du, dass ich nie verstanden habe, warum du weggegangen bist«, sagte Irena.

»Ich war ...« Ich schluckte die Worte hinunter. Plötzlich wurde mir klar, dass Irena keine Ahnung von meiner damaligen Schwangerschaft hatte. Dass ich weggegangen war, weil ich keine Abtreibung wollte. Und keine Ehe mit Cousin Janek. Sie glaubte, Stan sei der Sohn von Andries. Nur mein Vater kannte also mein Geheimnis. Unser Geheimnis. Und meine Mutter. Aber sie würde es niemandem mehr erzählen.

»Du hast Papa das Herz gebrochen, weißt du das? Nach deiner Abreise war er nie mehr derselbe. Er verschwand immer völlig unerwartet. Auf einmal stritt er sich mit Mama. Ihre Ehe wurde zur Hölle.«

War sie das nicht schon immer, dachte ich.

»Ich hoffe, du hast in Holland gefunden, wonach du gesucht hast«, sagte Irena. »Denn sonst ...« Sie stand auf und ging zum Fenster.

»Sonst was?«, fragte ich.

Irena schwieg. Sie schaute durch zwei Topfpflanzen hindurch nach draußen.

»Sonst was?«, hakte ich nach.

Irena drehte sich um und sah mich scharf an.

»Wenn du nachher wieder in dein zweifellos luxuriöses Leben in Holland zurückkehrst, hoffe ich, dass du Papa diesmal Bescheid sagst, wo du bist, und eventuell auch mal was von dir hören lässt, wenn das nicht zu viel verlangt ist.«

»Du hast ja keine Ahnung, wovon du redest«, sagte ich.

»Weißt du, dass Papa geglaubt hat, du wärst tot?«

»Das ist Unsinn!«

»Das ist überhaupt kein Unsinn«, entgegnete sie scharf.

Stan kam herein. »Streitet ihr euch?«, fragte er mich auf Holländisch.

»Nein, mein Schatz, deine Tante ist ein bisschen durcheinander.«

»Was sagt ihr?«, fragte Irena.

»Stan will wissen, wann wir abgeholt werden.«

»Stimmt das?« Irena schaute Stan fragend an.

»Lass ihn in Ruhe, Irena. Es ist nicht seine Schuld, dass du böse auf mich bist.«

»Darf ich nachher bei Opa mitfahren?«, fragte Stan.

»Wir fahren mit Miłosz im Auto«, sagte ich.

Stan ging, die Hände in den Hosentaschen. Es war seine erste Beerdigung. Ich hatte ihm eine neue Hose und neue Schuhe gekauft. Nur sehr widerwillig hatte er sie heute Morgen angezogen.

Irena schaute wieder nach draußen. Sie war sichtlich wütend. Wütend, weil ich weggegangen war. Wütend, weil ich zurückgekehrt war. Ich fühlte mich plötzlich sehr allein. Der Gedanke, dass niemand wusste, was mich nach Holland getrieben hatte, machte aus mir einen Flüchtling mit einer viel zu großen Geschichte. Ich wusste nicht, wo ich anfangen sollte.

## 9

Am Tag nach der Beerdigung rief ich Andries an. Er fragte, wie es seinem kleinen Mann gehe. »Gut«, antwortete ich. Das stimmte nicht ganz. Stan langweilte sich. Ich redete ihm zu, mit ins Schwimmbad oder auf den Spielplatz im Park zu gehen, aber Stan hatte keine Lust. Stan hatte zu nichts Lust. Jeden Tag fragte er, wann wir wieder nach Hause fahren würden.

Ich fragte Andries, wie es auf dem Hof sei. »Prima«, sagte er. Dann blieb es still.

»Stan lernt Schnitzen. Von Tadeusz. Das ist der älteste Sohn meiner Schwester. Er schnitzt einen Spazierstock für meinen Vater. Sie verstehen sich sehr gut.«

»Ist er auch vorsichtig?«

»Ja, ja«, sagte ich.

»Ihr fehlt mir«, sagte Andries plötzlich.

»Ja«, sagte ich.

Es war keine Frage und auch keine Antwort. Ich hätte gern »du fehlst mir auch« gesagt, aber das stimmte nicht. Andries fehlte mir nicht. Der Hof fehlte mir nicht. Holland fehlte mir nicht. Das Einzige, was mir jeden Tag mehr fehlte, war das Leben, das ich nicht gehabt hatte. Das Leben mit Natan. Das Leben, von dem ich einmal geträumt hatte. Seit ich wieder in Polen war, überkam mich das Gefühl immer häufiger und heftiger. Als würde die Erinnerung daran, wer ich einmal hatte sein wollen, langsam wachgerüttelt.

Irena hatte nicht mehr gefragt, wie lange ich noch bleiben wollte. Ich hatte vorgeschlagen, in ein Hotel zu ziehen, doch die Idee hatte sie abgewehrt. Inzwischen hatten wir allerdings die Zimmer getauscht. Ich schlief jetzt auf einer Matratze im Wohnzimmer und sie wieder in ihrem eigenen Bett. Stan lag in Tadeusz' Zimmer auf einer Luftmatratze.

Wir sprachen nicht mehr von früher. Stattdessen konzentrierten wir uns darauf, was mit Vater passieren sollte. Er wollte zurück in sein eigenes Haus, aber keiner von uns hielt das für eine gute Idee. Obwohl sich sein Zustand deutlich gebessert hatte – niemand wusste, ob es am Tod meiner Mutter lag, meiner unerwarteten Heimkehr oder vielleicht an beidem –, konnte er auf keinen Fall mehr für sich selbst sorgen.

»Er muss in ein Pflegeheim«, meinte Miłosz' Frau, die meinen Vater schon seit Wochen satthatte. Irena brauste auf. Vater kam nicht in ein Pflegeheim. Was dann, war eine Frage, die niemand beantworten wollte.

Wir saßen zu dritt bei Miłosz auf dem Sofa, um eine Lösung zu finden. Miłosz' Frau durfte nicht mitreden, und mein Vater wollte nicht. Er hatte die Hände hinter dem Rücken verschränkt und schaute nach draußen auf die Autos, die direkt auf ihn zufuhren, bevor sie kurz vor dem Haus abbogen. Das Licht ihrer Scheinwerfer glitt über sein Gesicht.

Nach unserer zweiten Tasse Kaffee schlug Irena vor, gemeinsam mit ihren Kindern zu Vater zu ziehen. Miłosz und ich schwiegen, um zu sehen, wie Vater darauf reagierte. Er sagte nichts.

»Hörst du das, Papa«, sagte ich.

»Hier ist es nicht sicher«, sagte er und deutete auf das Fenster. »Wenn eines der Autos zu spät abbiegt, fährt es geradewegs hier herein.«

»Da steht eine Mauer, Papa«, sagte Miłosz.

»Hast du die selbst dahin gebaut?«

»Nein.«

»Dann würde ich der Sache nicht vertrauen, mein Junge.«

Zu dem Vorschlag sagte er nichts. Irena stand auf.

»Ich finde es eine gute Idee«, sagte ich.

»Ich auch«, meinte Miłosz.

Irena ging zu Vater und blieb hinter ihm stehen. Es war, als wollte sie ihm eine Hand auf die Schulter legen, aber als zweifelte sie, ob es angebracht war. Vater drehte sich um und schaute sie an.

»Du opferst dich auf«, sagte er zu ihr. Es war keine Frage, sondern eine Feststellung.

Irena packte sofort ihre Sachen. Überglücklich, dass sie ihre Mietwohnung verlassen konnte, die bis in jeden Winkel mit den Erinnerungen an eine schlechte Ehe gefüllt war. Sie holte Kartons beim Supermarkt und lieh sich zwanzig große Plastikkisten von Miłosz, die schon seit Jahren leer in seinem Schuppen standen, um irgendwann mit irgendetwas gefüllt zu werden. Im Gegensatz zu den meisten Menschen bewahrte Miłosz keine Dinge auf, sondern Platz, um Dinge darin zu lagern. Er hatte eine Vorliebe für leere Kisten, Kästen, Kartons und Behälter. Irena witzelte, dass die leeren Kisten der einzige Raum waren, den Miłosz von seiner Frau bekam.

Während Irena dabei war, ihre Sachen einzupacken, unternahmen Stan und ich Ausflüge in die Umgebung. Ich zeigte ihm, wo ich als Kind zur Schule gegangen war. Das Gebäude war renoviert und doppelt so groß wie früher. Wo vorher nur eine sumpfige Wiese gewesen war, lag jetzt ein Sportplatz. Ich ging mit Stan an den Wiesen spazieren, auf denen ich früher mit meinem Opa bei den Kühen gesessen hatte. Mir fiel auf, dass dort nur noch wenige Kühe standen und niemand mehr bei ihnen saß. Viele Felder waren völlig verwahrlost. Als ich Irena danach fragte, meinte sie, es komme von den Fördergeldern. Jeder Grundbesitzer bekam Fördergelder. Aus Brüssel. Es brauchte keine Kuh mehr auf der Weide zu stehen. Ich dachte an Andries und wie er alles verwünschte, was aus Brüssel kam.

An einem Samstag, als Stan mit Miłosz bei einem Fußballspiel war und ich den ganzen Tag für mich alleine hatte, beschloss ich, im Hotel von Szymon und Basia anzurufen. Seit meinem ersten Tag in Polen hatte ich auf einen passenden Moment gewartet, um zu fragen, ob sie noch etwas von Natan gehört hatten. Ich rief aus einer Telefonzelle an. Die Nummer wusste ich noch auswendig, und als ich die Zahlen wählte, merkte ich, dass meine Hände schwitzten.

Vier Mal klingelte es, bevor ich Szymons Stimme hörte.

»Marlena, Marlena«, sagte er die ganze Zeit. »Bist du es wirklich, Marlena?«

Ich lachte und rief: »Ja, ja, ja!«

Szymon überschüttete mich mit Fragen. Wo ich war, wie es mir ging, warum ich so lange nichts von mir hatte hören lassen. Wann ich mal wieder vorbeikäme.

»Ich möchte gerne mit dir reden«, sagte ich. »Kann ich vielleicht zu dir kommen, heute?«

»Ja, ja, komm, komm gleich!«, rief Szymon.

Eine Stunde später saß ich im Zug.

Szymon holte mich vom Bahnhof ab. Als er mich sah, breitete er die Arme aus, als wäre ich eine lange verlorene Tochter. Auf der Fahrt zum Hotel schlug er ununterbrochen auf das Lenkrad und sagte: »Ich kann es nicht fassen, ich kann es nicht fassen.« Ich fragte, wie es Basia ginge.

Er erzählte, sie sei letztes Jahr gestorben.

Herzversagen.

Im Hotel war es still, niemand saß auf der Terrasse, die normalerweise zur Mittagszeit gut besucht war. Als ich mich nach den Hamburgern erkundigte, warf er die Arme in die Luft. Keine Hamburger mehr. Nach Basias Tod hatte er das Restaurant geschlossen. Er hatte keine Lust mehr gehabt. Er servierte nur noch Frühstück für die Hotelgäste, aber auch davon gab es nicht mehr viele.

Wir setzten uns auf die Terrasse, unter den ausgeblichenen orangefarbenen Sonnenschirm. Bei unserem Gespräch nahm Szymon immer wieder meine Hand und drückte sie. »Ich bin so froh, dich wiederzusehen. Ich habe schon gedacht, du seist vielleicht tot.«

Szymon hatte nicht gewusst, dass ich nach Holland gegangen war. Er war überrascht.

»Was hast du denn da gewollt?«

Diese Frage konnte ich nicht sofort beantworten. »Das ist eine lange Geschichte«, sagte ich. Szymon schwieg. Ich war froh, dass er nicht mehr wissen wollte.

»Möchtest du noch etwas trinken?«, fragte Szymon.

Ich bat um ein Glas Milch. Als er damit zurückkam, hielt er einen Stapel Briefe in der Hand und legte ihn vor mich hin. Ich sah die zusammengebundenen Briefe und wusste sofort: Natan.

Ich steckte die Briefe in meine Tasche. Minutenlang schwiegen wir und starrten vor uns hin.

»Ich habe einen Mann und einen Sohn«, sagte ich.

»Das ist gut«, sagte Szymon. »Das ist sehr gut.«

Als ich später im Zug zurück zu Irena fuhr, holte ich

die Briefe hervor. Ich löste den Bindfaden, den Szymon darumgebunden hatte, und zählte. Vierundzwanzig Briefe. Der letzte trug einen Poststempel vom Januar 2003. Die ganze Zugfahrt über fühlte ich einen stechenden Schmerz in der linken Seite.

Bei meiner Rückkehr war Irena in Panik. »Was ist los?«, fragte ich.
»Stan ist weg.«
»Wie ist das möglich!«, schrie ich aufgebracht.
Sie wusste es nicht. Miłosz hatte ihn vor dem Haus abgesetzt, aber anscheinend war Stan nicht hineingegangen. Irena hatte es erst herausgefunden, als Miłosz sie mit einigen Fragen wegen des Umzugs anrief.
Wir fanden Stan auf dem Busbahnhof. Er hatte seinen Rucksack und zwanzig Złoty bei sich. Damit kam er nicht weit. »Ich will nach Hause. Papa fehlt mir«, sagte er und fing an zu weinen. Ich nahm ihn in die Arme. »Mir fehlt dein Papa auch. Mir fehlt dein Papa sehr.«
»Warum fahren wir dann nicht nach Hause?«, fragte er mit tränenüberströmtem Gesicht.
»Wir sind hier noch nicht fertig, mein Junge. Mama ist hier noch nicht fertig.«
In der Nacht konnte ich nicht schlafen. Jede Sekunde dachte ich an Natans Briefe. Ich stellte mir vor, wie ich die Umschläge aufreißen, das Briefpapier herausnehmen und auffalten würde. Ich stellte mir Natans Handschrift vor und den Moment, in dem er seinen Stift auf das Papier gesetzt hatte, um mir zu schreiben. Ich stellte mir vor, was ich lesen würde. Ich nahm den Stapel wieder aus der Tasche und betrachtete den Poststempel jedes einzelnen Briefes. Vier Jahre lang hatte Natan mir geschrieben. Mehrere Male im Jahr. Die meisten Briefe waren in Highland Park abgeschickt. Manche kamen aus

New York und einige wenige aus dem Ausland: Indien, Israel, Mexiko. Hatte ich einen großen Fehler gemacht? Oder waren seine Briefe Entschuldigungen für seine Entscheidungen?

Ich schlich mich aus dem Haus. Es war eine sternenklare Nacht. Am Himmel stand ein Halbmond. Ich lief kreuz und quer durch die Straßen, Natans Briefe fest umklammert. Nachdem ich zwei Stunden umhergeirrt war, setzte ich mich auf eine Parkbank. Ich wusste nicht, was ich tun sollte. Meine Finger krallten sich um die Briefe. Ich wollte mit ihnen zu einem Papierkorb gehen, ich war bereit, sie in tausend Stücke zu zerreißen. Aber ich konnte es nicht. Ich konnte sie nicht wegwerfen und ich konnte sie nicht lesen.

Ein paar Tage später ging ich zurück zu Szymon, diesmal mit Stan, der sich benahm, als hätte er nichts mit mir zu schaffen. Er antwortete nicht, wenn ich ihn etwas fragte, sondern schaute mürrisch zu Boden und trat fortwährend mit dem Schuh gegen meinen Stuhl. Ich musste mich zusammenreißen, um nicht loszuplatzen. Szymon fragte Stan, ob er das Hotel von innen sehen wollte. Das wollte er. Etwas später kam Szymon allein zurück.

»Er sitzt in einem der Zimmer vor dem Fernseher.«

Ich schwieg.

»Er ist wütend«, meinte Szymon, »er ist ein sehr wütender Junge.«

»Er will nach Hause«, sagte ich.

»Und du?«, fragte Szymon.

Polen war mir wieder unter die Haut gekrochen. Ich konnte mich nicht länger vor dem ungeheuren Heimweh verstecken, das ich jahrelang hatte begraben wollen. Jetzt, da ich zurück in Polen war, fühlte ich mich, als hätte ich mich mein ganzes Leben in Holland in Tarnfarben gehüllt. Wie eine Beute hatte ich regungslos auf dem Feld gekauert, damit mich niemand sah und mir nichts passieren konnte. In Polen brauchte ich mich nicht mehr zu verstecken. Hier war ich geboren, hier war meine Mutter geboren und die Mutter meiner Mutter. Hier durfte ich sein.

Ich erzählte Szymon, wie gern ich in Polen bleiben wollte. Nicht für gewisse Zeit, sondern für immer. Erst als ich es aussprach, wusste ich, dass es mir ernst war.

## 10

Als ich Andries anrief, um ihm mitzuteilen, dass ich vorläufig nicht mehr zurückkommen würde, weinte er. Anfangs schwieg er nur. »Hörst du, was ich sage?«, fragte ich.

»Und Stan?« Das war alles.

»Stan bleibt bei mir.«

Bei diesen Worten brach er zusammen. »Er ist mein Sohn. Er ist auch mein Sohn«, hörte ich ihn schluchzen. Ich wusste nicht, was ich sagen sollte. »Es ist ungerecht«, sagte er dann. »Ungerecht.« Ich fand keine Worte zu meiner Verteidigung oder mit denen ich irgendetwas erklären konnte, und so schwiegen wir uns minutenlang an. »Bitte, Marlena.«

Andries' Stimme klang leise und dünn. Als wären es seine letzten Worte. Ich schluckte.

»Es tut mir leid. Es tut mir leid, wirklich.«

Ich legte auf.

Auf Szymons Drängen zog ich zurück ins Hotel. Ich half ihm, das Restaurant wieder zu öffnen, zumindest in der Mittagszeit. Vielleicht würden sogar die Hamburger wieder auf die Karte kommen. Szymon hatte vorgeschlagen, ich könne gemeinsam mit Stan bei ihm im Haus wohnen. Erst schlug ich sein Angebot aus, wir konnten doch einfach in eines der Hotelzimmer ziehen, aber Szymon war strikt dagegen. Sein Haus war groß genug und seit Basias Tod außerdem entsetzlich leer.

Als der Sommer vorbei war, musste Stan zur Schule. Er hatte sich meiner Entscheidung, in Polen zu bleiben, mit aller Macht widersetzt. Er hatte geschrien, getreten, geschlagen und geweint. In der Schule bekamen sie ihn nicht in den Griff. Schon nach zwei Tagen rief sein Lehrer Herr Dobrowicz an. »Er fängt überall Streit an«, sagte Herr Dobrowicz. »Den Jungen tritt er gegens Schienbein und die Mädchen reißt er an den Haaren.«

Ich ging zu Herrn Dobrowicz, um mit ihm zu sprechen. Er war ein junger Lehrer. Einer, der in der neuen Zeit ausgebildet worden war. Ich bat ihn, etwas Geduld mit Stan zu haben. Ich erklärte, dass es für ihn eine große Umstellung war, von Holland nach Polen zu ziehen. Dass er ein guter Junge sei, dass alles gut werde.

Zu Hause sprach ich mit Stan. Die ganze Zeit schaute er mich kein einziges Mal an. Später am Abend versuchte Szymon es noch einmal. Er ging nach oben zu seinem Zimmer und klopfte vorsichtig an. »Stan, darf ich hereinkommen?« Ich hörte, wie die Tür geöffnet wurde. »Und?«, fragte ich, als er die Treppe wieder herunterkam.

»Er vermisst Holland. Er vermisst seinen Vater«, sagte Szymon.

»Hat er das gesagt?«

»Nicht mit so vielen Worten.«

»Was hat er denn gesagt?«

»Dass er dich hasst.«

Es fühlte sich an, als würde mir kaltes Wasser ins Gesicht geschüttet. Stan hasste mich, weil er seinen Vater vermisste. Er wollte nach Hause. In das Dorf hinter dem Deich, wo die Schafe am Hang grasten. Wo die Äpfel an den Bäumen inzwischen reif geworden waren und von seinen Freunden gestohlen wurden, anstatt von ihm.

»Wir bleiben hier.« Mehr sagte ich nicht.

Abends vor dem Schlafengehen klopfte ich ganz sachte an Stans Tür. Keine Antwort. Als ich die Tür öffnete, sah ich, dass er schlief. Er lag angezogen auf dem Bett. Ich zog ihn aus und deckte ihn zu. Auf dem Boden stand der Teller mit dem Essen, das Szymon ihm gebracht hatte. Er hatte es nicht angerührt.

Am nächsten Morgen verweigerte er sein Frühstück. »Treten wir in den Hungerstreik?«, fragte ich. Er schwieg. Ich stellte seinen Teller weg, packte seine Pausenbrote in eine Plastiktüte und steckte sie in den Schulranzen. Vielleicht isst er nachher, dachte ich, wenn er in der Schule Hunger bekommt und ich ihn nicht sehe. Aber als er nach Hause kam, waren die Brote immer noch in seinem Ranzen.

»Hast du heute Mittag etwas gegessen?«, fragte ich. Er zuckte mit den Schultern. »Suppe vielleicht, in der Kantine?«, versuchte ich. Er schwieg noch immer.

Ich befürchtete, Stan würde tatsächlich in den Hungerstreik treten. Ich kannte seinen Dickschädel.

Was tatsächlich geschah, war jedoch noch viel schlimmer. Stan hörte auf zu sprechen. Ich war so darauf fixiert, ob er aß oder nicht, dass es mir zunächst überhaupt nicht auffiel. Ich seufzte nur tief vor Erleichterung, als er endlich wieder einen Teller Suppe aß. »Schmeckt es?«, fragte ich. Er nickte. »Willst du noch mehr?« Er nickte wieder. Ich genoss seine Gier. Ich setzte mich neben ihn und streichelte ihm über den Kopf. In ein paar Monaten würde er sich bestimmt eingelebt haben. Er würde sich auf die Besuche bei seinem Opa freuen. Er würde lernen, wie man ein Wildschwein schießt und wie man ohne Streichhölzer ein Feuer macht. Er würde Bäume sägen und ein Floß bauen. Er würde vollkommen glücklich sein. Ich gab ihm einen Kuss auf die Wange. »Alles wird gut«, sagte ich.

Am nächsten Tag rief mich Lehrer Dobrowicz an. »Es gibt wieder Probleme mit Stan«, sagte er.

»Sucht er immer noch Streit?«

»Nein, damit hat er aufgehört.«

Ich war erleichtert.

»Er sagt einfach kein Wort mehr.«

Stan war acht Jahre und vier Monate alt, als er beschloss, nicht mehr zu sprechen. Ich habe alles Mögliche versucht, um ihn wieder zum Reden zu bewegen. Ich dachte: Wenn ich ihm jetzt alles erkläre, versteht er es vielleicht ein bisschen. Warum wir hier sind, warum ich nicht wegkann. Warum alles ist, wie es ist.

Ich erzählte ihm von Natan, von dem Sommer hier im Hotel, vom Schwimmbad und dem Wald, davon, wie glücklich ich mit ihm war. Ich erzählte, dass Natan und ich heiraten und ich mit ihm nach Amerika gehen wollte. Ich erzählte ihm von den Briefen, die Natan mir geschrieben hatte, ich erzählte ihm alles. Aber Stan sagte nichts. Er schaute mich nur schweigend an. Und wenn er mich so anschaute, fühlte ich mich schrecklich naiv. Als hätte ich wirklich geglaubt, Natan würde mich heiraten. Als hätte ich wirklich geglaubt, ich würde jemals nach Amerika fahren, um wieder mit ihm zusammen zu sein. Als hätte ich wirklich geglaubt, die Flucht nach Holland und die Heirat mit einem völlig unbekannten Bauern sei die Lösung meiner Probleme. Als hätte ich das wirklich geglaubt.

Und dann erzählte ich keine Geschichten mehr, weil ihre Wahrheit verlorengegangen war. Was ich auch sagte: Die Farben und die Düfte von damals gab es nicht mehr.

Wie lebt man weiter, wenn einem die Vergangenheit genommen wird? Wenn das Aroma der Geschichten unbemerkt von süß nach bitter gleitet? Ich hatte keine Antwort. Ich wusste nur, dass ich einen Sohn hatte, der nicht mehr sprechen wollte.

## 11

Natürlich wusste ich, dass Stan sprechen konnte. Wir wussten alle, dass er sprechen konnte. Dafür brauchte ich keinen Arzt, der seine Stimmbänder untersuchte und seinen Kehlkopf röntgte. Dennoch folgte ich gehorsam allen Untersuchungen, deren Ergebnisse von vornherein bekannt waren.

An Stans Stimme lag es nicht.

Anfangs hatte ich geglaubt, er würde sein Schweigen nicht lange durchhalten. Ein paar Tage, höchstens eine Woche. Aber aus einer Woche wurde ein Monat, und aus einem Monat wurde ein Jahr. Schließlich ging ich mit Stan zum Psychiater. Der beobachtete ihn einen Nachmittag lang und kam dann zu der Diagnose: Selektiver Mutismus. Was so viel bedeutet wie: Er kann zwar sprechen, tut es aber nicht.

»Können Sie denn etwas daran machen?«, fragte ich.

»Ihr Sohn hat wahrscheinlich ein Trauma erlitten.«

»Ein Trauma?«

»Haben Sie eine Vermutung, woher es kommen könnte?«

»Nein«, sagte ich.

Als wir gingen, packte ich Stan am Arm und zog ihn mit nach draußen. Ich war wütend. »Wenn du nicht ganz schnell mit diesem Unsinn aufhörst, dann kriegst du von mir ein Trauma«, sagte ich.

Er sah mich ausdruckslos an.

»Willst du zurück nach Holland? Ist es das, was du willst?« Stans Blick blieb leer.

»Wenn du das willst, wenn du dann wieder sprichst, dann fahren wir nach Holland. Hörst du mich, Stan? Willst du zurück nach Holland?«

Stan zeigte keine Regung, kein leichtes Kopfnicken, nichts. Sein Schweigen war zerstörerisch. Ich fühlte, dass er von mir forttrieb, wie ein Waljunges, das versehentlich in die verkehrte Strömung geraten war und jeden Moment an Land geworfen werden konnte. Vorbestimmt, um dort zu sterben.

Hundert Mal stand ich kurz davor, mit Stan in den Bus nach Breda zu steigen. Um ihn zu den Wiesen zurückzubringen, auf denen er sorglos gespielt hatte. Wo er auf dem Rücken gelegen, in die Wolken geschaut und die Schwalben gezählt hatte. Als er fast neun Jahre alt war, hatte ich sogar die Busfahrkarten gekauft. Wir würden am ersten Tag der Sommerferien losfahren. Aber am Tag vor unserer Abfahrt landete ein Brief im Briefkasten. Und dieser Brief machte meine Rückkehr unmöglich.

ZWEITER TEIL

# Die Geschichte von Andries

I

In der Anwaltskanzlei Muijssens erklärte man mir, wie ich mich von meiner Frau scheiden lassen konnte. Ich hatte sie zu dem Zeitpunkt schon gut ein Jahr weder gesehen noch gesprochen, bis sie mich eines Morgens aus Polen anrief, um mir zu sagen, dass sie nicht mehr in die Niederlande zurückkommen würde. Unser Sohn Stan blieb bei ihr. Die Mitteilung hat mein Leben dem Erdboden gleichgemacht. Wie ein alter Apfelbaum war ich gefällt.

Ich saß nicht bei Anwalt Muijssens, weil ich mich unbedingt scheiden lassen wollte. Ich saß da, weil meine Schwester Riet es wollte. In ihren Augen hatte sich Marlena als bösartige Geschwulst entpuppt, die von mir so schnell wie möglich entfernt werden musste. Schon seit einem halben Jahr wiederholte sie die Botschaft jedes Mal, wenn ich sie sah. Und schon seit einem halben Jahr hörte ich ihr zu, ohne etwas zu unternehmen. Vielleicht war es die Hoffnung, Marlena würde eines Tages doch wieder vor meiner Tür stehen, mit Stan an ihrer Seite. Sie würde um Vergebung bitten, die ich ihr dann großherzig gewähren könnte. Wie ich ihr vergeben hatte, dass sie von einem Mann schwanger war, den ich nicht kannte. Die Scheidung bedeutete das Ende meiner barmherzigen Rolle.

Meine Schwester meinte, es gäbe keine Alternative. Und so kam es, dass ich an einem Dienstagnachmittag im weißen Büro einer Anwaltskanzlei bei einem Beratungsgespräch saß. Mit Riet an meiner Seite, die sich benahm, als wäre sie meine Mutter.

Man kann mir vorwerfen, dass ich keine einzige wichtige Entscheidung in meinem Leben selbst getroffen habe.

Als mein Vater noch lebte, war er derjenige, der mein Leben bestimmte. Danach war es meine Schwester. Riet. Zehn Minuten nachdem mein Vater seinen letzten Atemzug getan hatte, übernahm sie das Zepter. Als sei ich ein Land oder eine Stadt, die man besetzen und verwalten könne.

Ich war einunddreißig Jahre alt, als ich von meinen Eltern mit Annetje verkuppelt wurde, meiner ersten Frau. Sie war die Tochter des Hufschmieds, und sie trug eine Brille, deren Gläser so dick waren, dass sie Untertassen ähnelten und man das Gefühl bekam, als ob sie dich von einem anderen Planeten aus betrachtete.

Annetje trug die Brille schon, seit sie sechs war. Sie saß in der ersten Klasse der Grundschule und war wegen ihrer Kurzsichtigkeit so zurückgeblieben, dass die Lehrerin vermutete, etwas sei nicht in Ordnung. Sie schickte Annetje zum Schularzt, der eine Abweichung von minus fünf Dioptrien feststellte. Ihr Vater, der Hufschmied, hatte von der Kurzsichtigkeit seiner jüngsten Tochter nichts gemerkt. Als Witwer mit fünf Kindern hatte er wenig Zeit für sie.

Annetje und ich saßen zum ersten Mal nebeneinander auf dem graubraunen Sofa in der guten Stube meiner Eltern. Meine Mutter goss Tee ein, und mein Vater rauchte eine selbstgedrehte Zigarette. Es war still. Das Geräusch der Teelöffel in den Porzellantassen betonte das im Raum hängende Unbehagen. Wir warteten auf Annetjes Vater, der zu einem Notfall gerufen worden war. Das Pferd der Frau des Notars hatte morgens eines seiner Eisen verloren, und das ließ man nicht warten. Weder den Notar noch seine Frau, noch das Pferd seiner Frau.

Meine Mutter stellte Annetje ab und zu eine Frage, die sie höflich beantwortete, woran sich vor allem ihr sanfter und fürsorglicher Charakter zeigen sollte. Denn das war es, wonach meine Eltern suchten, eine fürsorgliche und hart arbeitende Frau, die ihrem Sohn bei der Arbeit auf dem Bauernhof zur Seite stehen konnte. Dem Hof meines Vaters wohlgemerkt, wo ich als lediger Sohn noch wohnte.

Die Absicht war, dass ich den Hof übernehme, wenn mein Vater stirbt. Genau wie es mein Vater bei seinem Vater getan hatte und der Vater seines Vaters bei dessen Vater, und so ging die Tradition über Generationen zurück.

Der Hof war ursprünglich ein kleinerer Mischbetrieb mit einigen Kühen, Hühnern, Schweinen, Korn und Mais. Sowohl mein Großvater als auch mein Urgroßvater hatten trotz Knochenarbeit gerade so davon leben können. Erst unter der Führung meines Vaters begann der Betrieb zu florieren. Er war in den sechziger Jahren auf Milchvieh umgestiegen und hatte mittlerweile fünfzig Kühe. Sein Ziel war es, diese Zahl bis zum Ende seines Lebens noch zu verdoppeln. Ich teilte diese Ambition nicht. Ich wollte lieber zurück zu einem Mischbetrieb, doch das waren Gedanken, die unausgesprochen in meinem Kopf verborgen blieben. Der Wille meines Vaters war Gesetz, und solange er lebte, würde ich folgen, sonst nichts.

Auch die Idee, Annetje mit mir zu verkuppeln, stammte von meinem Vater. Er befürchtete, ich würde ohne seine Einmischung ewig Junggeselle bleiben, und das brachte die lange Vererbungslinie vom Vater auf den Sohn in Gefahr.

Also heiratete ich Annetje. Meinem Vater zufolge besaß sie alle Qualitäten, die eine gute Bauersfrau haben musste; das bedeutete vor allem Arbeitseifer sowie die Fähigkeit, sich komplett aufzuopfern.

Am Abend vor meiner Hochzeit nahm mein Vater mich im Vorzimmer beiseite. Er bot mir eine Zigarre an, obwohl er wusste, dass ich nicht rauchte. Ich nahm die Zigarre nicht an.

»Nimm schon, Junge, ab morgen bist du ein richtiger Kerl, und dann gehören Zigarren dazu.«

Schon beim Anzünden der Zigarre begann ich zu husten. Mein Vater lachte. Er selbst blies fachmännisch Rauchkringel ins Zimmer. Ich hatte keine Ahnung, worüber mein Vater reden wollte, doch ich fürchtete den Inhalt unseres Gesprächs schon im Voraus.

»Hör zu, Junge, ich bin jetzt dreiundsechzig, und ich habe nicht vor, ohne einen Enkel zu sterben. Ich nehme an, du weißt, was du zu tun hast, und ich nehme auch an, dass du weißt, wo Barthel den Most holt. Oder etwa nicht?«

Ich traute mich nicht, etwas zu sagen.

»Dein Schniedel funktioniert doch, oder?«

»Ja, Vater.«

»Schön, dann hätten wir das geregelt.«

Er goss uns einen jungen Genever ein und trank seinen in einem Zug. Ich folgte seinem Beispiel. Für ihn war damit der Handel besiegelt.

Mein Vater starb im Alter von siebzig Jahren ohne Enkel.

Das Letzte, was er zu mir sagte, war: »Du schuldest mir noch etwas.«

Ich habe mich nie getraut, Annetje anzufassen. Bei unserer Hochzeitsnacht war ich froh über ihren Vorschlag, die Betten auseinanderzuschieben. Bei dem Gedanken, ich könne jedes Mal beim Umdrehen möglicherweise ihren Körper berühren, hatte ich kein Auge zugemacht. Mir war es vorläufig intim genug, zusammen in einem Zimmer zu schlafen.

Ich war überzeugt, dass sie genauso darüber dachte.

Annetje war zweiundvierzig, als sie von einem Auto angefahren wurde, das von rechts kam. Sie hatte es nicht gesehen. Es war ein Unfall, der tödlich endete.

Annetje hatte an dem Tag ihre Brille nicht auf. Sie trug ihre Brille schon seit einigen Tagen nicht mehr. Seit ihrer Rückkehr von einer Busreise nach Lourdes war sie überzeugt, dass sie ihre Brille nicht mehr brauchte. In Lourdes war sie drei Mal in ein Bad mit geweihtem, heilendem Wasser gestiegen. Sie hatte ein weißes Laken um sich geschlungen und wurde von zwei Schwestern in das kalte Wasser geführt und untergetaucht. Nach dem dritten Mal geschah das Wunder.

Der Unfall war kein Beweis dafür, dass ihre Wunderheilung nur eingebildet war. Zumindest galt das nicht für die Gruppe der Frauen, mit der sie nach Lourdes gereist war. Sie waren alle dabei, als Annetje aus der Umkleidekabine herauskam und das nasse Laken bei einer Schwester abgab. Sie waren alle dabei, als sie durch die Grotte gingen, in der Maria achtzehn Mal erschienen war. Ihre Hände hatten über die kalten Felsen gestrichen, und jede hatte dabei etwas Besonderes gespürt. Sie waren alle dabei, als sie zum Souvenirgeschäft gingen, doch beim Bezahlen bemerkte eine der Frauen, dass Annetje keine Brille mehr trug. Sie hatte sie einfach vergessen. Für jemanden mit minus fünf Dioptrien war das schon ein Wunder an sich. Die Frauen waren sprachlos. Sie falteten die Hände vor dem Mund, und manche schlugen ein Kreuz. Sie waren Zeuginnen einer wunderbaren Heilung.

Ich wollte gern glauben, dass das heilige Wasser von Lourdes Annetjes Augen geheilt hatte. Aber für mich bewies ihr Tod eindeutig das Gegenteil.

## 2

Anwalt Muijssens fragte mich, ob ich wüsste, wo Marlena wohnt. Ich hatte keine Ahnung. Ich wusste nur, dass ihre Eltern irgendwo mitten in Polen lebten.

»Wir müssen sie offiziell über Ihren Scheidungswunsch informieren. Das geht über einen so genannten Ehescheidungsantrag. Vergessen Sie den Ausdruck. Sie bekommt einige Wochen Zeit, um darauf zu reagieren. Erwarten Sie, dass sie Einspruch einlegt?«

»Geht das denn?«

»Nicht, wenn Sie formell schon ein Jahr getrennt von Tisch und Bett leben.«

Vom Bett leben wir schon über neun Jahre getrennt, dachte ich.

»Was passiert, wenn sie nicht reagiert?«, fragte meine Schwester.

»Dann wird der Richter die Scheidung aussprechen. Auch darüber müssen wir Ihre Exfrau informieren. Unsere Erfahrung zeigt, dass jemand auch beim zweiten Mal nicht reagiert, wenn er es bereits beim ersten Mal nicht getan hat. Nach drei Monaten wird Ihre Scheidung rechtskräftig beim Standesamt Ihrer Gemeinde eingetragen, sofern kein Einspruch erhoben wurde.«

»Und mein Sohn?«, fragte ich.

»Sie haben auch einen Sohn?«, fragte der Anwalt. »Das hatten Sie noch nicht erwähnt. Dadurch wird die Sache allerdings ein Stück komplizierter.«

Es dauerte ein paar Tage, bevor mir klar wurde, in was für einer Situation ich mich befand. Der Anwalt hatte mir erklärt, dass ich Marlena offiziell für etwas anklagen konnte, das er internationale Kindesentführung genannt hatte. Es würde ein internationaler Haftbefehl folgen, mit dem Ziel, Stan in die Niederlande zurückzuholen. Es war ein komplizierter Prozess, der häufig zu großer Frustration und hohen Kosten führte. War die Mutter vermögend genug, konnten die Kosten auf sie abgewälzt werden. Ansonsten galt die Redensart, dass man ein kahles Huhn nicht rupfen kann.

Ich wusste nicht, was ich tun sollte.

Ich wollte Stan für mein Leben gern wiedersehen, aber der Gedanke, Marlena in einen internationalen Prozess zu zerren, widerstrebte mir sehr. Außerdem hatte sie einen wichtigen Trumpf in der Hand. Stan war nicht mein Sohn. Niemand wusste davon, aber ein Vaterschaftstest würde es unmissverständlich zeigen.

In welches Fahrwasser begab ich mich? Tagelang ließ ich mir alle Möglichkeiten durch den Kopf gehen. Ich konnte an nichts anderes mehr denken. Nachts lag ich wach und versuchte mir vorzustellen, Stan sei wieder zu Hause. Er war jetzt gut neun Jahre alt. Ich sah ihn auf dem Fahrrad von der Schule kommen, eine Tasche unter den Spanngurten, mit offener Jacke und seinen dunklen Locken, die der Wind hochwehte. Er würde fragen, ob er mir helfen könne. Wir würden zusammen auf dem Traktor zu den tiefer gelegenen Weiden fahren, auf denen die Kühe nur im Sommer stehen. Wir würden die Zäune kontrollieren, Stacheldraht reparieren und hier und da neue Pfähle einschlagen. Er würde die Kühe in den Stall treiben. Ich sah ihn hinter der Herde herlaufen, mit einem Stock in der Hand, den er wild schwenkte, um die hintersten Kühe anzuspornen. Manchmal lief er in Gedanken versunken über das Feld oder blieb stehen, um etwas zu betrachten, das niemand sonst gesehen hatte.

Manchmal stellte ich mir vor, dass ich ihm bei den Hausaufgaben half. Mit Mathematik oder einem Aufsatz. Wir saßen am Küchentisch, weil das Licht dort schön hell war und die Geräusche von draußen etwas lauter hereindrangen. Die Küche war der Ort, an dem ich mich schon mein ganzes Leben lang am wohlsten gefühlt hatte.

Riet kam vorbei und fragte, ob ich schon wüsste, was ich tun wollte. Ich wusste es nicht.
»Du musst dich scheiden lassen«, sagte sie.
»Warum?«
»Diese Frau hat dich betrogen.«
»Sie hat mir einen Sohn gegeben.«
Riet lachte kurz und hoch, mit einem schrillen Ton, der klang, als würde jemand mit dem Nagel über eine Tafel kratzen.
»Was?«, fragte ich.
»Jeder weiß, dass das Kind nicht von dir ist.«
»Das ist nicht wahr.« Ich schlug hart mit der Faust auf den Tisch und stand auf. Ich wollte nach draußen gehen, doch Riet stand mit ausgebreiteten Armen vor mir. Ihre Hände stemmten sich in den Türrahmen.
»Es wird Zeit, dass du die Augen aufmachst«, sagte sie.
»Es wird Zeit, dass du die Klappe hältst«, sagte ich und schob sie weg.
Draußen trat ich eine Schubkarre um und warf einen Besen durch die Luft. Als er auf die Pflastersteine aufschlug, brach der Stiel entzwei.
Ich musste an das einzige andere Mal in meinem Leben denken, dass ich so wütend war. Ich war acht Jahre alt. Mein Vater hatte mich zum Stall mitgenommen, wo vier kleine Ziegen standen. Eine davon war meine Lieblingsziege. Ich hatte sie Okke genannt. Heimlich, denn mein Vater mochte es nicht, wenn wir den Kühen,

Ziegen oder Schweinen Namen gaben. »Namen sind für Menschen«, sagte er. Und für Hunde und Katzen. Ich sah keinen Unterschied. Bevor ich zur Schule ging, schaute ich immer kurz bei Okke vorbei und wünschte ihr einen schönen Tag. Mein Vater ging jetzt direkt auf den Verschlag zu. In der Hand hatte er ein großes Messer. Er sagte, ich solle eine Ziege aussuchen. Ich schaute ihn mit großen Augen an. Was meinte er? »Such eine Ziege aus«, schrie er. Ich sah ihn an und fing an zu weinen. Er ging in den Verschlag und packte die kleinste Ziege am Kopf. »Die hier?« Ich schüttelte den Kopf. »Dann die hier?« Er ging zur nächsten. Wieder schüttelte ich den Kopf. Als letzte packte er Okke. Diesmal fragte er nichts, sondern zerrte sie grob aus dem Stall. Draußen klemmte er Okke zwischen die Beine und drehte ihren Kopf mit der linken Hand zur Seite. »Dann wird es also die.« Mit einer schnellen Bewegung zog er das Messer an der Kehle entlang. Okke ging sofort in die Knie, während das Blut von ihrem Hals auf den Beton lief. Ich rannte weg, auf die Weide, über den Zaun, auf den Deich, in Faasses Obstgarten. Dort hob ich die faulen und angefressenen Äpfel auf, die von den Bäumen gefallen waren und schmiss sie so hart auf den Boden, wie ich konnte. Das Fruchtfleisch spritzte auseinander. Ich stellte mir vor, dass ich sie meinem Vater an den Kopf warf und dass ihn jeder Apfel wie ein Stein treffen würde.

Als ich zwei Stunden später nach Hause kam, schüttete meine Mutter gerade Eimer mit Wasser über den Beton vor dem Ziegenstall, um das Blut ins Gras zu spülen. Das braunrote Wasser versickerte langsam im Boden. Sie sagte nichts, als sie mich sah. Abends am Tisch schaute mich mein Vater mit einem grimmigen Lächeln an. »Verlieb dich nie in eine Ziege, Andries«, brummte er, »denn früher oder später endet sie im Schlachthaus.«

Riet war im Haus und machte Kaffee. Durch das Fenster sah ich sie in der Küche hin und her gehen. Ich nahm die beiden Besenstücke und warf sie zur Seite. Ich wollte, dass Riet nach Hause ging. Ihr Gedrängel ging mir auf die Nerven.

Als ich in die Küche kam, hatte sie den Kaffee schon eingegossen.

»Ich will, dass du nach Hause gehst«, sagte ich.
»Kaffee ist fertig.«
»Ich will, dass du nach Hause gehst.«
»Ich habe dich gehört.«
»Und?«
»Was und?«
»Gehst du?«
»Es ist also eine Frage?«
»Nein.«
»Wir müssen reden«, sagte Riet.
»Worüber?«
»Sie hat dich schon vor einem Jahr verlassen, Andries. Sie hat Stan mitgenommen und nie mehr etwas von sich hören lassen.«
»Sie hat angerufen.«
»Wann?«
»Erst neulich.«
»Und was hat sie gesagt?«
Ich schwieg.
»Dass sie zurückkommt? Dass es ihr leidtut?«, fragte Riet verächtlich.
»Woher willst du wissen, dass es nicht so ist?«
»Dass es ihr leidtut?«
»Dass sie zurückkommt.«
»Die Frau hat dich reingelegt, Andries.«
»Du hast sie hierher geholt.«
»Jetzt ist es also meine Schuld?«

»Es war deine Idee.«

»Ich wollte dir helfen.«

»Ich bin hier wunderbar alleine klargekommen«, sagte ich.

»Du vergisst, wer hier ständig für dich eingekauft und gekocht hat.«

»Willst du, dass ich dankbar bin? Ist es das, worum es hier geht?«, rief ich.

»Ich hatte es satt, Andries. Ich hatte es mehr als satt.«

Nach Annetjes Tod kam Riet jeden Tag um halb eins mit dem Fahrrad auf den Hof gefahren. Manchmal mit roten Wangen von der Kälte oder von der Hitze. Manchmal mit ihrer Regenkappe, die sie fest um den Kopf gezogen hatte, andere Male mit weit offener Jacke und Schweißflecken unter den Achseln. Immer sah sie durchgepustet aus. Die vier Kilometer vom Dorf zum Bauernhof führten durch offene Landschaft, wo einem der Wind immer entgegenzukommen schien.

In ihren Fahrradtaschen brachte sie die Einkäufe mit. Brot, Käse, Schinken, Würstchen, ein paar Dosen Bier, Sirupwaffeln oder Schokoladenkekse, Äpfel, Marmelade, Sirup. Als Letztes die drei Tupperware-Dosen aus Plastik mit Kartoffeln, Gemüse, Fleisch. Mein Mittagessen.

Sie legte alles auf einen Teller und stellte ihn in die Mikrowelle. Riet hatte die Mikrowelle für mich beim Großhandel in Den Bosch gekauft.

Am Mittwochmittag briet Riet Würstchen. Fünf Stück. Sie stellte sie in einer Dose in den Kühlschrank. Abends aß ich sie auf Brot, in Scheiben geschnitten und mit Senf. Ich mag Senf, vor allem die Sorte, die einem den Speichel im Mund zusammenzieht, sodass er über die Kiefer hinauf ins Gehirn zieht und durch die Nase wieder heraustropft.

Bevor Riet jeden Mittag mit knirschenden Reifen auf meinen Hof gefahren kam, hatte ich aus der Dose gegessen. Riet meinte, das würde mich noch umbringen. Ganze Kriege wurden von Soldaten ausgefochten, die sich nur aus Dosen ernährten. Ich sah nicht ein, warum ich so nicht überleben sollte. Natürlich war ich Riet dankbar. Nicht für die Würstchen oder die drei gefüllten Tupperware-Dosen oder die Einkäufe in ihrer Fahrradtasche. Ich war ihr dankbar, weil sie mir keinen Ausweg in den dunkelsten Teil meiner Gedanken ließ. Wegen ihr wusste ich, dass ich weitermachen musste, aufstehen musste, zu den Kühen und den Hunden und den Hühnern gehen musste. Ein Bauer kann nicht langsam aufhören, ein Bauer muss abrupt aufhören, denn wenn er einmal in Gang ist, kann er sich Verzögerungen nicht mehr leisten. Du bist drinnen oder du bist draußen. Riet sorgte dafür, dass ich drinnen blieb. Widerwillig und freudlos, aber ich blieb.

Riet wusch ihre Tasse in der Spüle, trocknete sie ab und stellte sie zurück in den Schrank. Sorgfältig löschte sie so die Spuren ihrer Anwesenheit. Ich betrachtete sie. Jede Bewegung der Frau, die mir vertrauter war als irgendwer sonst in meinem Leben.
»Hast du jemals darüber nachgedacht, wieder hier zu wohnen?«, fragte ich.
Sie drehte sich um.
»Ich?«
»Ja.«
»Wieso?«
»Wenn ich nicht mehr da bin.«
»Hast du denn vor, von hier wegzugehen?«
»Vielleicht fahre ich nach Polen«, sagte ich.
»Red keinen Unsinn, Andries.«

Ich schwieg. Natürlich war es Unsinn. Ich hatte die Niederlande noch nie verlassen. Ich war noch nicht einmal oberhalb der Flüsse gewesen.

Riet war drei Jahre älter als ich, und als Kinder waren wir die besten Spielkameraden. Wir spielten auf dem Heuboden oder auf den Liegesilos, die mit schwarzem Plastik und alten Autoreifen abgedeckt waren. Wir hatten auch eine Hütte zwischen den Sträuchern am Graben, hinter dem Hühnerstall. Niemand kam je dorthin. Wir hatten die Hütte aus Bohlen, alten Dachpfannen, schwarzem Plastik, ein paar Backsteinen und einem Stück Wellblech gebaut.

Die Hütte hatte zwei Eingänge, einen normalen und einen geheimen, den man nicht sehen konnte, wenn man nicht wusste, wo er war. Wir hatten den geheimen Eingang so gebaut, dass man leicht daraus flüchten konnte. Wir hatten ihn nie benutzt, weil uns nie jemand suchte, geschweige denn verfolgte.

Ich kann mich noch gut an den Tag erinnern, an dem Riet nicht mehr mit mir spielen wollte. Ich hatte ihr einen Brief in Geheimsprache geschrieben, in dem stand, dass am Nachmittag ein wichtiges Treffen in der Hütte stattfinden sollte. Riet und ich schrieben dauernd solche Briefe, die wir in einer Metalldose aufbewahrten und in einer Kuhle in unserer Hütte versteckten. In der Kiste lagen auch eine Indianerfeder, ein flacher grauer Stein und zwei Zähne von uns beiden. Ich hatte auch noch ein Taschenmesser hineingelegt und ein Seilknäuel. Das erschien mir praktisch für den Notfall.

Ich wartete in der Hütte auf Riet, doch sie kam nicht. Sie machte Hausaufgaben am Küchentisch, als ich sie fand. Ich griff sie mit beiden Händen am Arm und versuchte sie mitzuschleifen. Als das nicht gelang, packte ich ihre Bluse und wollte sie vom Stuhl zerren. Doch Riet wurde wütend. »Ich will nicht mit, hast du gehört. Es ist vorbei.« Mit der flachen Hand schlug sie mir hart ins Gesicht. Ich hatte es gehört.

Seit dem Nachmittag kam sie nie mehr in die Hütte, nie mehr auf den Heuboden, nie mehr auf das Liegesilo. Sie wollte nicht einmal mehr mit, um die Kühe zu holen. Ich war neun Jahre alt und spielte von da an alleine. Ein paar Monate später ging ich morgens auch alleine in die Schule. Riet würde künftig zu Hause bleiben, um meiner Mutter zu helfen.

Riet hatte ihre Jacke angezogen und wollte nach Hause fahren. Mit einem entschlossenen Ruck knotete sie den Gürtel ihrer Jacke zu. Ihre Regenkappe hielt sie in der Hand. Draußen war es trocken.

»Ich komme morgen wieder«, sagte sie.

»Nicht nötig«, erwiderte ich.

Sie ging. Ich hörte, wie sie eine der Fahrradtaschen öffnete und wieder schloss. Wie sie den Dynamo gegen den Vorderreifen klickte. Ihre Schuhe auf den Pedalen. Ein leises Knistern von Steinchen unter den Rädern. Sechs Mal treten und sie war weg.

## 3

Alle wussten also, dass Stan nicht mein Sohn war. Stimmte das oder hatte Riet gelogen, um den Druck, mich von Marlena scheiden zu lassen, zu erhöhen? Ich hatte immer gedacht, dass sie Stan mochte. Ihren einzigen Neffen. Hatte sie all die Jahre nur so getan? Oder hatte sie ihre Zuneigung begraben, jetzt, da sie wusste, dass es nicht mehr nötig war?

Ich bekam einen Anruf von einer Frau der Anwaltskanzlei Muijssens.

»Sie sind neulich wegen eines Beratungsgesprächs bei uns gewesen, und wir wüssten gern, ob wir noch etwas für Sie tun können.«

»Nein«, sagte ich abrupt. »Nein, vielen Dank.«

»Darf ich fragen, warum nicht?«, fragte die Frau.

Nein, das dürfen Sie nicht, dachte ich. Ich wollte auflegen, wusste aber nicht, wie man so etwas höflich tat.

»Vielleicht überfalle ich Sie«, meinte die Frau.

»Ja, ziemlich.«

»Wenn Sie möchten, kann ich Sie zu einem späteren Zeitpunkt zurückrufen.«

»Tun Sie das. Ja, tun Sie das.«

Ich legte auf und setzte mich auf den Hocker im Flur. Ich bekam kaum Luft. Ich ging nach draußen und hielt den Kopf unter das kalte Wasser der Pumpe. Ich spürte, wie das Wasser über den Nacken den Hals hinunterlief und nasse Flecken auf meinem Hemd hinterließ. Ich ging am Ziegenstall vorbei, der schon seit Jahren leer stand. Ich hatte die Ziegen nach dem Tod meines Vaters abgeschafft. Jetzt standen dort nur noch alte Fahrräder.

Stan liebte Tiere und er spielte mit allem, was laufen, kriechen, springen oder fliegen konnte. Er hatte vor nichts Angst. Er ließ Kreuzspinnen, Weberknechte, Ameisen, sogar Wespen und Bienen über seine Arme laufen. Er versuchte, Hühner, Kaninchen und Mäuse zu sich zu locken. Nachts schlief immer eine der Katzen bei ihm im Bett. Im Sommer folgte Boele ihm manchmal zur Schule und wartete nachmittags auf ihn. Manchmal hörte ich, wie er mit einem Vogel sprach oder dem Hund erzählte, was die Katze dachte und umgekehrt.

Tiere waren etwas ganz Normales für ihn, ein Teil seines Alltags, und vielleicht waren sie auch seine Freunde.

Zu meiner Überraschung brachte ihn der Anblick eines toten Huhns oder eines erschossenen Kaninchens nicht aus der Fassung, genauso wenig hatte er eine Abneigung gegen Menschen, die Tiere töteten. Er konnte es auch selbst. Den Plötzen, die er zusammen mit den Dorfjungen im Kanal fing, schnitt er ungerührt hinter den Kiemen den Kopf ab. In weniger als fünf Minuten machte er den Fisch kochfertig.

Die Kombination aus inniger Freundschaft und kaltblütigem Henker hatte mich immer verblüfft. Eines Nachmittags nach dem Angeln fragte ich ihn, ob er es nicht schwierig fand, den Fisch, den er fing, auch zu töten.

»Ich habe ihn gefragt«, sagte er.

»Wie meinst du das?«

»Einfach so. Ob es in Ordnung ist.«

»Ihn zu töten?«

»Ja.«

»Wen?«

»Den Fisch«, sagte Stan.

Ich sah ihn überrascht an.

»Und wenn er nein sagt?«

»Dann werfe ich ihn zurück.«

Ich schwieg einen Moment.

»Sagen die Fische denn ab und zu nein?«

»Manchmal.«

Seine Antwort überraschte mich.

»Und was sagen deine Freunde dazu?«

»Ich erzähle ihnen, dass sie krank sind. Davor haben sie Angst, vor kranken Fischen. Dann traut sich keiner mehr, sie anzufassen.« Ich traute meinen Ohren nicht.

»Du wirfst sie also zurück, wenn sie nein sagen?«

Er nickte. Als ich nichts weiter sagte, lief er in die Küche, wo Marlena mit dem Essen beschäftigt war. Ich sah, wie er sich an sie lehnte und wie sie ihm übers Haar strich. Sie lachte. Stan war damals sechs Jahre. Oder sieben. Das weiß ich nicht mehr genau.

Ich rief die Kanzlei Muijssens wegen eines neuen Termins an. Ich wollte wissen, was passieren würde, wenn ich mich nicht von Marlena scheiden ließ.

Dieses Mal ging ich ohne Riet. Seit unserem letzten Gespräch, bei dem ich den Besen zerbrochen hatte, war sie nicht mehr da gewesen. Schon seit ein paar Tagen aß ich Brot mit Wurst und Erbsen aus der Dose. Es schmeckte mir prima.

Anwalt Muijssens war ein Stück herzlicher als beim ersten Mal. Mit diesem Besuch war ich offiziell zu seinem Kunden geworden, oder Klienten, wie er einige Male wiederholte. Der Unterschied lag wahrscheinlich in dem Betrag, den ich ihm zahlte.

Es überraschte ihn zu hören, dass ich nicht wegen der folgenden Schritte der Scheidung kam, sondern wegen der möglichen Folgen einer Nicht-Scheidung.

»Hat meine Frau noch Rechte?«, fragte ich.

»Jetzt?«

»Oder später, wenn ich nicht mehr da bin.«

»Wie lange leben Sie schon getrennt?«, fragte der Anwalt.

»Über ein Jahr.«

»Hat Ihre Frau je Kontakt zu Ihnen aufgenommen?«

»Nein. Außer um zu sagen, dass sie nicht mehr zurückkommt.«

»Tatsächlich leben Sie also bereits getrennt?«

Ich nickte.

»Darf ich fragen, was der Grund ist, dass Sie diese tatsächliche Situation nicht formalisieren möchten?«

»Wie meinen Sie?«

»Warum lassen Sie sich nicht wirklich scheiden?«

Ich zuckte mit den Schultern.

»Für viele meiner Klienten ist die Scheidung das Schwerste, was sie je in ihrem Leben tun müssen«, sagte der Anwalt.

Ich nickte.

»Es ist ein emotionaler Prozess, dem sich viele Anwälte häufig nur als juristischem Sachverhalt nähern. Es kann dem Klienten jedoch helfen, die Sache auch aus einem geschäftlichen und finanziellen Blickwinkel zu betrachten.«

Ich wusste nicht, worauf er hinauswollte.

»Wie haben Sie geheiratet?«, fragte Anwalt Muijssens.

Wie? Was spielte es für eine Rolle, wie ich geheiratet hatte. Eines Morgens ohne Familie oder Bekannte, mit zwei Beamten vom Standesamt als Trauzeugen. Nachdem wir zwei Mal das Jawort ausgesprochen hatten, gab ich Marlena einen flüchtigen Kuss und schob ihr den Ehering an den Finger. Innerhalb einer Viertelstunde standen wir wieder draußen. Schweigend fuhren wir nach Hause, wo Riet einen Kuchen auf dem Küchentisch zurückgelassen hatte. Wir aßen davon, wie man einen Keks zum Kaffee isst. Beiläufig und ohne besondere Aufmerksamkeit.

»Ich meine, ob Sie in Gütergemeinschaft oder mit einem Ehevertrag geheiratet haben«, sagte der Anwalt.

Oh, das meinte er.

»Mit einem Ehevertrag.«

»Das war dann auf jeden Fall vernünftig.«

Anwalt Muijssens erklärte mir, dass Marlena mich rechtlich nicht beerben konnte, da wir schon ein Jahr getrennt von Tisch und Bett lebten. Getrennt von Tisch und Bett leben wir schon die ganze Zeit, dachte ich wieder. Ich musste an die erste Nacht nach Stans Geburt denken. Ich hatte Angst, Marlena würde abhauen. Bei jedem Geräusch eilte ich in den Flur, um nachzuschauen, ob sie nicht heimlich mit Stan die Treppe hinunterschlich. Ich habe sogar ein paar Stunden an seiner Wiege gestanden wie ein Soldat auf Wache. Morgens habe ich mich todmüde neben Marlena auf das Bett gelegt. Es war das einzige Mal, dass ich so dicht neben ihr lag.

»Ich möchte, dass Sie gut darüber nachdenken«, sagte Anwalt Muijssens. »Persönlich bin ich kein Befürworter davon, eine Ehe aufrechtzuerhalten, die tatsächlich nicht mehr existiert. Nicht aus moralischen Gründen, sondern aus rein juristischen. In dem Moment, wenn Ihnen etwas passiert, wird es für Ihre Familie ein riesiger Aufwand, alle juristischen Angelegenheiten in Ordnung zu bringen. Es können Monate oder gar Jahre vergehen, bevor Dinge wie das Erbe geregelt sind. Die ganze Zeit befindet sich Ihr Betrieb in einer Zwischenphase, in der nichts verkauft werden darf. Weder Ihr Haus noch Ihr Land, noch Ihr Vieh. Ich habe schon zu oft gesehen, wie Wohnungen verwahrlosen, weil bei den Erbschaftsangelegenheiten eine Menge Probleme auftauchen, die niemand vorausgesehen hat. Es ist mein Beruf, diese Dinge zu vermeiden. Mein Rat ist, mit solchen Entscheidungen nicht allzu leichtfertig umzugehen. Was das angeht, kann ich mir die Sorgen Ihrer Schwester gut vorstellen.«

»Die Sorgen meiner Schwester?«

»Schauen Sie, ich weiß genau, dass der Betrieb Ihnen gehört. Niemandem sonst. Aber emotional fühlt sich Ihre Schwester damit natürlich verbunden. Es ist ihr Geburtshaus, das Haus, in dem sie aufgewachsen ist. Sie kennt den Hof und wahrscheinlich auch den Betrieb, wie Sie ihn kennen. Für sie ist es mehr als ein Stück Land oder eine Ansammlung von Steinen. Aber ich nehme an, Sie verstehen das.«

»Was hat sie Ihnen gesagt?«

»Dass sie sich Sorgen macht.« Muijssens sah mich an. »Aber das wissen Sie doch, oder?«

»Sie hat hiermit nichts zu tun«, sagte ich. »Überhaupt nichts. Hier geht es um meine Frau, um meinen Sohn, nicht um einen Betrieb.«

»Ich verstehe, dass Sie das so sehen.«

»So sehe ich es nicht, so ist es.«

»Es tut mir leid, wenn ich vielleicht einen verkehrten Eindruck von Ihrer Schwester vermittelt habe.«

»Ich denke, Sie haben einen völlig korrekten Eindruck von meiner Schwester vermittelt.«

»Ich hoffe, Sie wissen, dass ich selbstverständlich Ihr Interesse beherzige. Sie sind mein Klient. Nicht Ihre Schwester.«

»So haben Sie sich nicht angehört.«

»Das tut mir leid.«

Anwalt Muijssens verstummte.

»Was kann ich tun, um Ihr Vertrauen zurückzugewinnen?«

»Sie haben mein Vertrauen noch nie gehabt.«

»Dann tut es mir besonders leid.«

»Hat meine Schwester Ihnen erzählt, wie viel mein Betrieb wert ist?«

»Nein.«

»Anderthalb Millionen. Ich habe ihn vor zwei Monaten schätzen lassen.«

»Warum?«

»Warum? Weil ich keine Lust mehr darauf hatte. Ich dachte: Ich verkaufe den ganzen Krempel. Das Land, die Kühe, den Hof. Ich zahle meine Kredite auf einen Schlag ab und mache mich vom Acker. Vielleicht nach Polen, ja. Vielleicht um ihn zu suchen, ja. Ja, ja, nachgedacht habe ich schon darüber. Ich habe sogar mit einem Agrarmakler gesprochen. Unter höchster Geheimhaltung natürlich. Einen Betrieb wie meinen verkauft man nicht mit einem Schild im Garten. Anderthalb Millionen. Das hat er gesagt. Dass alles zusammen bestimmt anderthalb Millionen wert ist. Können Sie sich das vorstellen?«

»Und was wollen Sie jetzt tun?«

»Ich will mich nicht von meiner Frau scheiden lassen, verdammt nochmal! Ich will, dass sie zurückkommt. Mit meinem Sohn! Das ist es, was ich will! Das, ja!«

Anwalt Muijssens stand auf, um mir ein Glas Wasser einzugießen. Er stellte es vor mich. Dann setzte er sich auf den Rand seines Schreibtisches. Seine Hände lagen auf den Oberschenkeln. Ich sah, dass er einen Ehering trug.

»Wie lange sind Sie schon verheiratet?«, fragte ich.

»Wie bitte?«

»Sie, verheiratet, wie lange schon?«

»Ich bin geschieden.«

Ich schaute auf.

»Aber Sie tragen einen Ehering, nicht wahr?«

»Ich kann ihn nicht abnehmen. Ich meine, es gelingt mir nicht, ihn abzunehmen. Ich meine, es gelingt mir schon, aber ich will es nicht. Anscheinend.«

»Dann verstehen Sie doch, was ich meine.«

»Ja.«

Anwalt Muijssens setzte sich wieder an seinen Schreibtisch.

»Sie und ich sind Männer mit verschlossenen Herzen«, sagte er. »Man kommt nur schwer hinein, aber genauso schwer wieder heraus.«

»Was raten Sie mir?«

»Ich rate Ihnen, sich scheiden zu lassen.«

»Und mein Sohn?«

»Ihr Sohn wird immer Ihr Sohn sein, was auch geschieht.«

Ich spürte einen Krampf im Bauch.

»Ist etwas?«

»Wie lange dauert so eine Scheidung?«, fragte ich.

»Das hängt davon ab, wie schnell wir Ihre Frau finden. Und was sie daraufhin tut. Haben Sie ihre Adresse?«

»Nein.«

»Von der Familie auch nicht?«

»Nein.«

»Wir werden unser Bestes für Sie tun. Wenn Sie möchten, natürlich. Die Entscheidung liegt bei Ihnen.«

Die Entscheidung lag bei mir.

Ich rief Riet an. »Wir müssen reden«, sagte ich.

Riet saß schweigend am Küchentisch, während ich hin und her ging.

»Setzt du dich noch hin?«, fragte sie.

Ich blieb stehen.

»Das hier ist meine Entscheidung«, sagte ich.

»Was?«

»Was ich tun werde. Was ich jetzt tun werde.«

»Und was tust du jetzt?«

»Ich fahre nach Polen.«

Riet lachte.

»Was?«

»Du fährst nach Polen?«

»Ja, ich fahre nach Polen.«

»Um was zu tun?«

»Marlena ist meine Frau. Stan ist mein Sohn. Was auch immer du davon hältst. Was auch immer sie im

Dorf davon halten. Er ist mein Sohn, und ich werde ihn zurückholen.«

»Und wie gedenkst du ihn zu finden?«

»Das weiß ich noch nicht.«

»Du bist verrückt, Andries.«

»O ja?«

»Diese Frau hat dich benutzt. Benutzt und weggeworfen. Und das Einzige, was du tun solltest, ist, sie so schnell wie möglich loszuwerden. Sie und deinen sogenannten Sohn.«

Ich schlug mit der Faust auf den Tisch. »Nein.«

»Du hast Scheuklappen auf. Große, dicke, fette Scheuklappen.«

»Und du hast Eisklappen auf.«

Riet schob ihren Stuhl zurück und stand auf.

»Ich bin deine Schwester«, sagte sie. »Deine einzige Schwester. Dein einziges Familienmitglied. Wenn du nach Polen fährst und diese Frau und das Kind zurückholst, siehst du mich hier nie wieder.«

Sie lief hinaus. Ich hörte, wie das Fliegengitter zuschlug. Sie würde ihr Rad nehmen und fahren. Ich rannte hinter ihr her. Riet stand schon mit dem linken Fuß auf dem Pedal. Ich stellte mich ihr in den Weg und packte den Lenker.

»Es ist meine Entscheidung.«

»Schön«, sagte Riet. »Dann belästige mich nicht damit.«

»Du weißt, dass ich hier ohne deine Hilfe nicht wegkann. Ich brauche jemanden, der hierbleibt. Der auf den Betrieb aufpasst. Der den Jungs sagt, was sie tun sollen. Du bist die Einzige, die das kann.«

»Ich bin nicht dein Babysitter.«

»Ich weiß, dass du nicht damit einverstanden bist.«

»Du weißt überhaupt nichts. Du bist nur mit dir selbst beschäftigt.«

»Ich?«
Ich ließ den Lenker los.
»Ich soll nur mit mir selbst beschäftigt sein?«
»Hast du dich je gefragt, wie das für mich ist?«
»Wie was für dich ist?«
»Das meine ich«, sagte Riet.
Sie schob das Fahrrad ein paar Meter vorwärts und stieg auf. Beim Wegfahren drehte sie sich nicht mehr um. Ich lief zur Straße und sah, wie sie an der Wiese entlangfuhr und aus meinem Blick verschwand. Erst sah ich noch, wie sie zornig in die Pedale trat, aber langsam verwandelte sie sich in einen schwarzen, sich bewegenden Fleck, der immer kleiner wurde und schließlich verschwamm.

Drei Abende nacheinander saß ich mit einer Flasche jungem Genever draußen auf der Bank vor dem Stall. Zu meinen Füßen lag Boele. Ab und zu drehte er den Kopf und sah mich an. »Was?«, sagte ich zu ihm. Boele gähnte. »Fängst du jetzt auch schon an?«

Es würde meine Entscheidung sein, was ich auch tat. Ich hatte überlegt, Anwalt Muijssens anzurufen, aber ich wusste nicht, was ich ihn fragen sollte.

Neben mir auf der Bank lag der Katalog des Heiratsinstituts Aurora. Morgens hatte ich danach gesucht und ihn auf dem Speicher in dem Karton gefunden, in dem auch Annetjes Kassetten mit Blasmusik waren. Sie hatte diese Musik geliebt. Ich konnte damit nie etwas anfangen. Nach Annetjes Tod hatte ich die Kassetten weggeräumt. Fortwerfen konnte ich sie nicht.

Der Katalog von Aurora war rot und weiß. Ich hatte ihn aufgeschlagen und die kleinen Fotos der polnischen Frauen betrachtet. Die meisten waren jung, etwa Mitte zwanzig. Einige waren zwischen dreißig und vierzig. Marlena war nicht dabei.

Ich musste an den Anruf denken, den ich vor Jahren von Richard Mertens, dem Chef von Aurora, bekam. Sein Foto stand auf der ersten Katalogseite. Ein Mann in den Vierzigern mit Schnauzbart und beginnender Glatze. Er rief aus Polen an und sagte, er habe ein *Match* für mich. So nannte er es: ein *Match*. Es war eine neue Klientin von ihm. Sie habe sich diese Woche erst angemeldet. Wenn ich wolle, könne er mir am gleichen Nachmittag noch ihr Foto mit einer Personenbeschreibung schicken. Er fragte, ob ich ein Faxgerät hätte.

Nachmittags sah ich, wie sich Marlena langsam in Schwarzweiß aus meinem Fax schob. Sie hatte langes dunkles Haar und war jung.

In ihrer Personenbeschreibung stand: *Ich bin auf einem Bauernhof in Kleinpolen aufgewachsen. Zu Hause habe ich im Haushalt und beim Versorgen der Tiere geholfen. Ich kann gut saubermachen und kochen. Ich bin sehr tierlieb. Ich habe in einem Restaurant als Küchenhilfe gearbeitet. Ich bin gesund und kann hart arbeiten. Ich suche einen zuverlässigen und lieben Mann. Alter unwichtig.*

Am gleichen Abend rief Richard Mertens bei mir an.

»Und?«, fragte er.

»Ich weiß nicht«, sagte ich. »Sie scheint mir sehr ...« Ich stockte. »Ich muss sie erst besser kennenlernen.«

»Ich schlage vor, Sie kommen hierher«, meinte Richard.

»Ich kann hier nicht weg.«

»Sie kann auch zu Ihnen kommen. Nächste Woche fährt eine Gruppe Frauen von Aurora mit dem Bus nach Breda. Wenn Sie wollen, kann sie mitfahren.«

»Ich weiß nicht, wie das normalerweise abläuft«, sagte ich.

»Normalerweise kommt der Mann für ein erstes Treffen hierher. Um herauszufinden, ob es funkt. Danach ist alles möglich. Manchmal kommt der Mann erst ein paarmal nach Polen, manchmal fährt die Frau ein paarmal in die Niederlande oder sie bleibt einige Monate dort, um zu sehen, wie es läuft. Manchmal wird sofort geheiratet. In letzter Zeit ist das möglich. Gerade letzte Woche ist es wieder passiert. Meistens heiraten sie in Polen.«

»Warum?«

»Das ist billiger. Ganz sicher, wenn Sie ein Fest geben wollen.«

»Ich will kein Fest. Erwartet sie ein Fest?«

»Ich glaube nicht.«

»Ich kann wirklich nicht nach Polen kommen«, sagte ich.

»Was schlagen Sie vor?«, fragte Richard Mertens.

»Was denken Sie?«

»Ich?«

»Ja, Sie.«

»Eine Heirat ist eine ernste Angelegenheit. Ich würde nicht zu leichtfertig darüber denken.«

»Was halten Sie von dieser Frau?«

Richard Mertens antwortete nicht sofort.

»Denken Sie, dass sie für mich geeignet ist?«, fragte ich.

»Ich denke schon, ja.«

»Ist sie nicht zu jung? Für mich?«

»Ich weiß, dass Sie um eine etwas ältere Frau gebeten haben, aber davon sind nicht so viele verfügbar. Und nochmals, ich denke, wir haben hier ein *Match*.«

Ich schwieg.

»Aber wenn Sie sie zu jung finden«, sagte Mertens.

»Ich frage mich, ob Sie sie nicht zu jung für mich finden?«

»Ich?«

»Sie, ja.«

»Ehrlich gesagt, ich glaube, Sie dürfen froh sein, dass wir überhaupt jemanden für Sie gefunden haben. Die meisten polnischen Frauen wollen nicht auf einen Bauernhof ziehen, sondern gerade einen verlassen. Das zeigt jedenfalls unsere Erfahrung.«

»Sie würden es also tun?«

»Es ist Ihre Entscheidung.«

»Aber Sie würden es tun?«

»Ich habe Sie gesehen, ich habe Ihren Bauernhof gesehen, ich habe diese Frau gesehen, und wenn ich nicht denken würde, dass es zwischen Ihnen funken kann, hätte ich Sie nicht angerufen.«

»Sie denken also, dass es eine gute Idee ist?«

»Wenn Sie wirklich eine Frau wollen? Ja.«

Am nächsten Tag zeigte ich Riet das Fax mit den Informationen über Marlena.

»Wie alt ist sie?«, fragte Riet.

»Sechsundzwanzig.«

»Ich hatte um jemanden gebeten, der älter ist.«

»Du?«

»Wir.«

»Niemand will einen Bauern«, sagte ich. »Mertens meint, ich soll froh sein, dass sich überhaupt jemand meldet.«

Riet schaute sich noch einmal das Foto an. Es war eher ein Passfoto, und von ihrem Gesicht konnte man außer der Form kaum etwas erkennen. Aber ehrlich gesagt war mir ihr Gesicht egal. Ich wollte, dass wieder jemand durchs Haus lief. Dass Leben in der Küche war, wenn ich hereinkam. Dass mir Essensdüfte in die Nase stiegen. Dass ich nicht allein auf dem Sofa saß und fernsah.

Riet schob das Fax weg. »Dann haben wir keine Wahl, denke ich.«

Es war Riets Idee gewesen, bei Aurora eine neue Frau für mich zu finden. Sie hatte durch einen Kunden davon gehört, der von dem Nachbarn eines Neffen erzählte. Der Nachbar des Neffen des Kunden war Mitte vierzig wie ich, als er Witwer wurde. Seine Frau war an Krebs gestorben. Sie hatten keine Kinder. Niemand wusste genau, wie er mit Aurora in Kontakt gekommen war, aber Tatsache war, dass er innerhalb eines Jahres mit einer polnischen Frau erneut verheiratet war und glücklicher denn je. »Wie kommt das denn?«, hatte Riet gefragt. Der Kunde hatte mit den Schultern gezuckt und keine Details gewusst. »Sie sagen, dass polnische Frauen liebevoller sind, härter arbeiten und sich nie beschweren.«

Mir ist schleierhaft, wie Riet auf die Idee gekommen war, auch für mich eine polnische Frau zu suchen. Ob es ihr darum ging, dass die Frau liebevoller war, härter arbeitete oder sich nie beschwerte. Oder vielleicht um alles drei. Ich weiß noch, wie sie eines Morgens mit dem Rad angefahren kam; es war neblig und in ihrem dünnen Haar hingen hauchzarte Wassertropfen. Aus ihrer Fahrradtasche zog sie den Katalog von Aurora und legte ihn drinnen auf den Küchentisch. Ich schaute darauf, während ich ein Butterbrot mit Käse verschlang.

»Was ist das?«, fragte ich.

»Eine Frau«, sagte Riet.

Ich zog den Katalog heran und schlug ihn auf. Zum ersten Mal sah ich das lachende Gesicht von Richard Mertens. Ich las seinen fröhlichen Willkommensgruß und ein Loblied auf die polnische Frau. »Hunderte von Frauen warten auf Sie« stand fettgedruckt unten auf der Seite.

»Was soll ich damit?«

Riet klopfte mit dem Zeigefinger auf den Tisch. »Jetzt schau es dir erst mal an.« Dann drehte sie sich um und verschwand. Es war Zeit, den Laden aufzumachen.

Ein Auto fuhr auf den Hof. Boele bellte. Es war Chiel, Riets Mann. Ich stellte die Flasche Genever unter die Bank. Boele stand mühsam auf und lief wedelnd auf Chiel zu. Ich blieb sitzen.

Chiel stellte sich vor mich.

»Andries.«

Ich nickte.

»Hat Riet dich geschickt?«

»Wir müssen reden.«

»Wir müssen gar nichts.« Ich nahm die Flasche und stand auf, um hineinzugehen. Chiel folgte mir. Ich blieb stehen und drehte mich um.

»Ich rede wirklich nicht mit dir«, sagte ich zu Chiel.

»Warum nicht?«

»Weil es dich nichts angeht.«

»Riet ist völlig fertig«, sagte Chiel. »Sie liegt schon seit drei Tagen mit Kopfschmerzen auf dem Bett. Heute Morgen habe ich sogar den Arzt gerufen.«

»Es ist nicht deine Angelegenheit.«

»Riet ist meine Angelegenheit.«

Chiel wies auf die Flasche Genever in meiner Hand.

»Warum trinken wir nicht einen zusammen und reden darüber.«

Ich schraubte den Deckel von der Flasche, nahm einen Schluck und gab sie Chiel. Er nahm einen Schluck.

»Guter Genever«, sagte er.

»Sehr guter Genever«, sagte ich.

Er nahm noch einen Schluck und gab mir die Flasche zurück.

»Damit hätten wir dann genug getrunken und geredet«, sagte ich. »Ich gehe rein. Und du gehst nach Hause.«

Als ich etwas später das Licht in der Küche anknipste, hörte ich, wie Chiel mit dem Auto wegfuhr.

Vor mir lagen die Papiere, die Anwalt Muijssens geschickt hatte. Darin war ein einseitiger Scheidungsantrag aufgestellt. Ferner wurde erklärt, wie der ganze Scheidungsprozess verlief. Es lag ein kurzer getippter Brief bei, in dem Muijssens mich bat, alles in Ruhe vor unserem nächsten Termin durchzugehen. Unter den Brief hatte er mit der Hand geschrieben: »Sie dürfen Ihren Ehering auch weiterhin tragen.« Ich schaute auf meine linke Hand. Der Ring, den mir Marlena auf den Finger geschoben hatte, war voller kleiner Kratzer.

Muijssens war erfreut, als ich in seinem Büro erschien. Er erzählte, er habe der polnischen Botschaft eine Kopie meines Familienbuchs geschickt und so die mögliche Adresse von Marlenas Eltern herausgefunden. Es war ein kleiner Weiler mitten in Polen. Er schlug vor, den Scheidungsantrag an diese Adresse zu schicken, in der Hoffnung, dass er Marlena erreichte.

»Ihre Mutter ist vor einem Jahr gestorben«, sagte ich. »Und ich weiß nicht, ob ihr Vater noch lebt.«

»Haben Sie einen anderen Vorschlag?«, fragte Muijssens.

»Keine Ahnung«, sagte ich.

»Wir können auch einen Aufruf in einige große polnische Zeitungen setzen«, schlug Muijssens vor.

Ich versuchte es mir vorzustellen. Marlena, die in der Zeitung las, dass ich nach ihr suchte. Oder die über ein Familienmitglied hörte, dass ich nach ihr suchte.

»Sie können natürlich auch selbst hinfahren«, sagte Muijssens. »Sprechen Sie Polnisch?«

»Nein«, sagte ich.

»Sie können einen Dolmetscher mitnehmen. Es kann nicht schwer sein, einen zu finden.«

Einen Dolmetscher. Ich mit einem Dolmetscher. Ich

mit einem Dolmetscher in Marlenas Elternhaus. Es war ein Bild, das ich mir kaum vorstellen konnte.

»Fangen wir damit an, dass wir den Brief verschicken«, sagte ich. Muijssens hielt das für einen weisen Entschluss.

Während wir gemeinsam alle Details des Antrags durchgingen, fiel mir auf, dass Muijssens' Büro heller war als beim letzten Mal. Ich fragte mich, ob das Wetter jetzt besser war oder ob er vielleicht die Wände gestrichen hatte.

»Ist etwas?«, fragte Muijssens.

»Nein«, sagte ich.

Mit einem leisen Summen kam der Scheidungsantrag drei Mal aus dem Drucker gerollt. Muijssens bat mich, jede Seite zum Einverständnis gegenzuzeichnen. Schließlich kam die Stelle, an die ich meine Unterschrift setzen musste. Einige Leerzeilen über meinem Namen. Eine Leere, die im Nu mit einer Scheidung gefüllt sein würde. Ich zögerte.

»Lassen Sie sich Zeit«, sagte Muijssens, »ich hole Ihnen in der Zwischenzeit noch einen Kaffee.« Er verließ den Raum. Auf einmal sah ich, dass im Büro andere Gardinen hingen. Oder besser gesagt: keine Gardinen. Die Wand zu beiden Seiten des Fensters war leer. Ich versuchte mich zu erinnern, was letztes Mal dort gehangen hatte, doch ich wusste es nicht.

Ich schaute auf die Papiere vor mir. Ich konnte mir viel oder wenig Zeit lassen, aber letzten Endes war mir klar, dass ich unterschreiben würde.

Im Schuppen sah ich Stans Fahrrad stehen. Es war ein gelbes BMX-Rad mit einer Hupe auf dem U-förmigen Lenker. Stan hatte es zu seinem siebten Geburtstag bekommen, und in den ersten Wochen fuhr er täglich darauf. Hinter der Scheune hatte ich mit Seilen, Holzbohlen und Heuballen einen kleinen Parcours angelegt. In der Mitte hatte ich mit dem Traktor eine Senke ausgehoben, die sich bei Regenwetter mit so viel Wasser füllte, dass man bis weit über die Knöchel darin versank. Die Kunst war, ihn mit dem Fahrrad zu durchqueren, ohne die Füße auf die Erde zu setzen. Stan konnte den Parcours unermüdlich umrunden, mit Freunden oder allein. Manchmal schaute ich ihm bei der Feldarbeit aus der Entfernung zu. In diesen Momenten vergaß ich völlig, dass ich nicht sein richtiger Vater war.

Ich war mir sicher, dass ich Stan mehr liebte, als mich mein Vater je geliebt hatte. Mein Vater hatte schon in jungen Jahren seine Mutter verloren. Meine Schwester meinte, das sei der Grund für seine Bitterkeit. Ich hielt meinen Vater nicht für bitter, ich hielt ihn für grausam. Und ich hatte Angst vor ihm. Meiner Meinung nach hatten alle Angst vor ihm, auch meine Mutter und meine Schwester. Nie widersetzte sich jemand von uns. Wenn er etwas wollte, sagte man ja und amen. Egal, um was es ging.

Die Frage, ob ich ihm als Bauer nachfolgen wollte, wurde nie gestellt. Es war eine Tatsache. Ich war sein Sohn – sein einziger Sohn –, und damit war mein Platz im Leben festgelegt.

Als Kind träumte ich davon, mit dem Schiff zu fahren. Stundenlang konnte ich auf dem Deich sitzen und zuschauen, wie die Frachtkähne vorbeikamen. Wie sie sich träge in den Windungen des Flusses drehten. Manchmal ließen sie einen weißen Schaumstreifen zurück, und Möwen flogen in ihrem Kielwasser. Oder man sah nur eine Spur aus Luftblasen, die ihre Fahrbahn markierte. Ich winkte den Schiffern zu, und die Schiffer winkten zurück. Ich betrachtete die Wäsche, die vorne an Deck auf der Leine flatterte, und die Fahrräder, die an der Steuerkabine lehnten. Ich fragte mich, was sich im Bauch der Schiffe befand. Wo sie herkamen und wohin sie fuhren, natürlich. Erst als ich viel älter war, hörte ich, dass die meisten Binnenschiffer immer dieselbe Strecke fuhren.

## 4

An einem Dienstagabend, der Winter hatte begonnen, schrak ich vom Klingeln des Telefons im Flur aus einem leichten Schlaf. Ich saß vor dem Fernseher in dem dunkelbraunen Sessel, der früher meinem Vater gehört hatte. Auf dem Couchtisch stand eine Plastikdose, in der Grünkohl mit Wurst gewesen war. Ich hatte mir aber nicht die Mühe gemacht, den aufgewärmten Inhalt von einem Teller zu essen.

Die Gardinen waren noch offen, und im Zimmer war es dunkel. In den Fenstern spiegelten sich die Fernsehbilder. Das schnurlose Telefon auf dem runden Tischchen neben dem Stuhl blieb stumm. Anscheinend waren die Batterien leer. Ich stand auf. Das Telefon im Flur klingelte immer noch. Als ich abnahm, war es still am anderen Ende der Leitung.

»Hallo?«

Ich hörte nichts.

»Ist da jemand?«

Ich hörte wieder nichts.

»Stan, bist du das?«

Immer noch nichts.

Ich wollte fast auflegen, als ich eine Stimme hörte: »Hier ist Marlena.«

»Marlena? Wo bist du?«

»Zu Hause. In Polen.«

»Wie geht es Stan?«

»Gut.«

»Ich will ihn sprechen.«

»Das geht nicht. Er ist jetzt nicht da.«

»Hast du meinen Brief bekommen?«

»Du willst dich scheiden lassen.«

»Ja. Nein. Ich weiß es nicht. Kommst du nach Hause?«

»Nein.«

»Ich will Stan sehen.«

»Das geht nicht.«

»Ich bin sein Vater.«

»Darüber würde ich gern mit dir reden.«

»Ich will mich nicht scheiden lassen, Marlena. Es war eine Idee von Riet. Und von meinem Anwalt. Ich will, dass du nach Hause kommst, ich will, dass Stan nach Hause kommt, ich will, dass ihr zusammen nach Hause kommt. Vergiss den Brief, bitte.«

»Es ist gut«, sagte Marlena.

»Was ist gut?«

»Scheiden lassen. Es ist gut.«

»Aber ich will mich nicht scheiden lassen.«

»Du hast einen Brief geschickt.«

»Es war eine schlechte Idee. Vergiss es.«

»Ich habe ihn schon unterschrieben und dem Anwalt geschickt.«

»Du hast ihn unterschrieben?«

»Ich habe ihn geschickt. Vor ein paar Tagen, mit der Post.«

»Warum?«

»Das wolltest du doch.«

»Warum rufst du dann an?«

»Wir müssen über Stan reden.«

»Geht es ihm nicht gut?«
»Ich will nicht mehr, dass du sein Vater bist.«

Zum ersten Mal hatte mich ein Satz von Marlena wie ein Keulenschlag getroffen, als sie nach der Beerdigung ihrer Mutter mit der Nachricht anrief, sie komme nicht mehr nach Holland zurück und Stan werde bei ihr bleiben. Es fühlte sich an, als hätte mir jemand einen harten Schlag auf den Kopf verpasst und würde mir gleichzeitig die Kehle zudrücken.

Dieses Mal war es, als würde mir jemand mit voller Kraft in den Magen treten. Ich klappte vornüber und ließ den Hörer los, der etwa zehn Zentimeter über den Fliesen im Flur hin und her baumelte. Ich wusste nicht, ob Marlena am anderen Ende noch in den Hörer sprach. Mit ausgestreckten Beinen saß ich im Flur an der Wand. Ich schnappte nach Luft. Auf Ellenbogen und Knien kroch ich in Richtung Küche. Aufstehen war unmöglich. Ich fragte mich, ob das ein Herzinfarkt war, aber in meiner Vorstellung müsste ich dann einen höllischen Schmerz in der Brust spüren, und das war nicht der Fall. Ich bekam einfach keine Luft. In der Küche rollte ich mich auf den Rücken. Die Fliesen waren kalt. Ich schaute nach oben ins Neonlicht. Ich versuchte zur Ruhe zu kommen und nachzudenken, was ich tun sollte. Nur die Ruhe, dachte ich. Nur die Ruhe. Nicht ans Atmen denken. An etwas anderes denken. Etwas anderes.

Vor meinen Augen erschien Stan, der laufen lernte. Ich kniete vor dem Sofa im Wohnzimmer. Er klemmte beide Hände um den Rand des Eichencouchtisches und hielt sich damit aufrecht. Mit schiefgelegtem Kopf sah er mich an. Ich hatte die Arme ausgebreitet. Um mich zu erreichen, musste Stan beide Hände loslassen, eine Vierteldrehung machen und den sicheren Halt des Tisches aufgeben. Ich nickte ihm zu. Komm ruhig, wollte ich ihm mit diesem Nicken sagen. Versuch es ruhig. Wenn du fällst, fange ich dich auf. Das Letzte musste er natürlich raten.

Ist es sicher, weil dein Vater mit ausgebreiteten Armen da steht, um dich aufzufangen? Nur, wenn du dem Vater vertrauen kannst. Wenn du dir sicher sein kannst, dass er die Arme nicht sinken lässt, genau in dem Moment, wenn du den großen Schritt wagst. Oder dass er nicht gerade zufällig in die andere Richtung schaut, wenn du schwankst und umfällst. Ich nickte Stan zu, und Stan machte eine Vierteldrehung. Er hielt sich noch mit einer Hand fest, während sich sein linker Fuß schon vorsichtig zu mir hin gedreht hatte. Mit einer Hand prüfte er seine Standfestigkeit. Er wackelte. In seinem Blick lagen Anstrengung und Nachdenklichkeit. Würde er die andere Hand loslassen oder nicht? Würde er den rechten Fuß auch um ein Viertel drehen und danach mit dem linken einen Schritt nach vorne machen, auf der Suche nach einem neuen Gleichgewicht? Oder würde er stehen bleiben? Ich nickte wieder. »Komm«, sagte ich jetzt laut. Er sah mich an. Es kam mir vor, als hätte er minutenlang dort gestanden. Und als hätte ich minutenlang die Arme ausgebreitet. Ich fühlte, wie sie schwer wurden und zu schmerzen anfingen. Noch einen Moment und sie würden anfangen zu zittern. Lange würde ich es nicht mehr aushalten. Und auf einmal ließ Stan den Tisch los und machte einen Schritt, und noch einen Schritt, und noch einen, und taumelte vornüber. Gerade rechtzeitig fing ich ihn auf.

Der Arzt meinte, ich hätte hyperventiliert. Ich saß schon sehr früh bei ihm im Sprechzimmer und betrachtete die Plastikmodelle von Körperteilen, die auf seinem Bücherregal standen. Ein Ohr, eine Hand, ein Stück der Wirbelsäule, ein Kiefer, der Querschnitt eines Schädels. Das Bücherregal war gefüllt mit gleich großen Büchern in Grün, Blau und Gelb. Nur ein Brett in der Mitte war für Familienfotos reserviert.

Der Arzt schaute mich über seine Brille hinweg an. Er hatte mein Herz und meine Lunge abgehört, meinen Rücken abgeklopft, den Blutdruck gemessen und festgestellt, dass es kein ernstes Problem gab. Nur mein Blutdruck war etwas hoch. Er fragte mich, was ich gerade getan hätte, als ich die Attacke bekam. Ich sagte, ich hätte telefoniert.

»Was es ein beunruhigendes Gespräch?«
Ich zögerte.
»Es war eher eine Mitteilung.«
»Möchten Sie darüber reden?«, fragte der Arzt. Er legte seinen Füller auf den Tisch und warf dabei einen schnellen Blick auf die Uhr.
»Ich glaube nicht.«
»Haben Sie jemanden, mit dem Sie sprechen können?«
»Wie meinen Sie ... jemanden?«
»Einen Freund, ein Familienmitglied.«
»Sie meinen meine Schwester?«
»Zum Beispiel.«
»Es sind meine Angelegenheiten.«
»Manchmal hilft es, wenn man sie mit jemandem teilt.«
»Es ist alles in bester Ordnung, vielen Dank.« Ich stand auf.
»Ich würde Sie gern in zwei Wochen wiedersehen«, sagte der Arzt.
»Warum?«
»Wegen Ihres Blutdrucks. Sollte er nicht niedriger werden, verschreibe ich Ihnen doch noch etwas, um den

Druck auf Ihre Blutgefäße zu senken. Sie können bei meiner Assistentin direkt einen Termin machen.« Der Arzt stand auf, zog seinen Kittel zurecht, strich mit einer trägen Bewegung über sein blaukariertes Hemd und gab mir die Hand.

»Bis in zwei Wochen dann«, sagte er.

Als ich das Sprechzimmer verließ, sah ich Riet auf einer Holzbank im Wartezimmer sitzen. Sie trug noch ihre beige Regenjacke, und an ihren Füßen lag der zusammengeklappte Regenschirm in einer kleinen Wasserpfütze.

»Was machst du denn hier?«, fragte sie überrascht.

»Nichts.«

»Wegen nichts geht man nicht zum Arzt.«

»Es war nichts.«

»Doch nicht dein Herz?«

»Warum sollte es mein Herz sein?«

»Wegen Vater natürlich.«

»Alles ist prima.«

Eine junge Frau mit zwei kleinen Mädchen betrat die Praxis. Zwillinge, dem Aussehen nach. Riet begrüßte die Mädchen überschwänglich. »Das ist mein Bruder«, sagte Riet zu der Frau. Die sah mich neugierig an. »Der Bauer«, sagte sie fragend. Ich nickte. »Das ist bestimmt ein hartes Leben«, meinte sie. »Ach, halb so schlimm. Er ist es gewohnt. Oder, Andries? Das Einzige, was ihm fehlt, ist eine Frau.« Letzteres sagte Riet sehr nachdrücklich. Ich meinte, ich müsse jetzt nach Hause.

»Bleib noch einen Moment«, sagte Riet. »Du kannst mich nach Hause bringen, dann brauche ich Chiel nicht anzurufen.«

Der Arzt kam ins Wartezimmer, um Riet zu holen.

»Ah«, sagte er zu mir, »die Geschwister beim Arzt.«

Ich nickte.

»Vergessen Sie auch nicht, einen neuen Termin zu machen?«, sagte er zu mir und drehte sich zu Riet. »Und Sie kommen mit mir?«

Riet stand auf.

»Wartest du auf mich? Ich bin gleich fertig«, sagte sie und sah mich durchdringend an.

»Mal sehen, in Ordnung?«

Riet folgte dem Arzt ins Sprechzimmer. Erst jetzt fiel mir auf, dass sie mühsam ging. Sie watschelte ein bisschen wie eine Ente auf dem Weg zum Wasserrand. War das neu oder war es mir einfach noch nicht eher aufgefallen?

»Sie möchten also einen neuen Termin machen?«

Ich wandte mich zu dem Schalter, hinter dem die Assistentin auf einem roten Bürostuhl in Richtung Computer rollte.

»Mittwoch in zwei Wochen um halb zehn?« Sie schaute mich an. Ich nickte. »Würden Sie meiner Schwester sagen, dass ich draußen auf sie warte?«, bat ich.

»Aber es regnet.«

»Ich warte im Auto.«

Mein Vater war an einem Herzinfarkt gestorben. Wir säten zusammen den Mais auf dem Feld, als es passierte. Mein Vater fuhr eine halbe Parzelle vor mir, um den Acker für die Saat vorzubereiten. Ich folgte mit der Sämaschine. Auf einmal sah ich, wie sein Traktor aus der Furche geriet und mit einem Ruck zum Stehen kam. Ich dachte erst, er hätte den Motor aus Versehen bei der Vorbereitung auf das Wenden am Ende des Feldes abgewürgt. Wir hatten den Traktor erst seit ein paar Wochen, einen leuchtend grünen John Deere mit knallgelben Felgen, die man sogar in der Dämmerung noch sah. Für mich war die Servolenkung anfangs sehr ungewohnt, und mein Vater hatte mich deswegen ausgelacht. Aber jetzt musste er sich wohl selbst anstrengen, um den Traktor richtig zu steuern. Ich wartete einen Moment ab, aber als nichts geschah, schaltete ich meinen Traktor aus und sprang auf den Acker, um nachzuschauen, was los war. Als ich näher kam, sah ich meinen Vater schräg in der Kabine liegen, den Kopf gegen das Seitenfenster gelehnt. Ich rannte zu ihm. Meine Stiefel waren schwer in der frischgepflügten Erde.

»Vater!«, rief ich und kletterte in die Führerkabine. Mein Vater sah mich mit hervorquellenden Augen an. Er schwitzte stark und schnappte nach Luft. Ich wollte ihn aufrichten, aber er schüttelte den Kopf und sagte nur: »Arzt«. Ich wusste nicht genau, was ich tun sollte. Ich war mindestens zwei Kilometer von zu Hause entfernt. Auch wenn ich rannte, würde ich bestimmt zehn Minuten brauchen, bis ich einen Krankenwagen rufen konnte. Diese ganze Zeit würde mein Vater alleine im Traktor liegen.

»Ich bringe dich nach Hause«, sagte ich. Ich legte seinen Arm in seinen Schoß, damit ich den Griff erreichen konnte, der die Egge anhob, und ließ den Traktor an. Um an das Gaspedal zu kommen, musste ich mich halb an meinen Vater anlehnen. Er wehrte sich nicht, wahrscheinlich, weil er es nicht konnte. So schnell wie möglich fuhr ich über den Acker nach Hause. Neben mir schwankte mein Vater hin und her. Seine Augen starrten schräg nach oben. Er bewegte die Lippen, doch seine Stimme kam nicht gegen den Lärm des Traktors an. Als wir den Hof erreichten, sah ich, dass er immer noch etwas sagen wollte. »Was meinst du, Vater?«, fragte ich und legte mein Ohr an seinen Mund. »Du schuldest mir noch etwas«, sagte er.

Mein Vater starb am nächsten Tag im Krankenhaus. Wir waren alle bei ihm. Ich stand am Fußende seines

Bettes und klammerte mich an die eiserne Rückwand. Riet stand neben mir. Sie hielt meine Mutter fest, die unaufhörlich weinte. Beide hofften, mein Vater würde die Augen öffnen und ihnen noch etwas sagen. Doch er hatte die Augen geschlossen, und sein Atem ging flach und unregelmäßig. Man konnte sich nicht vorstellen, dass er noch die Kraft zum Sprechen haben würde. Die Ärzte hatten uns auf ein schlimmes Ende vorbereitet, das wir gemeinsam abwarteten. Annetje hatte sich als Einzige hingesetzt. Das war vernünftig, denn es dauerte noch gut drei Stunden, bevor mein Vater seinen letzten Atemzug tat. Es klang wie eine Befreiung.

Die Scheiben des Autos waren beschlagen und der Regen trommelte auf das Dach. Ich hoffte, bei Riet würde es nicht zu lange dauern. Ich wollte nach Hause und Anwalt Muijssens anrufen, um ihm zu sagen, dass sich Marlena am Abend zuvor gemeldet hatte. Ich musste wissen, was sie mit den Worten »ich will, dass du nicht mehr sein Vater bist« meinen konnte.

Riet klopfte ans Seitenfenster, bevor sie einstieg und sich neben mich setzte. Ich ließ das Auto nicht sofort an.

»Geht es dir gut?«, fragte ich.

»Ich habe Zucker«, sagte Riet.

»Seit wann?«

»Schon seit einem Jahr.«

»Ist es schlimm?«, fragte ich.

Riet zuckte die Schultern. »Ich habe Medikamente.«

»Du brauchst also nicht zu spritzen?«

»Nein.«

Wir saßen eine Weile nebeneinander und schauten vor uns hin. Gruppen von Schulkindern in Regenkleidung radelten vornübergebeugt vorbei, um sich gegen den Regen zu schützen, der ihnen ins Gesicht schlug.

»Hast du genügend Hilfe?«, fragte Riet.

»Jens, der Jüngste von Mathijssen, hilft mir morgens, und ich habe wieder einen Praktikanten.«

»So einen Studierten?«, fragte Riet.

»Fragt mir Löcher in den Bauch und weiß alles besser«, sagte ich.

»Und Jens?«

»Kann anpacken.«

»Liegt in der Familie«, sagte Riet.

Ich nickte.

»Sonst noch was passiert?«, fragte Riet.

»Diese Woche müssen ein paar Kühe kalben.«

»Bei dir, meine ich.«

Ich wollte »nichts Besonderes« sagen, doch ich zögerte.

»Ist etwas passiert?«, fragte Riet jetzt mit mehr Nachdruck.

»Ach«, brummte ich.

»Warum muss man dir immer jedes Wort aus der Nase ziehen? Weißt du eigentlich, wie anstrengend das ist?«

»Du könntest auch einfach nichts fragen.«

»Wenn ich nichts frage, sagst du überhaupt nichts mehr.«

Riet seufzte tief, klickte die Handtasche auf, die auf ihrem Schoß stand, und kramte darin herum.

»Was suchst du?«, fragte ich.

»Ein Pfefferminz, ich habe einen schlechten Geschmack im Mund.«

»Da liegt Kaugummi«, sagte ich und deutete auf das Handschuhfach. Riet beugte sich vor, um das Fach zu öffnen. Ihre Brust drückte auf die Handtasche. Sie wühlte mit den Händen durch das Fach und holte ein Päckchen Doublemint hervor, in dem noch zwei Kaugummis waren.

»Du auch?«, fragte sie.

»Nein danke.«

Riet faltete das Aluminiumpapier von einem Kaugummistreifen und steckte ihn in den Mund. Es strengte sie an, den Kaugummi zwischen den Backenzähnen zu einer weichen Masse zu zermahlen. Ich hörte sie schmatzen.

»Wie lange liegen die schon da?«, fragte sie kauend.

»Lange.«

»Das merkt man.«

Es war wieder still.

»Marlena hat gestern Abend angerufen«, sagte ich. »Sie hat die Scheidungspapiere unterschrieben und losgeschickt.«

Riet hörte auf zu kauen.

»Warum sagst du das nicht gleich? Das sind fantastische Neuigkeiten.«

Ich schwieg.

»Oder?«

»Ich bringe dich nach Hause«, sagte ich.

»Mehr willst du dazu nicht sagen?«, fragte Riet.

»Nein«, antwortete ich und ließ das Auto an.

In der Metzgerei drehte Chiel Fleischstücke durch den Wolf. In dunkelroten Strähnen landete das Fleisch in einem Metallbottich, den er, sobald er voll war, mit Folie abdeckte und in den Kühltresen stellte. Es waren keine Kunden im Geschäft. Chiel war überrascht, mich zu sehen. Er wischte die Hände an einem nassen Tuch ab und trocknete sie an der schwarzgestreiften Schürze, die er über seinem weißen Kittel trug.

»Er war beim Arzt«, sagte Riet.

»Nichts Ernstes, hoffe ich?«, fragte Chiel.

»Nein, es ist nichts«, sagte ich.

Chiel gab mir die Hand.

»Schön, dich zu sehen.«

»Ja«, sagte ich.

»Willst du ein bisschen Fleisch mit nach Hause nehmen?«

»Ach«, sagte ich.

»Gib ihm ein paar Bratwürste«, sagte Riet zu Chiel. »Die isst er am liebsten.«

»Ich habe gerade auch spanische Würste«, sagte Chiel. »Willst du die mal probieren?«

»Er mag keine getrocknete Wurst«, sagte Riet.

»Darf er auch selbst mal was sagen?«, fragte Chiel.

»Ich meine ja nur. Dass er nicht aus Höflichkeit ja sagt.«

»Du glaubst doch nicht, dass Andries aus Höflichkeit eine Wurst annimmt, die er nicht mag«, meinte Chiel.

»Doch, das tut er«, erwiderte Riet.

»Ich muss nach Hause«, sagte ich. »Aber danke für das Angebot.«

»Nein, nein«, sagte Chiel. »Du bekommst von mir eine Wurst. Keine spanische, sondern Bratwurst. Oder vielleicht ein Stückchen spanische Wurst zum Probieren. Wenn sie dir nicht schmeckt, gibst du sie dem Hund.«

»Das ist nicht nötig«, sagte ich.

»Ich will es so.« Chiel ging zur Theke und nahm zwei Bratwürste aus dem Kühltresen.

»Noch ein bisschen, Chiel«, sagte Riet.

»Es ist gut so«, sagte ich.

Aber Chiel hatte die Schüssel mit den Bratwürsten schon wieder in der Hand und nahm noch drei Würste heraus.

»So«, sagte er, »für die ganze Woche. Und ein Stückchen spanische. Man weiß ja nie.«

Er wickelte die Würste in Papier, steckte alles in eine Tüte und reichte sie mir über die Theke.
»Vielen Dank«, sagte ich.
»Kommst du bald mal wieder zum Essen?«, fragte Chiel.
»Ich habe viel zu tun«, sagte ich.
»Essen musst du trotzdem«, meinte Chiel und sah Riet an, die mit den Schultern zuckte.
»Irgendwann einmal«, beharrte Chiel. »Am Sonntag, um die Mittagszeit. Das schaffst du doch, oder? Komm diesen Sonntag. Warum nicht?«
Ich schaute jetzt auch zu Riet, aber die schwieg.
»Na gut«, gab ich nach.
»Schön«, sagte Chiel und trommelte mit beiden Händen auf die Theke. »Dann sehen wir dich am Sonntag.«

Ich saß am Küchentisch und friemelte mit dem Taschenmesser die Haut von der spanischen Wurst. Das Messer war schon zwanzig Jahre alt. Ich schliff es mit der Hand an einem Schleifstein und manchmal versuchte ich, die schwarzen Flecken auf der Klinge mit einem Scheuerschwämmchen wegzubekommen. Annetje hatte es mir zum ersten Geburtstag geschenkt, den wir zusammen feierten, und seitdem trug ich es immer bei mir. Es war ein Opinel-Messer. Ich hatte einen Gulden dafür zahlen müssen, weil es sonst Unglück bringen würde. Das hielt ich für Aberglauben, zahlte den Gulden aber trotzdem. Mehrere Male habe ich mir mit dem Messer in die Finger geschnitten.
Die Wurst schmeckte prima. Ich aß die Hälfte und legte den Rest in die Brotkiste aus Metall. Ich ging zum Kühlschrank und nahm eine Kanne Milch heraus. Von der Wurst hatte ich Durst bekommen. Ich trank in letzter Zeit wieder Rohmilch, die ich aus meinem eigenen

Tank zapfte. Riet hielt das für unvernünftig, aber ich war noch nie krank geworden.

Manchmal dachte ich, sie hätte vergessen, dass wir als Kinder die Milch einfach mit einem Becher aus der Milchkanne geschöpft hatten und davon nie krank geworden waren. Heute kaufte Riet nur noch Milch im Tetrapack.

»Ich wollte heute Nachmittag eigentlich freinehmen, aber für Sie will ich gern eine Ausnahme machen. Wenn Sie möchten, können Sie gleich vorbeikommen«, sagte Muijssens, als ich ihn anrief. Ich zögerte. Eine der Kühe stand kurz vor dem Kalben, und ich musste dabei sein. »Ich kann auch zu Ihnen kommen«, meinte Muijssens. Wir verabredeten, dass er gegen drei Uhr bei mir sein würde. »Wenn Sie mich nicht beim Haus finden, bin ich im Stall«, sagte ich.

Muijssens fuhr Punkt drei Uhr auf den Hof. Ich stand in der Küche, kochte Kaffee und schmierte ein paar Rosinenbrötchen.

»Die Kuh hat also noch nicht gekalbt?«, fragte Muijssens, als ich ihm entgegenkam. »Es kann jeden Moment losgehen«, sagte ich. »Sind Sie schon einmal bei einer Kälbergeburt dabei gewesen?«

»Nein«, sagte Muijssens.

»Dann haben Sie vielleicht Glück«, meinte ich.

Muijssens folgte mir nach drinnen. Neugierig sah er sich im Flur um, bevor er die Küche betrat.

»Sind das Ihr Vater und Ihre Mutter?« Er zeigte auf ein Porträt an der Wand.

»Meine Großeltern«, sagte ich.

Muijssens legte die Hände auf den Rücken und beugte sich etwas vor, um das Porträt richtig betrachten zu können.

»Eine Zeichnung«, staunte er. »Alle Achtung. Aus der Entfernung hätte ich geschworen, dass es ein altes Foto ist. Ihre Großmutter war eine schöne Frau.«

»Ich habe sie nicht gekannt«, sagte ich. »Sie ist sehr jung gestorben.«

»Wie schade. Und ist das Ihr Vater?«

Muijssens zeigte auf das Foto eines Jungen.

»Ja«, sagte ich.

»Sie ähneln ihm.«

»Ich hoffe nicht.«

»Äußerlich, meine ich.«

Muijssens ging nun an allen Fotos im Flur entlang.

»Und das sind Sie mit Ihrer Schwester. Verglichen mit ihr waren Sie ein kleiner Knirps.«

»Ich habe erst spät angefangen zu wachsen.«

»Und das ist …?« Muijssens zeigte auf ein Porträt von Annetje. Das Foto war in Lourdes gemacht worden. Vor dem Eingang der Höhlen, wo Krücken und Gehstöcke als Beweise für wundersame Heilungen hingen. Annetje trug auf dem Foto noch ihre Brille. Ich hatte es abhängen wollen, weil es mich immer an die fatale Reise nach Lourdes erinnerte. Aber Riet fand, es müsse hängen bleiben.

»Das ist Annetje, meine erste Frau. Möchten Sie Kaffee?« Ich wollte in die Küche gehen.

»Hängt hier kein Bild von Ihrem Sohn?«, fragte Muijssens.

»Im Wohnzimmer.«

»Und von Marlena?«

»Auch.«

Muijssens saß im Wohnzimmer mit einer Tasse Kaffee und einem Rosinenbrötchen auf dem Sofa. Er aß mit großen Bissen und kaute kaum, bevor er schluckte.

Ich hatte die Rosinenbrötchen eigentlich für mich geschmiert, aber es erschien mir unhöflich, ihm keins anzubieten. Er war begeistert. Ich saß nie mit jemandem im Wohnzimmer und fühlte mich unbehaglich mit seinem Besuch. Ich hatte zwei Fotos auf den Couchtisch gelegt. Eins von Stan und eins von Marlena.

Aufmerksam studierte Muijssens das Bild von Marlena.

»Ja, ja, ja, ja«, sagte er. Ich hatte keine Ahnung, was er damit meinte. Vielleicht, dass Marlena schön war, oder vielleicht, dass er verstand, dass sie mich verlassen hatte, oder vielleicht gerade, dass er verstand, dass ich sie nicht so einfach gehen lassen wollte. Ich fragte ihn nicht.

»Sie hat gestern Abend angerufen.«

»Wirklich?«

Ich erzählte ihm dasselbe wie Riet heute Morgen, und er reagierte genauso freudig.

»Dann wäre die Hürde genommen«, sagte er. »Tatsächlich gibt es dann nur noch eine Sache, über die Sie sich einig werden müssen. Nämlich das Sorgerecht für Ihren Sohn. Ich nehme an, Ihre zukünftige Exfrau versteht, dass sie den Jungen nicht für sich behalten kann. Sie haben natürlich Rechte, genau wie Sie Pflichten haben. Was bedeutet, dass Sie Ihren Sohn sehen dürfen und sie einen finanziellen Beitrag für ihn erwarten darf. Und da wir jetzt wissen, wo Ihre Frau und Ihr Sohn sind, wird es auch möglich sein, Ihre Rechte geltend zu machen.«

»Das wollte ich gern mit Ihnen besprechen«, sagte ich.

»Schön«, sagte Muijssens.

Ich trank den letzten Schluck Kaffee. Was ich jetzt sagen musste, fiel mir nicht leicht.

»Leckeres Rosinenbrötchen«, sagte Muijssens. »So etwas habe ich schon lange nicht mehr gegessen. Früher bekam ich sie immer am Wochenende.«

»Da ist etwas, worüber ich mit Ihnen reden muss«, sagte ich.

»Nur raus damit.«

»Gestern Abend, als meine Frau anrief, sagte sie noch etwas zum Schluss. Etwas, das ich gern mit Ihnen besprechen möchte, weil ich nicht genau weiß, was sie damit meint.«

»Was hat sie denn gesagt?«

»Sie sagte ...« Ich stockte. »Entschuldigung, es fällt mir nicht leicht, darüber zu reden.«

»Sie wissen, dass alles, was wir miteinander besprechen, von mir mit äußerster Diskretion behandelt wird.«

Ich hielt kurz inne.

»Meine Frau meinte, sie wolle nicht mehr, dass ich Stans Vater bin.«

»Darüber hat selbstverständlich nicht sie zu entscheiden. Ich kann mir vorstellen, dass sie, jetzt wo sie in Polen ist, denkt, sie könne Sie ausradieren. Frauen haben manchmal das Gefühl, dass ein Kind nur ihnen gehört oder dass es dem Kind bei ihnen zwangsläufig am besten geht, aber ich kann Ihnen versichern, dass das nicht stimmt. Stan ist auch Ihr Sohn. Und er wird Sie brauchen. Wie alt ist er jetzt eigentlich?«

»Neun Jahre.«

»Dann braucht ein Junge seinen Vater ganz bestimmt. Was für eine seltsame Bemerkung von Ihrer Frau. Machen Sie sich keine Sorgen, denn ich kann Ihnen versichern, dass sie kein Recht, aber auch wirklich gar kein Recht hat, den Jungen für sich zu beanspruchen. Was für eine Idee! Verzeihen Sie meine heftige Reaktion, aber in meiner Kanzlei begegne ich so vielen Männern, die von den Frauen von ihren Kindern ferngehalten werden. Und warum? Weil der Herr einen Seitensprung hatte? Oder eine jüngere Freundin? Frauen sind rachsüchtig, überaus rachsüchtig, das kann ich Ihnen versichern. Die meisten Männer, die ich treffe, verlassen ihre Frauen, ohne dass sie etwas mitnehmen wollen. Überwältigt von Schuldgefühlen aus dem Gedanken heraus, dass das Scheitern der Ehe nur an ihnen liegt. Ja, ja, leider ist es meistens so, dass sie diejenigen sind, die mit einer neuen Beziehung nach Hause kommen. Aber wenn die Frau daran nicht beteiligt wäre, wenn es bei ihr überhaupt keinen Grund gäbe, weshalb der Mann sie verlässt, würde er sie nicht verlassen, das kann ich Ihnen versichern. Schon allein der Gedanke. Und zur Strafe darf er die Kinder nicht sehen. Oder nur am Wochenende. Oder jedes zweite Wochenende. Aber zahlen darf er. Es tut mir leid, es geht ein bisschen mit mir durch. Was ich sagen will: Ihre Frau kann Ihnen nicht die Vaterschaft nehmen.«

Muijssens holte tief Luft. »Es tut mir leid«, sagte er. »Ein alter Schmerz. Meistens habe ich es unter Kontrolle, aber heute ist mein Hochzeitstag, und dann bin ich immer etwas empfindlicher als sonst. Dreißig Jahre.«

»Ich dachte, Ihre Frau hätte Sie verlassen«, sagte ich.

»Ich hatte ein kleines Abenteuer mit einer meiner Assistentinnen. Sie war jung, schön und *hot*, wie man das heutzutage nennt. Ich hätte es nie tun dürfen, ich wusste, dass ich es nicht tun durfte, aber tja, da war es schon passiert. Sie wissen, wie das läuft.«

Ich sah Muijssens an. Er wischte einen Fussel von seiner Hose.

»Nun ja, vielleicht wissen Sie das nicht. Es tut mir leid, dass ich Ihnen das erzähle, natürlich sind Sie nicht für meinen Fall zuständig, sondern ich für Ihren.«

Ich nickte. Muijssens schwieg einen Moment, fuhr dann aber fort.

»Ich habe es meiner Frau ehrlich gebeichtet, aber sie hielt es für nötig, die betrogene Ehefrau raushängen zu lassen. Sie hat sofort alle ihre Freundinnen angerufen. Na ja, war ja klar, was die sagen würden. Diese Biester. Sie haben mich nie leiden können. Noch nie. Ich sei zu arrogant. Das hat meine Frau gesagt. Dass mich alle ihre Freundinnen arrogant fanden. Dann denke ich wirklich: Was habt ihr für ein Problem? Dass ihr selbst alle mit Weicheiern verheiratet seid. Na ja, das hätte ich nicht sagen dürfen. Eine Woche später hat sie die Scheidung eingereicht. Das ist mittlerweile schon zehn Jahre her. Inzwischen hat sie wieder geheiratet, und ich bin allein, also frage ich Sie: Wer hat hier eigentlich unseren Ehestand betrogen?«

Ich hatte keine Ahnung, was ich sagen sollte. Ich wollte über Marlena und Stan reden. Ich musste Muijssens erzählen, dass ich nicht Stans richtiger Vater war, und ich wollte wissen, was die Folgen sein konnten, aber jeglicher Mut, den ich dafür zusammengenommen hatte, war während seiner Tirade verflogen. Es war still. Die Uhr im Gang schlug halb vier.

»Ich muss mal nach meiner trächtigen Färse schauen«, sagte ich zu Muijssens.

»Natürlich, gehen Sie nur. Ich habe alle Zeit der Welt. Und wenn Sie wiederkommen, besprechen wir direkt Ihren Fall. Ich bitte nochmals um Entschuldigung, dass ich mich so habe gehenlassen.« Er griff nach seiner Tasse, um einen Schluck Kaffee zu nehmen, aber sie war leer. Es war eine hilflose Geste.

»Möchten Sie noch Kaffee?«, fragte ich.

»Nein, machen Sie sich keine Mühe.«

»In der Küche steht noch welcher.«

»Wenn das so ist, gern.«

Ich ging in die Küche und nahm die Kanne aus der

Kaffeemaschine. Einen Moment schaute ich nach draußen, wo der Regen sich in nassen Schnee verwandelt hatte. Ich stellte mir vor, dass ich Stan in nicht allzu langer Zeit wiedersehen würde. Dass ich ein Stück Land fluten würde, damit er Schlittschuh laufen konnte, wenn es fror. Er lief gern Schlittschuh. Ich hatte es ihm selbst beigebracht, hinter einem Stuhl, genau wie ich es früher von meinem Opa gelernt hatte.

Ich schenkte Anwalt Muijssens einen Kaffee nach und eilte in den Stall zu der Kuh. Als ich hereinkam, lag sie schon schnaufend auf der Seite im Stroh.

Die Kuh war vor zwei Jahren geboren, dem letzten Winter, in dem Stan noch hier war. Er hatte sie Nadien genannt. Nach einem Mädchen in seiner Klasse. Ich glaube, er war verliebt in sie, oder vielleicht gingen sie auch schon miteinander. Was das angeht, war er früh dabei. Ich hatte mich als Junge nie so für Mädchen interessiert. Interessiert vielleicht schon, aber ich wusste nie, was ich mit ihnen anfangen sollte. Ich war nur ein kleiner, eckiger Junge mit glatten, braunen Haaren. Keiner, der besonders auffiel. Nicht hübsch, nicht hässlich, nicht dumm, nicht schlau. Bei Stan lag die Sache anders. Er war beliebt. Einer von denen, die ich früher neidisch auf dem Spielplatz beobachtete, weil sie etwas hatten, was ich nicht besaß und wovon ich nicht wusste, wie ich es kriegen konnte.

Als Nadien mich sah, stand sie auf. Sie bewegte sich unruhig durch die Box, bog den Rücken und urinierte. Ich sah noch keine Fruchtblase, und es gab noch keine Anzeichen für Wehen, aber die Vorbereitungen zur Geburt hatten eindeutig eingesetzt. Ich erwartete, dass sie innerhalb der nächsten Stunde anfangen würde zu pressen, und dann wollte ich dabei sein. Es war ihr erstes Kalb.

Ich nahm einen Eimer mit warmem Wasser und Seife, den ich an die Box stellte, dazu eine Flasche Gleitmittel, die Stricke und zur Sicherheit auch den Geburtshelfer.

Muijssens telefonierte. Ich hörte seine Stimme im Wohnzimmer. Er klang fröhlich. Als ich hereinkam, beendete er schnell das Gespräch. »Meine Sekretärin«, sagte er. »Immer was los.« Er hatte die Krawatte gelockert.

»Wie geht es der Kuh?«, fragte er.

»Es wird nicht mehr lange dauern. Höchstens noch eine Stunde.«

»Schön, dann können wir vorher das Geschäftliche besprechen. Ich habe eben kurz darüber nachgedacht, was Sie über Ihre Frau sagten, also, was sie am Telefon zu Ihnen sagte. Ich hoffe, Sie verstehen meine Frage nicht falsch, denn das ist nicht meine Absicht, aber ich frage trotzdem, einfach zur Sicherheit, damit wir nachher nicht vor unliebsamen Überraschungen stehen. Stan ist Ihr Sohn, oder?«

Muijssens hielt den Atem an.

»Ja«, sagte ich.

Er entspannte sich. »Zum Glück.«

»Macht das einen Unterschied?«

»Wenn er nicht Ihr Sohn ist, haben Sie natürlich keine Pflichten, aber auch keine Rechte.«

»Auch nicht, wenn ich ihn als meinen Sohn anerkannt hätte?«

»Haben Sie ihn als Ihren Sohn anerkannt?«, fragte Muijssens.

»Ja.«

»Er ist also nicht Ihr Sohn?«

»Er ist sehr wohl mein Sohn.«

»Ich meine, Sie sind nicht sein ... sein biologischer Vater?«

»Was macht das für einen Unterschied? Ich habe ihn als meinen Sohn anerkannt, und seitdem ist er mein Sohn.«

»Ich kann mir vorstellen, dass es sich für Sie so anfühlt, aber juristisch gibt es leider doch einen Unterschied.«

»Ich habe ihn anerkannt.«

»Ich muss das wirklich erst nachschauen, aber in der Praxis ist es möglich, dass im Falle der Anerkennung eines Kindes, ohne dass der Mann der biologische Vater ist, sowohl der Mann als auch die Frau als auch das Kind die Anerkennung rückgängig machen lassen kann.«

»Ich habe für Stan seit seiner Geburt gesorgt.«

»Es tut mir leid. Ich werde es nachschauen, und zwar so schnell wie möglich. Ich habe einen Fall wie diesen noch nie in der Praxis erlebt, aber ich bin mir sicher, dass alle Parteien die Anerkennung rückgängig machen lassen können. Unter bestimmten Umständen. Auch Sie können das.«

»Aber ich will es nicht.«

»Im Falle des Falles.«

Ich hatte das Gefühl, als würde mir die Kehle zugedrückt, und gleichzeitig wollte ich herausschreien. Mir war schwindelig.

»Fühlen Sie sich nicht gut?«, fragte Muijssens.

»Ich muss mich kurz hinsetzen.« Ich ließ mich aufs Sofa fallen. Muijssens setzte sich dazu.

»Vergessen Sie nicht, schön durchzuatmen«, sagte er.

Ich nickte. Nicht, um ihm zu antworten, sondern um ihn zum Schweigen zu bringen. Ich befürchtete, dass ich wieder hyperventilieren würde, und wollte ihn lieber nicht dabeihaben.

»Soll ich einen Arzt rufen?«, fragte Muijssens.

»Nein.«

Ich schloss die Augen. Ich spürte, dass Muijssens auf dem Sofa von mir wegrückte. Sein Telefon klingelte. Er stand auf, um das Gespräch anzunehmen.

»Ich kann grade nicht«, sagte er. »Nein, nein, ich rufe dich gleich zurück, ja?« Er drückte das Gespräch weg.

»Kann ich etwas für Sie tun?«, fragte er.

Ich öffnete die Augen. »Gehen Sie ruhig. Ich rufe Sie an.«

»Sind Sie sicher?«

Ich nickte.

»Ich werde nachschauen, das verspreche ich Ihnen, und dann melde ich mich so schnell wie möglich mit einer Antwort.«

Ich nickte wieder.

»Sind Sie sicher, dass ich nichts für Sie tun kann? Kann ich vielleicht jemanden anrufen? Ihre Schwester?«

»Gehen Sie nur«, sagte ich. »Es geht schon wieder.«

»Wirklich?«

»Wirklich.«

Muijssens blieb stehen.

»Ich glaube, es ist doch besser, wenn ich noch einen Moment bleibe.«

Er setzte sich in einen Sessel und schaute mich an. Ich spürte, wie das Kribbeln langsam aus meinen Händen verschwand.

»Ich mag Sie«, sagte Muijssens. »Ich meine, Sie sind ein netter Mann. Ein guter Mensch, so kommt es mir vor.«

»Das ist nett von Ihnen.«

»In meinem Beruf trifft man sehr häufig Menschen, die nicht nett sind. Menschen, die sich gegenüberstehen, zeigen sich meistens nicht von ihrer besten Seite. Aber Sie ... Sie wurden von Ihrer Frau verlassen, sie hat Ihren Sohn mitgenommen und will ihn Ihnen dazu auch noch wegnehmen. Und trotzdem bleiben Sie freundlich. Sie bleiben Ihrer Frau gegenüber freundlich. Ich finde das toll. Etwas Besonderes. So etwas begegnet mir nicht oft.«

»Ich bin nett, weil ich weich bin«, sagte ich.

»Sehen Sie das so?«

»Das ist so. Ich habe nicht den Mut, unfreundlich zu sein.«

Muijssens lachte.

»Das haben Sie schön gesagt.«

»Ich meine es ernst.«

»Natürlich meinen Sie das nicht ernst. Sie sind einfach wirklich freundlich.«

»Und woher wollen Sie das wissen?«

Muijssens zuckte die Schultern. »Erfahrung wahrscheinlich. Erfahrung mit unfreundlichen Menschen. Dann fällt ein freundlicher Mensch umso mehr auf.«

»Ist meine Schwester freundlich?«, fragte ich.

»Aha, testen Sie jetzt meine Menschenkenntnis?«

»Nein, Ihre Ehrlichkeit.«

Muijssens lachte wieder.

»Ich hatte keine Ahnung, dass Sie so schlagfertig sind. Meistens sind Sie nicht so gesprächig.«

»Sie beantworten meine Frage nicht.«

»Ich darf nicht über meine Klienten sprechen.«

»Ich bin Ihr Klient, nicht meine Schwester.«

»Ihre Schwester auch.«

»Meine Schwester?«

»Wussten Sie das nicht?«

»Nein. Weswegen?«

»Wenn Sie es nicht wissen, darf ich nicht darüber sprechen. Entschuldigung. Ich dachte, Sie wüssten Bescheid.«

»Meine Schwester hat einen Anwalt?«

»Wir nennen das Rechtsberatung.«

»Aber wofür?«

»Genau das darf ich Ihnen nicht sagen. Aber ich bin überzeugt, dass Sie es Ihnen sagt, wenn Sie sie fragen. Sie macht sich große Gedanken wegen Ihnen.«

»Sie macht sich große Gedanken wegen dem Hof, das ist etwas völlig anderes.« Ich stand auf.

»Alles in Ordnung?«, fragte Muijssens.

»Ja«, sagte ich. »Gehen Sie jetzt ruhig. Ich komme schon zurecht.«

»Ich lasse so schnell wie möglich etwas von mir hören.«

»Das ist gut.«

Er gab mir die Hand. Es war das erste Mal, dass er mir die Hand gab. Sein Griff war kräftig, aber seine Hand war klein und weich. Keine Arbeiterhand. Keine Bauernhand.

Im Stall hörte ich Nadien muhen. Ich rannte zu ihr. Sie hatte die Beine nach vorne ausgestreckt, und hinter ihr sah ich das erste Häutchen der Fruchtblase. Nadien verdrehte die Augen. Ich nahm den Wassereimer, wusch mir die Hände mit Seife und schmierte Gleitmittel bis an die Ellbogen. Ich schob ihren Schwanz zur Seite und sah die Spitzen der Vorderhufe des Kalbes. Bis hierhin erschien alles normal. Ich schmierte auch Nadiens Vulva mit Gleitmittel ein und presste eine Hand in die Gebärmutter, um zu fühlen, ob das Kalb richtig lag.

Ich ertastete den Kopf, es war also keine Steißlage.

»Na los, Nadien, pressen«, sagte ich.

Nadiens glasige Augen starrten. Sie presste nicht. Es war noch zu früh dafür, die Geburtsstricke um die Beine des Kalbs zu binden. Ich fluchte. Wenn Nadien nicht bald anfing zu pressen, käme das Kalb vielleicht nicht rechtzeitig heraus. Ich musste den Tierarzt rufen, aber mein Telefon lag noch im Wohnzimmer. Nadien wandte mir den Kopf zu und muhte. Ich schmierte mehr Gleitmittel auf ihre Vulva und versuchte die Öffnung etwas zu erweitern, um die Geburt des Kalbes zu erleichtern. Nadien presste. Ich sah, wie sich die Füße des Kalbes ein ganz kleines Stück weiterschoben.

»Gut gemacht«, rief ich. »Gut gemacht. Und jetzt noch mal.«

Nadien presste wieder. Jetzt konnte ich die Geburtsstricke um die Vorderbeine des Kalbes binden. Halb unter die Kuh geschoben, spannte ich mich an, als sich Nadiens Bauch stark zusammenzog. Das Kalb bewegte sich ein Stück weiter nach draußen. Ich schob meine Hand erneut in die Vulva, um den Rand etwas zu dehnen. Ein Stück des Mauls war bereits sichtbar. Ich zog wieder, gleichzeitig mit Nadiens Wehen. Das Kalb kam etwas heraus, schob sich jedoch direkt zurück. Ich nahm den Geburtshelfer und stellte den Metallbogen gegen Nadiens Hinterteil, band die Stricke fest und zog den Griff hin und her, um das Kalb herauszuziehen. Nadiens Wehen waren schwach, und das Kalb kam nur sehr langsam. Die Fruchtblase spannte sich noch um seinen Kopf. Ich öffnete sie mit beiden Händen und schob dem Kalb die Finger ins Maul, um zu fühlen, ob es schluckte. Ich spürte nichts. Ich fluchte und zog wieder am Geburtshelfer. Nadien lag mit dem Kopf im Stroh. Sie war ausgepumpt.

»Jetzt press schon!«, rief ich. Nadien reagierte nicht.

Ich goss dem Kalb etwas Wasser über den Kopf, damit es wieder zu sich kam. Ganz kurz kam die Zunge zum Vorschein. Plötzlich zappelte das Kalb heftig, und Nadiens Bauch wogte. Ich hing hintenüber, damit ich mit dem Geburtshelfer mehr Kraft ausüben konnte. Das Kalb kam zur Hälfte heraus. Normalerweise müsste es jetzt schnell gehen. Ich drehte den Kopf des Kalbes nach rechts und versuchte es über die rechte Seite aus der Vulva zu ziehen. Doch es steckte fest, und Nadien hatte keine einzige Presswehe mehr. Das Kalb bewegte sich nicht mehr, und ich sah seine Augen langsam glasig werden. Laut stöhnend zog ich weiter an dem Griff, und zu guter Letzt rutschte das Kalb heraus. Ich löste den Geburtshelfer und schüttelte den Kopf des Kalbes hin und her. Ich zog die Fruchtblase von seinem Körper und steckte ihm wieder die Finger ins Maul. Das Kalb lag bewegungslos da. Ich goss ihm einen Schwall Wasser über den Kopf. Nichts geschah. Dann zerrte ich das Kalb zu Nadien, in der Hoffnung, sie würde seinen Kopf ablecken. Doch Nadien würdigte ihr Neugeborenes keines Blickes. Benommen starrte sie vor sich.

Plötzlich hörte ich jemanden in den Stall kommen. Riet.

»Ruf den Tierarzt!«, rief ich. »Es geht schief!«

Riet eilte hinaus. Wieder schüttelte ich den Kopf des Kalbes und rieb mit der Hand über sein Maul, um es zum Atmen zu bewegen. Doch nichts geschah. Das Kalb schluckte nicht, und ich spürte keinen Atem an seinen Nüstern. Ich kniete im Stroh und ließ den Kopf hängen. Der Kopf des Kalbes lag in meinem Schoß. Seine glasigen, blauschwarzen Augen ließen keinen anderen Schluss zu. Es war tot.

Mein Kopf fühlte sich bleischwer an, und am liebsten hätte ich laut geschrien, um das Kalb zum Leben zu erwecken. Ich sah Nadien an. Es ging ihr nicht gut. Sie lag immer noch auf der Seite. Ich zog an ihrem Halfter, damit sie aufstand. Da kam Riet wieder in den Stall.

»Hilf mir«, sagte ich. »Sie muss aufstehen.«

Mühsam stellten wir Nadien auf die Füße, doch nach ein paar Sekunden sackte sie wieder zusammen.

»Ich muss ihr Kalzium spritzen.«
»Der Tierarzt kommt gleich.«
»Ich spritze es ihr trotzdem schon mal.«
»Jetzt warte einen Moment.« Riet hockte neben Nadien und streichelte ihr den Kopf.
»Gleich ist alles gut«, sagte sie.

Der Tierarzt war ein junger Kerl, den ich noch nie gesehen hatte. Er war mager und trug einen Overall, der aussah, als sei er zwei Nummern zu groß.
»Wo ist Mulder?«, fragte ich.
»Der hat einen Kaiserschnitt bei einer Kuh. Ich bin sein Assistent.«
»Kommt er gleich noch her?«
»Nur, wenn es notwendig ist.«
Der Assistent sah das tote Kalb an, das ich an den Rand der Box gezogen hatte. Es war noch ganz nass und an seinem Körper klebte Stroh.
»Ist es schiefgegangen?«, fragte er.
Ich brummte.
Der Assistent untersuchte Nadien. Ihre Temperatur war zu niedrig, und auch er bekam sie nicht auf die Füße. Ihre Muskeln fühlten sich schlaff an.
»Wahrscheinlich ist es Milchfieber«, sagte ich.
»Es war offenbar ziemlich groß.« Er deutete mit dem Kopf auf das Kalb.
»Ja.«
»Ein kleiner Stier?«
»Ja.«
Schnell und routiniert gab er Nadien eine Spritze mit Kalzium und Magnesium, gar nicht wie ein Anfänger.
»Innerhalb einer Stunde steht sie wieder«, sagte er.
»Möchten Sie noch, dass Mulder nach ihr sieht?«
Er sah mich an, ohne mit den Augen zu zwinkern.

Sein Hals ragte wie ein dünner Birkenstamm aus seinem Overall.

»Nein«, sagte ich. »Schon gut. Wollen Sie vielleicht etwas trinken? Meine Schwester hat Kaffee gekocht. Oder einen Tee?«

»Ich muss zurück zu Mulder. Aber danke für das Angebot.«

Wenig später fuhr er in einem kleinen blauen Auto vom Hof. Es stieß eine schwarze Rauchwolke aus, als er Gas gab, und eines seiner Rücklichter funktionierte nicht. Ich hörte den Keilriemen quietschen. Ich fragte mich, ob er damit wohl den Deich hochkäme.

Ich ging zurück in den Stall. Nadien war schon ruhiger. Ich nahm eine Schubkarre und ging damit in die Box, hob das tote Kalb auf und legte es hinein. Es war schwer, vielleicht fünfzig Kilo. Ich schob die Schubkarre aus der Box, legte eine Plastikplane über das Kalb und beschwerte sie am Rand mit einigen Steinen, damit kein Ungeziefer hineinkommen konnte. Ich musste an Stan denken. Ich war froh, dass er diese Geburt nicht miterleben musste. Zum Glück war seine Lieblingskuh noch am Leben.

Es war das zehnte Kalb, das dieses Jahr gestorben war. Eins hatte ich im Sommer erst am nächsten Tag im Gebüsch am Rand der hintersten Weide gefunden. Dort grasten die trocken gestellten Kühe, die in den nächsten Wochen kalben sollten und kaum noch Milch gaben. Die hinterste Weide war an zwei Seiten von Weiden und an einer Seite von Brombeersträuchern umgeben. Das Kalb lag zwischen den Brombeeren. Mulder hatte es auf Krankheiten untersucht, doch er hatte nichts gefunden.

In der Küche war es warm. Riet hatte ihre Jacke über einen Stuhl gehängt. Ihre Tasche stand auf dem Tisch zwischen zwei Kaffeeflecken auf dem karierten Wachstuch. Ich setzte mich und seufzte tief.

»Du musst die Tierverwertung anrufen«, sagte Riet, »damit sie das tote Kalb morgen abholen.« Ich stand auf, ging zum Telefon im Flur und blieb dort vor dem Porträt meiner Großeltern stehen, das Muijssens kurz zuvor so bewundert hatte. Eine Federzeichnung. War meine Großmutter tatsächlich schön? Ich hatte nie wirklich darauf geachtet. Meine Großmutter trug eine weiße spitzenbesetzte Haube mit Verzierungen am Rand. Sie neigte den Kopf leicht nach unten und schaute ernst vom Blick des Zeichners weg. Als fiele es ihr schwer, ihn anzusehen. Die Zeichnung war kurz nach ihrer Hochzeit entstanden. Ein paar Jahre später war sie tot. Sie starb im Wochenbett, nach der Geburt meines Vaters.

## 5

Chiel stand mit einer Schürze am Tisch. Mit einer Fleischgabel hielt er den Rollbraten an Ort und Stelle und schnitt mit einem scharfen Messer dünne Scheiben ab. Ich hatte schon lange keinen Rollbraten mehr gegessen. Früher hatte meine Mutter manchmal einen aus Schweinefilets zubereitet, die sie aneinanderklebte und mit Kräutern zu einem großen Fleischklumpen zusammenrollte. Ich durfte ihr helfen, die Garnfäden zu verknoten. Sieben insgesamt.

Ich mochte Rollbraten. Chiel wusste das und legte drei Scheiben auf meinen Teller. Er hatte sie extra für mich geschmort.

Chiel war ein Mann des Fleisches. Natürlich weil er Metzger war, aber auch weil er es gern zubereitete und aß. Stundenlang konnte er sich über den Unterschied zwischen Rinderfilets und Nierenzapfen unterhalten und dass Letztere eigentlich viel besser schmeckten, wenn man sie richtig zubereitete. Arbeitsfleisch nannte er die Nierenzapfen. Sie waren sehniger als das samtweiche Rinderfilet, das eigentlich faules Fleisch war, wie er meinte. Jahrelang hatte es tatenlos auf der Hinterbacke des Rindes gelegen.

Der Rollbraten war aus Rinderkoteletts, die Chiel mit Hackfleisch und Pflaumen gefüllt hatte. Dieses neue Rezept wollte er demnächst in der Weihnachtszeit im Geschäft anbieten. Schon nach dem ersten Bissen fragte er, was ich davon hielt. Mit vollem Mund nickte ich zustimmend. Er schaute Riet an.

»Siehst du?«

Riet schwieg.

Chiel hatte gute Laune. Chiel hatte immer gute Laune. In den ganzen Jahren hatte ich ihn nie schlechtgelaunt erlebt. Darin war er das Gegenteil von Riet, die schon bei der kleinsten Kleinigkeit die Augenbrauen herunterzog und die Augen zu Schlitzen kniff. Als ob sie in die Sonne schaute.

Chiel und Riet glichen einander gut aus. Er schaute immer nach oben und sie immer nach unten. »Schlechtwettergesicht« hatte meine Mutter dazu gesagt. Ein Gesicht, das mein Vater zog, wenn das Wetter mal wieder nicht tat, was er wollte. Zu viel Regen oder zu wenig, zu trocken oder zu nass, zu kalt, zu warm. Es war immer schlechtes Wetter, wenn der Bauer damit nichts anfangen konnte.

Chiel legte noch eine Scheibe Fleisch auf meinen Teller.

»Wir müssen etwas mit dir besprechen«, sagte Riet.

Sie legte Messer und Gabel beiseite. Chiel räusperte sich und faltete die Hände vor dem Mund wie ein Pastor kurz vor der Predigt. Ich sah sie nacheinander an, ungewiss, wer als Erster etwas sagen würde. Eine Weile blieb es still.

Riet sah Chiel an, und Chiel sah Riet an.

»Wir hoffen, du verstehst uns nicht falsch«, sagte Riet jetzt.

»Du bist bei Anwalt Muijssens gewesen«, sagte ich.

»Woher weißt du das?«, fragte Riet.

»Er hat es mir erzählt.«

»Was hat er dir erzählt?«

»Dass du bei ihm gewesen bist. Wegen einer Rechtsberatung.«

»Es ist nicht so, als würden wir dir nicht vertrauen«, sagte Chiel.

»Hat er dir gesagt, weshalb wir bei ihm gewesen sind?«, fragte Riet.

»Nein«, sagte ich. »Er meinte, du würdest es mir sagen.«

»Wir wollten wissen, was mit unserem Erbe passiert, wenn wir nicht mehr da sind«, erklärte Chiel. »So hat es eigentlich angefangen. Du weißt, ich bin Einzelkind. Meine Mutter lebt noch, aber sie hat von unserem lieben Herrgott natürlich auch nicht das ewige Leben geschenkt bekommen. Es ist nicht so, dass wir viel besitzen, allerdings ist da das Geschäft mit dem Wohnhaus und dann natürlich noch das Boot.«

Chiel und Riet hatten keine Kinder. Nicht weil sie nicht wollten, sondern weil es nicht geklappt hatte. Sie waren seinerzeit beim Arzt gewesen, um untersuchen zu lassen, was los war, und es hatte sich herausgestellt, dass Chiels Sperma nicht stark genug war. Es kam nicht lebend ans Ziel. Chiel hatte es mir vor Jahren erzählt, als wir mit einer Flasche jungem Genever auf dem Motorboot saßen, das er im gleichen Frühjahr gekauft hatte. Wir waren zu zweit, Riet und Annetje waren nicht dabei. Chiel hatte das Boot gekauft, damit er am Sonntagmorgen angeln konnte. Wir lagen in einem toten Arm der Maas vor Anker und saßen auf zwei baumwollbespannten Klappstühlen im Cockpit und schauten den Schwimmern zu, die leicht im Wasser wippten. Zwischen uns stand die Flasche Genever. Chiel hatte zwei metallene Schnapsgläser aus einem Etui genommen, das eine war hellgelb und das andere hellrot. Ich hielt das rote Glas in der Hand, während er sich bemühte, Schnaps einzugießen, ohne etwas zu verschütten. Nach dem dritten Glas erzählte er es mir. Dass er Samen hatte, der nicht schwimmen wollte. So drückte er sich aus. Riet und er hatten in der Woche zuvor das Ergebnis der Fruchtbarkeitsuntersuchung bekommen, und der Arzt hatte es ohne Umschweife gesagt. Die Nachricht traf ihn hart. Er war ein unfruchtbarer Mann. Riet wollte es niemandem erzählen, aber er konnte das nicht. Er musste es loswerden. An dem Nachmittag tranken wir die ganze Flasche Genever, und alles was wir fingen, waren ein paar Plötzen.

Chiel besaß mittlerweile eine echte Motorjacht. In den wenigen Wochen Urlaub, die sie hatten, fuhren sie immer mit dem Boot weg. Egal, bei welchem Wetter. Die Kajüte der Jacht war wie eine Ferienwohnung eingerichtet, mit Plastikpflanzen auf einer dunklen Holzfensterbank. Oben an Deck standen zwei drehbare Stühle. Sie waren weit vom Wasser entfernt, und man vergaß, dass man nicht an Land war.

Ich musste an den Abend vor meiner Hochzeit mit Annetje denken, als mein Vater mir deutlich zu verstehen gab, dass ich für Nachkommen zu sorgen hatte. Annetje und ich versuchten es, auf jeden Fall am Anfang. Aber unsere Versuche waren erfolglos. Es war nicht so, dass ich keine Kinder wollte, ich konnte nur nichts mit dem Akt anfangen, der dafür notwendig war. Als Annetje mir zwei Jahre später beichtete, dass sie eigentlich keinen Kinderwunsch hatte, war ich froh, dass wir mit dem ungelenken Hin und Her im Bett aufhören konnten.

»Ihr braucht doch nicht mit mir über euer Erbe zu reden, oder?«, fragte ich.

»Natürlich nicht«, sagte Chiel. »Aber ...«

Er stockte.

»Was, aber?«

»So wie die Sache im Moment aussieht, bist du unser einziger Erbe.«

»Ich?«

»Wir haben keine Kinder. Riet hat keine Eltern, und meine Mutter wird nicht mehr lange leben. Wenn uns beiden also irgendwas geschehen sollte, geht das meiste Geld an dich.«

Ich stand auf.

»Ihr glaubt doch nicht wirklich, dass ich euer Geld will?«, fragte ich entgeistert. Ich schmiss meine Serviette auf den Tisch. »Was soll das Theater hier?«

»Es geht nicht um dich, Andries«, sagte Riet.

»Um wen geht es dann?«

Riet schaute auf die Tischdecke, und als ich mich zu Chiel umdrehte, lächelte er mich schief an.

»Jetzt setz dich wieder hin, Andries. Wir können doch darüber reden, oder?«

Chiel klopfte mit der linken Hand auf die Tischdecke.

»Komm, ich gieße dir ein Gläschen ein, dann essen wir noch einen Happen und dann ...«

»Hör doch auf mit dem Gefasel!«, rief ich wütend.

Riet hob die Stimme. »Und dann wunderst du dich, dass ich dir nie etwas erzähle? Jetzt schau dir mal deine Reaktion an, Mann. Wir haben dir noch nicht mal gesagt, was wir wollen, und du stehst schon auf den Barrikaden.«

»Gut«, sagte ich, »dann setze ich mich, und ihr sagt, was ihr sagen wollt.«

Ich setzte mich, knotete die Serviette um und nahm einen Bissen Püree. Meine Gabel kratzte über den Teller. Riet und Chiel schwiegen.

»Es ist diese Frau, Andries«, begann Chiel vorsichtig.

»Riet hat Angst, dass sie vielleicht wieder zu dir zurückkommt. Dass etwas geschieht, dass du irgendetwas tust oder so, wodurch sie wieder zurückkommt und wenn das so ist ...«

Er beendete seinen Satz nicht.

»Diese Frau heißt Marlena«, sagte ich. »Und diese Frau hat einen Sohn namens Stan, und rein zufällig ist das auch mein Sohn. Und bis vor anderthalb Jahren wart ihr ganz närrisch nach dem Jungen.«

»Er ist dein Erbe«, sagte Riet, »aber nicht meiner.«

»Wie meinst du das?«

»Ich will einfach nicht, dass mein Geld bei ihr und diesem Jungen landet.«

»Und warum nicht?«

»Weil er nicht zur Familie gehört.«

Ich schüttelte den Kopf.

»Wie bist du auf die Idee gekommen, dich mit deinem Erbe zu beschäftigen?«, fragte ich.

»Was uns eigentlich größere Sorgen macht ...«, sagte Chiel. Wieder stockte er.

»Ja?«

»Wir fragen uns, ob du überhaupt schon einmal über dein Erbe nachgedacht hast.«

Ich musste lachen.

»Mein Erbe? Ich bin fünfundfünfzig.«

»Aber für den Fall, dass dir etwas passiert.«

»Was soll mir denn passieren?«

»Du warst nicht umsonst beim Arzt«, sagte Riet scharf.

»Und es war überhaupt nichts.«

»Du kannst ganz einfach umfallen, genau wie Vater.«

»Vater war siebzig.«

»Aber wenn es passiert …«, sagte Riet.

»Was dann?«

»Dann bekommt dieser Junge alles. Das Haus, die Kühe, das Land, alles, alles, was mir lieb und teuer ist. Hast du da schon einmal drüber nachgedacht. Der ganze Hof, der ganze Familienbetrieb. Wo wir alle geboren sind. Du und ich und Vater und Großvater. Alles auf einen Schlag für diesen Jungen.«

»Er heißt Stan.«

»Es ist mir egal, ob er Stan heißt! Es geht darum, dass er nicht hierhergehört, nicht auf diesen Hof. Der Hof gehört dir und mir, unserer Familie. Und nicht ihm. Er ist keine Familie.«

»Stan ist mein Sohn!« Ich schlug hart mit der Faust auf den Tisch, mein Glas sprang etwas in die Höhe, und Chiel zuckte erschrocken ein Stück zurück.

»Mein Sohn!«, rief ich noch einmal.

Mit der Faust auf dem Tisch blieb ich sitzen. Ich starrte auf den Rest Rollbraten auf meinem Teller, die Sauce war kalt geworden und hatte eine Haut. Von dem Blumenkohl mit Käsesauce hatte ich noch keinen Bissen genommen. Blumenkohl mochte ich nicht. Schon als Kind musste ich vom Geruch der weichgekochten, gelblich weißen Röschen würgen. Mein Vater gab mir eine Kopfnuss, wenn ich sie auf dem Teller liegen ließ. Oft schluckte ich sie mit Tränen in den Augen hinunter. Jetzt merkte ich, wie mir der Rotz aus der Nase lief, während ich den Blumenkohl ansah. Er tropfte in einem Faden über meine Oberlippe. Ich wollte ihn mit der Serviette wegwischen, aber stattdessen begann ich zu schluchzen. Ich versuchte, die Tränen wieder zurückzupressen, zurück in meine Augen. Mit den Handflächen drückte ich hart gegen die Augenhöhlen. Mein Mund war verzerrt. Ich hatte das Gefühl, dass das Zimmer einstürzte, als käme die Decke herunter, um mich zu zerschmettern, und als nähme mir der aus den Trümmern fallende Staub den Atem.

»Er ist mein Sohn«, sagte ich noch einmal und schnäuzte mir die Nase mit der Serviette. Chiel stand hinter mir und hatte die Hände auf meine Schultern gelegt.

»Es ist gut«, sagte er.

»Nichts ist gut«, sagte Riet.

Sie schob den Stuhl zurück und erhob sich mühevoll.

»Wenn der Junge wirklich dein Sohn wäre, hättest du dich wie ein wirklicher Vater benommen. Dann hättest du ihn nie einfach so gehen lassen.«

Ich wollte aufspringen, aber Chiel drückte mich mit den Händen zurück auf den Stuhl.

»Ruhig, Andries«, sagte er.

»Halt dich raus«, sagte ich und riss mich unter seinen Händen weg, um aufzustehen. Meine Oberschenkel stießen gegen den Tisch, und das Glas Bier, das neben meinem Teller stand, fiel um. Chiel packte mich am Arm.

»Tu's nicht, Andries«, sagte er.

Ich stand Riet gegenüber. Ihr Gesicht war rot angelaufen, und ich sah Speichelbläschen in ihren Mundwinkeln. Ihre Finger waren stark gespreizt, als wollte sie mir ins Gesicht schlagen. Ich war fest entschlossen, ihr zuvorzukommen, doch sie tat nichts. Sie sah mich nur fest an, um mir klarzumachen, dass ihr kein einziges Wort leidtat. So standen wir einander gegenüber. Zwei aufgepeitschte Kampfhunde. Bereit, aufeinander loszugehen und zu beißen, wo wir beißen konnten. Chiel streckte den Arm zwischen uns und schob Riet etwas zurück.

»Jetzt beruhigen wir uns bitte mal wieder«, sagte er. »Das ist doch ganz unnötig.«

Riet drehte sich um und verließ das Zimmer. Kurz darauf hörte ich, wie eine Tür im Flur zuschlug. Chiel sah mich an, zuckte mit den Schultern und versuchte ein Lächeln.

»Sie macht sich ziemliche Sorgen«, meinte er.

Draußen ging ein Wolkenbruch los. Auf der Straße hörten wir ein Kind schreien. Chiel ging zum Fenster und schob die Gardine etwas zur Seite. Das Geschrei kam von einem kleinen Mädchen, das eine Zeichnung auf die Straße hatte fallen lassen und jetzt sah, wie sich das Papier mit Regenwasser vollsaugte. Chiel erzählte mir genau, was sich abspielte. Die Mutter hob die Zeichnung auf, das Mädchen weinte, der Vater hob das Kind hoch, und zu dritt hasteten sie in einen Hauseingang, um sich unterzustellen.

»Kinderleid«, fasste Chiel das Geschehen zusammen und ließ die Gardine wieder vor das Fenster fallen.

»Ich gehe«, sagte ich.

»Jetzt sofort?«, fragte Chiel.

»Jetzt sofort, ja.«

Im Flur nahm ich meine Jacke von der Garderobe.

»Hast du einen Regenschirm?«, fragte Chiel.

»Nicht nötig.«

Chiel ging mit mir die Treppe hinunter, um die Tür der Metzgerei aufzuschließen. Bevor er die Tür öffnete, klopfte er mir auf die Schulter. »Wir finden schon eine Lösung«, sagte er. Ohne zu antworten, ging ich nach draußen. In den prasselnden Regen.

Riets Bemerkung hämmerte in meinem Kopf. Warum hatte ich nie daran gedacht, Stan aus Polen zurückzuholen? Jeden Tag fühlte ich seinen Verlust wie Schläge in meiner Brust und Krämpfe im Bauch, aber was hatte ich unternommen, um ihn zurückzubekommen? Das Einzige, was ich versucht hatte, war, mit aller Macht das elende Gefühl zu vergessen. Recht erfolglos.

Mein Handy klingelte. Es war Jens, der Sohn von Mathijssen. Ich hatte ihn gebeten, die Kühe im Auge zu behalten, während ich bei Riet und Chiel war. Auch heute stand eine Geburt kurz bevor. Es ging um Blink, eine fünfjährige Kuh, die schon drei Mal gekalbt hatte. Ich rechnete nicht mit Problemen, aber man konnte nie wissen, und das totgeborene Kalb von Nadien stand mir noch deutlich vor Augen. Aber Jens hatte gute Nachrichten. Blink hatte problemlos ein gesundes Kalb zur Welt gebracht. »Eine Kuh oder ein Bulle?«, fragte ich.

»Eine Kuh.«

Noch besser.

In der Box war Blink schon wieder auf den Beinen. Sie leckte eifrig ihr Kalb trocken, das noch etwas verwirrt im Stroh lag. Jens schaute zu, die Hände in den Taschen. Ich bat ihn, Blink zu melken, damit wir dem Kalb mit dem Sauger selbst die Erstmilch geben konnten.

Ich mochte Jens. Er war hochgewachsen mit kurzgeschnittenen Haaren und einem schmalen Kopf. Bärenstark, auch wenn man ihm das auf den ersten Blick nicht ansah. Er hatte zwei ältere Brüder, die Bauern waren wie er. Auf dem Hof seines Vaters gab es nicht genug Arbeit für alle drei, deshalb war Jens jetzt Lohnarbeiter. Das gefiel ihm, aber er wollte gern einen eigenen Hof. Als Letzter der Geschwister hatte er jedoch wenig Chancen, später den Betrieb seines Vaters zu übernehmen. Seit kurzem ging Jens mit einem Mädchen. Sie hieß Marloes und arbeitete als Friseurin im Dorf. Er hatte sie schon einmal mitgenommen und sie hatte die ganze Zeit »Herr« zu mir gesagt.

Während Jens die Erstmilch molk, versuchte das Kalb aufzustehen. Es rollte sich von der Seite hoch, zog die Hinterbeine unter sich und lehnte sich dabei auf die Knie der Vorderbeine. Es krabbelte mit den Hufen und schob die Hinterhand einen halben Meter in die Höhe, schwankte kurz und fiel wieder hin.

»Das ist schnell dabei«, sagte Jens.

Er hatte recht. Das Kalb war noch keine Stunde alt.

Zusammen mit Jens brachte ich es in eine andere Box, wo wir ihm die Erstmilch zu trinken gaben. Dieses Ritual würde ich in der nächsten Zeit oft wiederholen.

Ich fragte Jens, ob er etwas trinken wolle. Er wollte ein Bier. Gemeinsam setzten wir uns in die Küche. Ich nahm die Flasche jungen Genever und stellte sie auf den Tisch.

»Du kannst auch etwas Stärkeres haben, wenn du willst«, sagte ich.

Er bedankte sich und hob die Bierflasche. Ich goss mir selbst einen Schnaps ein.

»Haben Sie schon einen Namen für das Kalb?«, fragte Jens.

»Nein«, sagte ich. »Du?«

»Marloes.«

Ich grinste.

»Marloes, ja, das ist ein schöner Name.«

Jens wurde rot und sah mich an.

»Ich bin mir sicher, dass es ihr gefällt. Mein Vater gibt den Kühen immer die Namen ihrer Mütter, und dahinter eine Zahl. Marloes ist nicht dabei.«

»Ist gut, Junge«, sagte ich. »Es heißt Marloes.«

Ich ging in mein Büro. Über dem Schreibtisch hatte ich den Rinderpass und die zwei gelben Ohrmarken für das Kalb bereitgelegt. Ich füllte immer noch erst meine eigenen Pässe aus, bevor ich alle Informationen in den Computer gab, um das Kalb anzumelden. Die Namen der Eltern und Großeltern hatte ich bereits eingetragen. Ich nahm die Karte mit den Ohrmarken mit in die Küche und legte sie vor Jens hin.

»Füll du mal aus«, sagte ich und gab ihm einen schwarzen Stift.

In Druckbuchstaben schrieb Jens den Namen seiner Freundin auf den Pass des Kalbes. Marloes. Danach das Geschlecht, das Geburtsdatum und die Fellfarbe. Die Tragezeit des Kalbes ließ er offen.

»Sieht gut aus«, sagte Jens und gab mir den Pass zurück.

Ich nickte.

Jens nahm einen Schluck aus der Bierflasche.

»Ist es nicht still hier, so allein?«, fragte er plötzlich.

»Ich bin es gewohnt.«

»Ich fände es still.«

»Das kommt daher, weil bei euch immer was los ist. Dann fällt einem die Stille erst auf. So wie mir der Trubel auffällt.«

Jens nickte zustimmend.

»Bei uns ist immer was los, ja.«

Ich sah ihn an. Schon seit ein paar Wochen hatte ich eine Idee im Kopf, und jetzt war der richtige Moment, um ihn zu fragen. Ich goss mir noch einen Schnaps ein und kippte ihn in einem Zug.

»Der sitzt«, sagte Jens.

»Ich habe da eine Idee ...«, sagte ich.

Ich zögerte.

»Ich habe mich gefragt, ob du vielleicht Lust hast, eine Woche den Hof zu übernehmen.«

»Übernehmen? Wieso?«

»Ich muss eine Woche weg. Ins Ausland«, sagte ich. »Ziemlich unerwartet. Ich dachte, du könntest den Laden hier vielleicht am Laufen halten. Natürlich gegen Bezahlung.«

Jens schwieg einen Moment.

»Darf meine Freundin dann auch kommen?«

Ich überlegte kurz. Jens und Marloes in meinem Haus.

»Finden deine Eltern das in Ordnung?«, fragte ich.

»Wieso?«

»Na ja, du weißt schon ...«

Jens musste lachen.

»Oh, das. Ja, natürlich ist es für sie in Ordnung. Normalerweise schlafe ich an den Wochenenden bei ihr.«

»Gut, dann habe ich nichts dagegen.«

»Wissen Sie schon, wann das sein soll?«

»Bald«, sagte ich.

»Aber nicht an Weihnachten hoffentlich?«

Ich dachte nach. Weihnachten stand schon fast wieder vor der Tür. Ein Fest, das ich lieber an mir vorübergehen ließ. Ich stand auf und ging zum Kalender, der neben dem Kühlschrank hing. Ich zeichnete eine Sonne zum heutigen Tag als Symbol, dass ein Kalb geboren war. Es war der 3. Dezember.

In anderthalb Wochen hatte Marlena Geburtstag.

»Nein«, sagte ich. »Noch vor Weihnachten.«

»Okay«, meinte Jens.

»Schön«, sagte ich.

6

Auf dem Beifahrersitz lag die ausgebreitete Karte von Polen. Ich hatte sie in einem ADAC-Geschäft in Den Bosch gekauft. Gemeinsam mit einem jungen Angestellten hatte ich den Ort gesucht, wo Marlena jetzt wohnte, und ihn mit einem roten Stift umkreist. Muijssens hatte mir die Adresse durchgegeben, die auf den unterschriebenen Scheidungsunterlagen stand. Außerdem kam von ihm die gute Nachricht, dass Marlena keine Möglichkeit hatte, meine Anerkennung von Stan rückgängig zu machen. »Selbst wenn es irgendeine Grundlage gäbe, auf der man die Anerkennung rückgängig machen könnte, käme sie inzwischen zu spät«, hatte er gesagt. Ich war erleichtert. Stan war der Einzige, der die Anerkennung in Zukunft noch widerrufen konnte. Wenn er volljährig war. Aber ich war fest entschlossen, ihm dazu keinen Grund zu geben.

Mittlerweile war es dunkel, und die Straßenschilder zeigten an, dass die polnische Grenze noch etwa hundertfünfzig Kilometer entfernt war. Ich hielt an einer Tankstelle, um zu tanken und etwas zu essen. Ich wollte an einem Stück durchfahren. Zur Sicherheit hatte ich in dem ADAC-Geschäft die Namen einiger Hotels aufgeschrieben, die auf der Strecke lagen und bei denen angegeben war, dass man dort Englisch sprach. Zum ersten Mal verließ ich die Niederlande alleine. Ich hatte meinen Mercedes vor der Reise in der Werkstatt nachschauen lassen. Ich wollte um jeden Preis vermeiden, wegen einer Autopanne irgendwo zu stranden. Riet fand meinen Plan idiotisch. Sie dachte, ich wolle Stan entführen. Natürlich war mir klar, dass so etwas unmöglich war. Mit Muijssens hatte ich vorher alles gründlich besprochen. Er hatte mir klar gesagt, was meine Rechte waren, was ich tun konnte und was nicht. Er wollte unbedingt verhindern, dass ich wegen einer Dummheit nachher das Sorgerecht für Stan verlieren würde. Er riet mir, Fotos von allem zu machen, was mir auffiel, sowie von den Umständen, in denen Stan lebte. Das hatte mich überrascht. Er glaubte doch nicht, dass Marlena nicht gut für ihn sorgen würde? »Man weiß nie«, hatte er gesagt. Chiel hatte angeboten, mitzufahren, doch das Angebot hatte ich entschieden abgelehnt. Ich wollte alleine fahren.

Als ich nach Polen hineinfuhr, veränderte sich die Straße von einem glatten, geraden Asphaltstreifen in ein holpriges Waschbrett. Ich trat auf die Bremse und verringerte das Tempo. Die Schilder am Straßenrand gaben die Geschwindigkeitsbegrenzung mit sechzig Stundenkilometern an. Es war wenig Verkehr. Menschen sah ich erst bei der nächsten Tankstelle, wo ich anhielt, um zur Toilette zu gehen. Es gab dort auch ein großes Hotel und ein Café-Restaurant. Auf dem Parkplatz standen Gruppen von Männern um Feuer herum und sprachen laut miteinander. Zu ihren Füßen standen Schnapsflaschen und Bierdosen. Anscheinend waren es Lastwagenfahrer, die auf dem großen Gelände geparkt hatten, um dort die Nacht zu verbringen. Ich sah auf die Uhr. Es war schon nach zehn. Ein Hund auf dem Gelände neben der Tankstelle bellte mich laut an und sprang am Gitterzaun hoch.

Am frühen Nachmittag war ich zu Hause losgefahren. Ich hatte zusammen mit Jens gemolken und danach die letzten Sachen mit ihm besprochen. Außer dem täglichen Melken, Füttern und Misten erwartete ich nichts Außergewöhnliches. Ich hatte Jens das Zimmer gezeigt, wo er und Marloes schlafen konnten. Früher war es mein Zimmer gewesen, doch nach Stans Geburt hatte ich es Marlena überlassen. Seit sie weg waren, betrat ich es nur noch selten. Schlafen konnte ich dort nicht mehr. Im Zimmer stand ein kleines Doppelbett, in das der lange Jens kaum hineinpassen würde, aber etwas anderes hatte ich nicht zu bieten. Der dunkle Kleiderschrank aus Holz war noch zur Hälfte mit Marlenas Kleidern und Strickjacken gefüllt. Ich hatte die Türen abgeschlossen. Nur der Seitenschrank und die beiden Schubladen waren leer.

Der Schrank besaß einen großen ovalen Spiegel, dessen Glas sich etwas verschoben hatte. Wenn man im Bett lag, konnte man im Spiegel die Äste der Kastanie sehen, die jetzt völlig kahl waren. Das Zimmer roch noch etwas muffig. Morgens hatte ich die Fenster in der Dachgaube geöffnet, um frische Luft hereinzulassen, und auf einen der Nachttische einen Lufterfrischer gestellt, den Riet mir einmal gekauft hatte. Er duftete nach Lavendel. Jens freute sich, als er das Zimmer sah.

Nach siebzig Kilometern auf dem holprigen Waschbrett verwandelte sich die Straße in brandneuen, glatten Asphalt. Ich konnte wieder Gas geben. Der ausgedruckten Wegbeschreibung nach würde ich noch etwa sieben Stunden durch Polen fahren. Mit Pausen und zwischendurch einem Nickerchen auf einem Parkplatz könnte ich morgen früh um acht Uhr bei Stan sein. Ich hatte meinen Besuch nicht angekündigt.

Je später es wurde, desto stiller wurde die Autobahn. Ab und zu überholte ich einen Lastwagen. Ich war das einzige ausländische Fahrzeug auf der Straße. Die Nacht war lang und dunkel, und als ich weiter nach Polen hineinfuhr, fing es unvermittelt an zu schneien. Ich musste langsamer fahren, weil die Schneeflocken wie ein Insektenschwarm auf mich zuflogen und meine Sicht sehr einschränkten. Ich spürte, wie die Anspannung in Nacken und Schultern wuchs. Kurz überlegte ich, ob ich anhalten sollte, aber die Aussicht, Stan bald wiederzusehen, ließ mich weiterfahren. Jetzt, wo ich so kurz vor dem Ziel war, wollte ich keine Zeit mehr verlieren.

Ich stellte mir vor, wie ich morgen vor Stan stehen würde. Wie er auf mich zu rennen und in meine Arme springen würde. Ich würde ihn fangen und herumwirbeln, und danach hätten wir eine Menge zu besprechen.

DRITTER TEIL

# Die Geschichte von Szymon

I

Aus dem Nichts erzählte mir Marlena, dass Andries nicht Stans Vater war. Wir saßen im Auto, hinter uns ein Anhänger, unter dessen grüner Plane eine gebrauchte Spülmaschine für das Restaurant stand. Den Anhänger hatte ich von Nachbar Nowak geliehen, der damit jeden Morgen die Kartoffeln von seinen Äckern auf den Markt fuhr.

Es regnete leicht. Die Scheibenwischer quietschten und zogen runde Schlieren über die Scheibe.

Ich nahm sofort den Fuß vom Gas. Hinter mir begann ein Lastwagenfahrer wild zu hupen. Ich trat das Gaspedal wieder durch. Meine Hände umklammerten das Steuer so fest, dass sich die Haut über meinen Fingerknöcheln weiß färbte.

Bei der nächsten Tankstelle fuhr ich ab. Um zu verhindern, dass die Spülmaschine auf dem Anhänger auf und ab sprang, musste ich eine Vollbremsung machen. Der Lastwagen hinter mir hupte wieder. Jetzt hupte ich zurück und warf die Hand hoch, als er an mir vorbeiraste.

Ich hielt auf einem Parkplatz. Vor uns lag ein mannshohes Maisfeld, bereit zur Ernte. Marlena sagte nichts. Schweigend starrten wir beide nach draußen, wo die Regentropfen langsam unser Blickfeld trübten.

»Können wir bitte weiterfahren?«, fragte Marlena nach einer Weile.

Es klang wie ein Befehl und ein Flehen. Ich starrte immer noch gerade vor mich.

»Ist er von Natan?«, fragte ich.

»Macht es einen Unterschied?«

»Ich will wissen, ob er von Natan ist.«

»Ja«, sagte Marlena.

Ich hatte es schon die ganze Zeit gewusst. Von dem Moment an, als ich von Stan hörte. Ich hatte es die ganze Zeit gewusst, aber nie danach gefragt. Stan. Ein Sohn von Natan. Familie also. Meine Familie. Ich ließ die Hände vom Steuer gleiten und drehte mich zu ihr um.

»Warum hast du mir das nicht schon früher erzählt?«

»Dazu gab es keinen Grund.«

»Keinen Grund? Brauchst du einen Grund, um mir zu erzählen, dass er ein Sohn von Natan ist?«

»Hätte es etwas verändert?«, fragte Marlena.

»Alles«, sagte ich.

»Alles?«

Marlena sah mich zum ersten Mal seit ihrer unvermittelten Bemerkung an.

»Wie kannst du so etwas sagen?«, fragte sie. »Alles. Was soll das heißen? Hättest du ihn anders behandelt, wenn du gewusst hättest, dass er Natans Sohn ist? Hättest du ihm mehr Liebe gegeben? Mehr Geld? Mehr Zuwendung?«

Ich schloss die Augen und drückte mit den Mittelfingern gegen die Tränendrüsen in den Augenwinkeln, bis das stechende Gefühl dort aufhörte. Als ich die Augen wieder öffnete, sah ich Flecken. Ich seufzte und schaute aus dem Seitenfenster.

»Ich rede mit dir, Szymon.«

»Du redest mit mir?«, fragte ich. »Du redest nie mit mir. Alles, was bei dir passiert, muss ich raten oder merken oder ignorieren. Gerade so, wie es dir passt.«

Marlena öffnete die Tür.

»Was tust du?«

»Ich will rauchen.«

»Du kannst hier rauchen.«

»Dann muss ich das Fenster aufmachen.«

»Dann mach das Fenster auf, verdammt.«

»Es regnet.«

»Na und?«

Marlena drehte das Fenster etwas herunter und zündete sich eine Zigarette an. Sie inhalierte schnell und blies den Rauch zum Fenster hinaus. Ich sah, wie die Regentropfen an der Innenseite der Scheibe klebten und träge nach unten rollten.

»Erzählst du mir noch mehr darüber?«, fragte ich.

»Natan ist der Vater von Stan. Stan ist der Sohn von Natan. Mehr gibt es darüber nicht zu erzählen.«

Marlena nahm wieder zwei kurze Züge von ihrer Zigarette.

»Es ist eine lange Geschichte.«

»Ich höre.«

»Nicht hier, nicht jetzt.«

»Und warum erzählst du es dann, jetzt und hier?«

Marlena zuckte die Schultern. Ich schüttelte den Kopf und wusste, dass sie vorläufig nichts mehr sagen würde.

Ich sah vor mich auf das Maisfeld. Als Kind hatte ich mich immer gern in Maisfeldern versteckt. Wenn man fünf Reihen tief durch die grünen Stängel geschlichen war, fand einen niemand mehr. Von klein auf übte ich mich im Verstecken, im Unauffindbarsein.

Ich musste an das erste Mal denken, als ich Stan sah. Marlena hatte ihn ins Hotel mitgenommen. Wir saßen draußen auf der Terrasse. Stan hing in seinem Stuhl und trat ständig gegen die Metallbeine von Marlenas Stuhl. Ich hatte ihn in Ruhe betrachtet. Ein Junge mit dunklen Locken und tiefbraunen Augen. Ich fragte Stan, ob er sich das Hotel von innen anschauen wollte. Zögernd nickte er.

Kurz darauf stand ich mit ihm in der Küche, die kaum noch verwendet wurde. Ich benutzte nur die Kühlschränke und eine Pfanne, um einem Gast ein Spiegelei zu braten. Stan strich mit der Hand über die Arbeitsfläche aus rostfreiem Stahl und blieb vor dem Ofen stehen. Er berührte einen der Schalter.

»Darauf haben wir früher die Hamburger gebacken«, sagte ich.

Stan schaute überrascht auf.

»Du sprichst Holländisch?«

Ich nickte.

»Warum?«

»Ich bin in den Niederlanden geboren.«

»Wirklich?«

Ich nickte wieder.

»Warum?«, fragte Stan.

»Warum?«, wiederholte ich.

Ich dachte einen Moment nach. »Das ist eine ziemliche Geschichte.«

Ich berührte Stan kurz an der Schulter. »Komm, dann zeige ich dir den Rest.« Fügsam folgte er mir.

Zwei Wochen später fragte Stan mich nach der holländischen Geschichte. Wir saßen hinter dem Hotel auf einer Bank im Schatten. Ich hatte ihm zwei Nutellabrote geschmiert. Stan wusste noch nicht, dass er nicht nach Hause zurückkehren würde, wenn der Sommer vorbei war. Ich erzählte ihm, dass ich als Baby im Bauch meiner Mutter in die Niederlande gekommen war, weil sie vor dem Krieg flüchten musste.

»Und dein Vater?«, fragte Stan.

»Mein Vater war damals schon tot.«

Er dachte kurz nach.

»Du hast deinen Vater also nie gekannt?«

»Nein«, sagte ich.

»Ist das schlimm?«

Ich streichelte ihm über den Kopf. »Iss jetzt mal deine Brote.«

Ich erzählte ihm nicht, wie ich jahrelang versucht hatte, ein klares Bild von meinem Vater zu bekommen. Ich war fünf Jahre alt, als ich von seinem Tod erfuhr. Nach dem Krieg hatte meine Mutter einen Anwalt beauftragt, um herauszufinden, ob mein Vater noch lebte. Der Anwalt hieß Hans Polak, und Jahre später würde ich nach meinem Jurastudium bei ihm die ersten praktischen Erfahrungen im Beruf sammeln. An einem warmen, sommerlichen Tag war Polak gekommen, um die schlechte Nachricht zu überbringen. Er hatte seinen beigefarbenen Hut abgenommen, beide Hände meiner Mutter umfasst und sie fest gedrückt. Da wusste sie genug. Am gleichen Abend erfuhr sie, dass unsere ganze polnische Familie umgekommen war. Die Eltern meines Vaters und auch seine beiden älteren Brüder mit ihren Frauen und Kindern, die Eltern meiner Mutter, Nichten, Neffen, Onkel. Polak hatte niemanden lebend wiederfinden können. Ich weiß noch, dass ich nachts hörte, wie sich meine Mutter über der Toilette übergab.

Es gab kein Foto von meinem Vater, und sooft ihn meine Mutter mir auch beschrieb, wenn wir abends zusammen vor dem Ofen saßen oder an einem schönen Sommersonntag im Wald spazieren gingen, und wie oft ich auch versuchte, mir aufgrund der Beschreibung ein Bild von seinem Gesicht zu machen, von der Farbe seiner Augen, der Haltung seines Mundes, den Locken seines Haars, der Art, wie er ging oder sprach; ich merkte, dass sein Gesicht immer wieder andere Formen annahm. Mein Vater veränderte sich mit dem, was ich von ihm sehen wollte.

Marlena hielt das Ende ihrer Zigarette aus dem geöffneten Fenster und hustete. Sie hatte gerade erst mit dem Rauchen angefangen, weil ein Gast ein Päckchen in einem der Zimmer liegengelassen hatte. Aus Neugier, hatte sie gesagt.

»Weiß Stan, dass Natan sein Vater ist?«, fragte ich.

Marlena schüttelte den Kopf. »Nicht wirklich.«

»Nicht wirklich? Wieso nicht wirklich?«

»Ich habe es ihm schon einmal gesagt. In einem unpassenden Moment. Ich glaube, er hat es nicht gehört oder nicht verstanden.«

Marlena warf die Zigarette nach draußen.

»Weiß Natan Bescheid?«

»Nein.«

»Wann hast du es herausgefunden?«

»Als er schon weg war.«

»Und warum hast du mir damals nichts davon erzählt?«, fragte ich.

»Du hast gemeint, ich solle ihn mir aus dem Kopf schlagen.«

»Ich?«

»Das hat Basia gesagt. Ich habe dich angerufen, aber du warst nicht da, und als ich nach Natan fragte, sagte Basia: Schlag dir den Jungen aus dem Kopf. Sie sagte, du hättest das gesagt. Dass dieser Junge nicht gut für mich sei.«

Ich lehnte den Kopf an die Kopfstütze.

»Stimmt es etwa nicht?«, fragte Marlena.

»Doch«, sagte ich.

Ich hatte die Liebe zwischen Natan und Marlena voller Freude gesehen, doch das hatte sich auf einen Schlag geändert, als ich entdeckte, dass Natan in Amerika eine Verlobte hatte. Ich erfuhr es nicht von ihm selbst, sondern von seiner Mutter. Sie rief an und fragte, wann er wieder nach Hause käme. »Seine Verlobte vermisst ihn«, sagte sie. »Und wir natürlich auch.«

»Ich wusste nicht, dass er verlobt ist«, sagte ich.

»Hat er das nicht erzählt?«, fragte sie. »Sie wollen nächstes Jahr heiraten. Im Mai.«

Ich weiß nicht mehr genau, was ich dann sagte, aber am selben Abend hatte ich einen riesigen Krach mit Natan. Er meinte, er würde seiner Verlobten von Marlena erzählen. Dass es mit ihr vorbei sei. Dass er nur Marlena liebte und sonst niemanden.

»Du hast nicht mal den Anstand gehabt, ihr die Wahrheit zu sagen«, fuhr ich ihn an. »Oder denkt sie, dass sie nur eine Urlaubsliebe ist. Ist es das, was du ihr erzählt hast?«

Ich war so wütend auf Natan, dass ich ihn am liebsten verprügelt hätte.

»Ich liebe Marlena«, rief Natan. »Ich liebe sie wirklich.«

»Ich will, dass du es ihr erzählst«, sagte ich. »Sofort.«

»So einfach ist das nicht«, meinte Natan.

»Wenn du ihr nicht die Wahrheit sagst, tue ich es. Heute Abend noch.« Ich wollte das Zimmer verlassen.

»Bitte nicht.«

Ich blieb stehen.

»Du hast die Wahl. Du erzählst es ihr morgen oder du verschwindest. So schnell wie möglich.«

»Dazu hast du kein Recht«, rief Natan. »Du kannst mir nicht vorschreiben, was ich zu tun und zu lassen haben. Du nicht. Niemand.«

»Wenn Marlena morgen noch von nichts weiß, rufe ich deine Mutter an und sage ihr, dass du so schnell wie möglich zurückfährst. Dass deine Arbeit getan ist. Ich will, dass du innerhalb einer Woche verschwunden bist. Sieben Tage. Danach bist du hier nicht mehr willkommen.«

Ich erinnere mich, dass ich die Tür so hart hinter mir ins Schloss warf, dass Basia kam und fragte, was los sei.

Am nächsten Tag rief Natan seine Mutter an, um ihr zu sagen, dass er nach Hause komme. Da war mir klar, dass er keine ehrlichen Absichten mit Marlena gehabt hatte. Und dass er ein Feigling war. Ich hatte Marlena vor einem schrecklichem Schmerz bewahrt. Zumindest dachte ich das damals.

Marlena kurbelte das Fenster hoch und kreuzte die Arme eng vor der Brust. Der Regen trommelte immer stärker auf das Auto.
»Mir wird kalt«, sagte sie. »Können wir nach Hause fahren?«
Ich seufzte.
»Bitte, Szymon.«
Ich ließ das Auto an. Als ich langsam auf die Straße fuhr, hörte ich die Spülmaschine im Anhänger hin und her poltern. Zum Glück war diesmal kein Lastwagen hinter mir.

Auf dem Nachhauseweg durchfuhr mich die Erinnerung an einen überglücklichen Natan. Ich dachte an das erste Mal, als er von Marlena sprach. Er war in Warschau gewesen, um sich das Historische Museum anzuschauen, und bei seiner Rückkehr fragte ich, ob es ihm gefallen habe. Er lachte. »Ja«, sagte er. »Es hat mir sehr gefallen.« Erst später wurde mir klar, dass er nicht das Historische Museum gemeint hatte, sondern Marlena. Verwundert hatte ich ihre Verliebtheit betrachtet. Vor meinen Augen geschah etwas, das ich selbst nicht kannte. Zwei Menschen, die vollständig ineinander aufzugehen schienen. Als ob die Welt nicht existierte, oder vielleicht, als wäre sie nicht mehr für die beiden gemacht. Etwas, das mir sehr übermütig und tapfer vorkam, aber gleichzeitig auch naiv.

Nowak und sein Sohn halfen mir, die Spülmaschine vom Anhänger zu heben und sie in die Küche zu bringen. Als Dank goss ich ihnen einen Wodka ein. Nowak erzählte Geschichten vom Markt. Bei einem Pferdehändler war ein Pferd gestrauchelt, als es zurück in den Wagen getrieben wurde. Wahrscheinlich hatte es ein Bein gebrochen und musste nun getötet werden.

»Schlimm«, meinte ich.

»Es ging sowieso zum Schlachter«, sagte Nowak.

Ich füllte die Gläser erneut.

»Wie geht es dem Jungen?«, fragte Nowak.

»Stan?«

»Stan, ja.«

»Stan geht es gut.«

»Hat er schon etwas gesagt?«

»Nein, er hat noch nichts gesagt.«

»Kaminski hat auch so einen, der nicht reden kann. Schon sein ganzes Leben lang nicht.«

»Stan kann aber reden.«

»Ja, ja, ja«, sagte Nowak. Er schob mir sein leeres Glas hin und nickte zum Zeichen, ihm noch einmal nachzuschenken. Als ich den Deckel von der Flasche schraubte, schob Nowaks Sohn sein Glas neben das seines Vaters.

»Wie alt bist du eigentlich?«, fragte ich.

»Das wissen Sie doch, oder?«

»Schon, aber ich möchte es gern von dir hören.«

»Siebzehn.«

»Dann hast du genug.«

Nowak lachte. »Dann bleibt mehr für uns.«


2

Ich saß auf dem Stuhl neben Stans Bett und betrachtete ihn. Er schlief. Marlena war im Restaurant bei der Arbeit. Wir hatten eine achtköpfige Männergruppe zum Essen da. Ungarn.

Schon seit Tagen beobachtete ich Stan, auf der Suche nach Spuren von Verwandtschaft. Ähnelte er auch nur irgendwie oder in irgendetwas der Familie meiner Mutter? Manchmal glaubte ich eine Geste zu erkennen oder eine Übereinstimmung in der Linie seines Profils zu sehen. Die Wahrheit war jedoch, dass das Bild meiner Mutter in den letzten vierzig Jahren verblasst war, weshalb ich keinen einzigen Vergleich rechtfertigen konnte.

Stan wusste, dass ich ihn anders ansah. Manchmal schaute er beim Essen plötzlich zu mir auf, mit einem so eindringlichen Blick, dass ich erschrak. Es war, als würde er mich dabei ertappen, dass ich etwas heimlich tat oder nur dachte. »Ist etwas?«, fragte ich ihn dann. Als Antwort blickte er schweigend weg. Nur das harte Kratzen seines Löffels über den Teller verriet, dass er alles Mögliche dachte.

»Wir sind also verwandt?«, hatte ich Marlena gefragt.
»Wer?«
»Stan und ich.«
Marlena hatte mich verblüfft angeschaut.
»Darum geht es also«, spottete sie, »dass ihr miteinander verwandt seid?«
»Du verstehst das nicht«, sagte ich.
»Nein«, sagte Marlena, »nein, ich verstehe das nicht.«
Ich wollte es ihr erklären, aber sie schwenkte die Arme durch die Luft. Nicht jetzt, nicht nötig, kein Interesse.

Ich zog Stans Decke über ihm zurecht und setzte mich wieder auf den Stuhl. Ein Lichtstreifen aus dem Flur fiel über meine Beine und meinen Bauch, und wenn ich die Finger der rechten Hand bewegte, sah ich sie vergrößert auf der Wand hin und her laufen. Ich faltete die Hände, sodass der Schatten wie ein Hahn aussah, und ließ ihn von links nach rechts gehen. Danach bildete ich mit den Händen zwei Vögel auf einem Ast.

Als ich Stan den Trick zum ersten Mal zeigte, schaute er voller Verwunderung zu. Ich brachte ihm bei, wie er den Schatten seiner Hand zu einem Vogel oder einem bellenden Hund machen konnte. Ich hatte es als Kind von meiner Mutter gelernt.

Von dem Moment an, als Marlena und Stan bei mir einzogen, verbrachte ich viel Zeit mit dem Jungen. Marlena sah uns gern zusammen. Ich war der Einzige, der Holländisch mit ihm sprach. Als er noch redete, saßen wir oft auf der Holzbank hinter dem Hotel, und ich erzählte ihm Geschichten von früher. Stan war neugierig und stellte Fragen zu allem, was ich sagte. Als er aufhörte zu reden, fehlten mir seine bohrenden Fragen. Es war, als sei damit der Glanz von meinen Geschichten verschwunden, und bevor ich mich versah, saßen wir schweigend auf der Bank. Doch Marlena spornte mich an, weiterhin Holländisch mit ihm zu sprechen, als hoffte sie, die Sprache würde eine Rettungsboje sein. Also fuhr ich mit meinen Geschichten fort. Ich erzählte Stan von den vielen Reisen, die ich gemacht hatte, nachdem meine Mutter gestorben war und ich so viel Geld von ihr geerbt hatte, dass ich den Rest meines Lebens nicht mehr zu arbeiten brauchte. Letzteres behielt ich für mich.

Meine Mutter starb im Skiurlaub bei einem verhängnisvollen Unfall. Ich war nicht mitgefahren, weil ich während eines Anwaltspraktikums bei Polak in Utrecht für ein Examen lernen musste. Ich war sechsundzwanzig Jahre alt.

In den Tagen nach ihrem Tod war ich völlig gelähmt. Nachts konnte ich nicht schlafen, und tagsüber starrte ich stundenlang leer aus dem Fenster. Es war Hans Polak zu verdanken, dass ich angemessen gekleidet bei ihrer Beerdigung erschien. Am Morgen ihrer Beerdigung kam er mit belegten Broten und Kaffee in einer Thermoskanne zu meiner Wohnung. Er hatte mir einen schwarzen Anzug mit einer grauen Krawatte gekauft und auch eine Kippa mitgebracht. Als ich sie zum letzten Mal getragen hatte, war ich sechzehn. Danach hatte ich mich geweigert, sie aufzusetzen. Meine Mutter hatte diese Entscheidung nicht verstanden, aber respektiert.

»Deine Mutter hätte gewollt, dass du würdevoll aussiehst, Szymon. Los jetzt. Reiß dich zusammen und sei der Sohn, auf den sie stolz sein kann.« Polak knotete bei diesen Worten meine Krawatte.

Ich habe mich oft gefragt, was das bedeutet: auf etwas stolz sein. Meine Mutter hatte mich gelehrt, stolz auf meine jüdische Herkunft zu sein und sie wie einen Ehrentitel zu betrachten. Ich konnte es nicht. Für mich war jüdisch sein etwas, das ich am liebsten aus meinen Genen geschrubbt hätte. Und auch darüber redete ich nicht gern. Über dieses Verlangen.

Bei der Beerdigung meiner Mutter waren so viele Leute, dass nicht alle in die Friedhofshalle passten. Hans Polak sprach von ihr als einer mutigen, intelligenten und scharfsinnigen Frau, die ein Vorbild für alle war, die sie kannten. Er hatte recht. Meine Mutter war eine starke Frau, die zeigen wollte, dass der Weg aus den Schrecken des Krieges nur über die Vernunft führen kann. Nie sprach sie von den Deutschen als Tätern und Henkern. »Der Henker von heute ist das Opfer von morgen und umgekehrt.« Das war einer ihrer Lieblingssätze. Meine Mutter glaubte an die Zukunft. »Was hat es für einen

Sinn, zurückzuschauen, wenn man dadurch nicht mehr sehen kann, was vor einem liegt?« Mit dieser Haltung kam sie sehr weit, mich allerdings brachte sie durcheinander. Immer positiv zu sein, immer an das Gute im Menschen zu glauben. »Aber woran willst du dann glauben? An das Schlechte im Menschen?« Das fragte mich meine Mutter häufig. Nach meinem Empfinden war Glauben nichts, was man wollen konnte. Entweder er war da oder nicht.

Während ich den schlafenden Stan betrachtete, fragte ich mich, was aus mir geworden wäre, wenn meine Mutter nicht so früh gestorben wäre. Oder wenn sie mir nichts hinterlassen hätte. Kein Vermögen, das so groß war, dass ich alles damit tun konnte und letztendlich nichts damit getan hatte.

Dass meine Mutter vermögend war, erfuhr ich von Polak erst nach ihrem Begräbnis. Er hatte mich in ein Restaurant mitgenommen, um ein paar Dinge zu besprechen. Beim Essen fragte er, was ich mit meinem Leben anfangen wolle. Seine Frage überraschte mich. Zu dem Zeitpunkt war meine Ausbildung als Anwalt fast abgeschlossen, und danach würde ich in seiner Kanzlei bleiben. Ansonsten hatte ich keine Pläne. Ich bewohnte immer noch ein Zimmer zur Untermiete. Wenn ich abends zu Hause war, konnte ich bei meiner Vermieterin mitessen. Und wenn sie nicht da war, stand oft ein Topf Suppe für mich auf dem Herd.

Hans Polak wiederholte seine Frage.

»Ich verstehe nicht ganz, was Sie meinen«, antwortete ich.

»Ich mache mir Sorgen um dich«, sagte Polak. »Ich weiß nicht genau, wie ich es sagen soll.«

Ich nahm mein Weinglas, um einen Schluck zu trinken. Hans Polak stützte sich auf die Ellenbogen, die Hände ineinander verschränkt, während sich die Finger rhythmisch über die Knöchel bewegten. Ich kannte diese Geste von ihm. Sie bedeutete, dass ich etwas nicht richtig gemacht hatte oder zumindest nicht so, wie er es wollte.

»Ich habe das Gefühl, du kämpfst ständig gegen irgendetwas an«, sagte Polak. »Oder sehe ich das falsch?«

Ich stellte mein Weinglas zurück auf den Tisch. »Ich würde es nicht ankämpfen nennen.«

»Sondern?«

Ich dachte nach. »Es ist eher so, dass ich viele Dinge nicht verstehe. Und ich verstehe nicht, dass es Menschen gibt, die anscheinend alles verstehen.«

Polak presste die Finger jetzt kräftig aufeinander.

»Niemand versteht alles«, meinte er. »Das ist auch überhaupt nicht wichtig. Es geht nur darum, dass du dich für eine Richtung entscheidest.«

»Und wie soll ich mich für eine Richtung entscheiden? Wenn es nichts gibt, mit dem man sie bestimmt?«, fragte ich.

Hans Polak schloss die Augen und seufzte tief. Aus der Innentasche seines Sakkos zog er ein versilbertes Etui und nahm eine Zigarette heraus.

»Deine Mutter war eine Frau mit Idealen, Szymon. Ich bin mir sicher, dass sie sich für dich das Gleiche wünschen würde.«

Ich sah auf die Tischdecke. Etwas weiter im Lokal hörte ich Menschen lachen.

»Meine Mutter liebte Risiken«, sagte ich. »Nicht die Ideale. Und sie hat sich immer um sich selbst gekümmert. Nie um mich.«

Hans Polak schaute mich verdutzt an. Seine Zigarette steckte noch unangezündet zwischen Daumen und Zeigefinger.

»Wie kommst du denn darauf? Deine Mutter hat für dich gelebt.«

»Davon habe ich wenig gemerkt.«

»Wie kannst du so etwas sagen?«

»Weil es wahr ist. Meine Mutter hat sich nur um ihre Karriere gekümmert.«

»Deine Mutter hat für dich gearbeitet«, sagte Polak. »Für dich und deinetwegen. Ohne dich hätte sie nie den Mut gehabt, weiterzumachen. Das hat sie oft genug gesagt.«

Ich dachte an die rasend schnelle Laufbahn meiner Mutter.

Sie hatte als Sekretärin bei der Sparkasse in Heerenveen angefangen und es bis zur Finanzberaterin bei der Europäischen Investitionsbank in Luxemburg gebracht. In nur fünf Schritten war sie dorthin gekommen und bei jedem Schritt zogen wir um. Von Heerenveen nach Amersfoort nach Breda nach Deventer nach Enschede und schließlich nach Luxemburg. Den letzten Schritt brauchte ich nicht mehr mitzugehen. Ich war zwanzig und studierte Jura in Utrecht.

»Ich hatte immer das Gefühl, dass meine Mutter versuchte, mich zu vergessen«, sagte ich.

»Wie kommst du darauf?« Polak beugte sich über den Tisch und sah mich eindringlich an. »Es ist Zeit, aufzuwachen, Szymon. Dein Leben als Erwachsener fängt jetzt wirklich an.«

»Wie meinen Sie?«

Polak zündete endlich seine Zigarette an und blies den Rauch in Kringeln nach oben.

»Es werden sich ein paar Dinge ändern. Ich betrachte es als meine Aufgabe, dir dabei zu helfen.«

»Ich brauche keine Hilfe.«

»Ich denke doch.«

Erst beim Kaffee erzählte Polak, worum es bei diesem Essen eigentlich ging. Er sagte, dass ich sehr viel Geld erben würde. Dass meine Mutter vermögend sei. »Vermögend?«, hatte ich gefragt. Davon hatte ich nie etwas gemerkt. Als er annähernd den Betrag nannte, den sie mir vererbte, musste ich lachen.

»Wie kommt sie zu dem Geld?«

»Sagen wir, sie hat es sehr günstig angelegt«, sagte Polak. »Und ich hoffe, dass du etwas Vernünftiges damit anfängst.«

Ich weiß noch, wie nachdrücklich er das Wort »vernünftig« aussprach, und immer noch hatte ich das Gefühl, als hätte ich die Auslegung des Wortes nicht ganz verstanden.

Ich fragte mich, was ich mit dem Geld getan hätte, wenn ich je selbst eine Familie gegründet hätte. Ich setzte mich auf den Rand von Stans Bett, und während ich ihm sanft über den Kopf strich, wurde mir klar, dass ihn mein Geld nicht glücklich gemacht hätte, genau wie es mich nicht glücklich machen konnte. Aber vielleicht könnte es etwas lindern. Das war das Mindeste, was ich ihm schuldete.

Als Stan sich im Bett zu mir umdrehte, fiel mir auf, wie entspannt er aussah. »Ich liebe dich«, flüsterte ich. »Dich und deine Mutter. Ich wünschte, ich hätte den Mut, euch das zu sagen.«

Als ich wenig später leise seine Zimmertür schloss, blieb ich mit dem Gesicht zur Tür gewandt im Flur stehen und ließ den Kopf sinken. Ich fühlte mich wie ein alter Mann mit verrückten Träumen.

## 3

Der Brief steckte zuunterst in einem Stapel Post, der hinter der Bar auf dem Tablett lag. Der dicke Umschlag war in den Niederlanden frankiert. Als Absender stand dort: Muijssens, Anwaltskanzlei. Der Umschlag war geöffnet.

»Was ist das?«, fragte ich Marlena und hielt den Brief hoch.

Marlena schaute auf, kam herüber und nahm mir den Brief aus der Hand.

»Das ist meine Post.«

»Was ist es?«

»Nichts.«

»Ein Anwalt schickt keinen Brief wegen nichts.«

»Das geht dich nichts an, Szymon.«

»Warum lässt du den Brief dann hier auf dem Tresen liegen?«

Marlena reagierte nicht.

»Hier ist irgendetwas im Busch, nicht wahr?«, fragte ich.

Marlena zog die Schürze aus und legte sie auf einen Barhocker. Sie ging zum Kühlschrank und nahm eine Flasche Apfelsaft heraus.

»Ich weiß, dass dir alles Mögliche im Kopf herumspukt, von dem du mir nichts erzählst und nichts erzählen wirst«, sagte ich. »Aber du wohnst hier bei mir, und ich sehe, wie du jeden Tag trübsinniger wirst. Und ich finde, es wird Zeit, dass du über ein paar Dinge redest. Mit mir.«

»Und warum mit dir?«

»Weil es sonst niemanden gibt.«

Marlena trank ein paar Schlucke von ihrem Apfelsaft und nahm einen Stapel Papierservietten. Sie setzte sich an einen Tisch und faltete die Servietten routiniert zu scharfen Dreiecken. Unvermittelt legte sie die Handflächen vor die Augen.

»Hast du Kopfschmerzen?«, fragte ich.

Sie nickte und seufzte tief.

»Ich will dich nicht mit meinen Problemen belästigen.«

»Es gibt also Probleme?«

»Nein. Ich weiß es nicht.« Einen Moment schwieg sie. »Andries will die Scheidung.«

Ich schaute überrascht auf. »Und was willst du?«

Marlena zuckte die Schultern.

»Du wirst mir doch nicht sagen, das du zu ihm zurückwillst?«, sagte ich. »Du hast ihn über ein Jahr nicht gesehen. Du hast nie etwas von dir hören lassen.«

»Ich habe ihn letzte Woche angerufen.«

Ich war verblüfft. »Und was hast du gesagt?«

»Dass es in Ordnung ist.«

»Was?«

»Die Scheidung.«

»Und?«

»Er wollte nicht. Er hat gesagt, dass er es nicht will, aber ich meinte, ich hätte die Papiere schon unterschrieben. Sie seien schon im Briefkasten.«

»Aber das stimmt nicht?« Ich deutete mit dem Kopf auf den Umschlag von Muijssens, der umgekehrt vor ihr auf dem Tisch lag.

»Nein.«

Marlena faltete weiter die Servietten. Ich konnte sehen, wie der Kopfschmerz ihre Augenbrauen nach unten drückte. Sie sah müde aus.

»Was hättest du am liebsten?«, fragte ich.

Sie schüttelte den Kopf.

»Nichts?«

»Dass Stan wieder spricht«, sagte sie. Sie schlug die Hände vors Gesicht und weinte. Ihre Schultern zuckten. Ich ging zu ihr und setzte mich neben sie. Sanft streichelte ich ihren Rücken.

Marlena hatte alles Mögliche getan, um Stan wieder zum Sprechen zu bewegen. Sie hatte Belohnungen versprochen und Strafen angedroht, sie war wütend geworden, hatte gefleht, Gleichgültigkeit vorgetäuscht, ihn gelobt, sie war mit ihm zur Logopädie gegangen, zum Psychologen und sogar zu einem Psychiater, aber es hatte alles nichts genützt. Stan presste die Kiefer aufeinander. Manchmal meinte ich ihn beim Summen einer Melodie zu ertappen, doch sobald ich in seine Nähe kam, war es still.

Es war beängstigend zu sehen, wie ihn sein Schweigen veränderte. Nicht nur sein Verhalten, sondern auch seine Mimik und Gestik. Immer häufiger schnalzte er mit den Fingern oder tickte laut mit den Nägeln auf die Tischplatte. Wenn ich ihn etwas fragte, schaute er mich leer an. Als wäre mit seiner Stimme auch sein Gesichtsausdruck verschwunden. Ich konnte nicht mehr erkennen, wann er fröhlich, wütend oder traurig war. Manchmal ging ich mit ihm spazieren. Dann liefen wir zur Weide, wo Nowaks drei Kühe standen. Er streichelte die Tiere, die unterdessen mit den Ohren schlackerten, um die Fliegen zu verjagen. Wenn Stan Lust hatte, gingen wir weiter bis zum Wald. Am Ende des Feldes überquerten wir auf einigen flachen Steinen einen Bach. Stand das Wasser hoch, musste ich aufpassen, dass ich nicht ausrutschte. Stan nahm mich an der Hand und zeigte mir die Steine, auf die ich treten konnte. Er lief immer mühelos ans andere Ufer.

»Vielleicht ist eine Scheidung nicht das Schlechteste«, meinte ich zu Marlena, die immer noch das Gesicht in den Händen verbarg. »Dann kannst du zumindest neu anfangen.« Ich hatte den Arm um ihre Schultern gelegt. Marlena ließ die Hände sinken und wandte mir das Gesicht zu.

»Neu anfangen? Wo denn? Wie denn?«

»Hier.«

Marlena putzte sich mit einer Serviette die Nase und legte das zerknüllte Papier vor sich auf den Tisch. Mein Arm glitt von ihrer Schulter.

»Ich weiß zu schätzen, was du für mich tust, Szymon. Wirklich. Und ich weiß auch zu schätzen, was du für Stan tust. Ich kann sehen, dass er dich sehr mag.«

»Ich mag ihn auch«, sagte ich.

Marlena rieb mit den Fingern über die Unterlippe. Ich sah, dass sie immer noch ihren Ehering trug.

»Du weißt aber, dass ich auf lange Sicht nicht hierbleiben kann.«

»Warum nicht?«, fragte ich verblüfft.

»Ich will deine Gastfreundschaft nicht ausnutzen.«

»Du arbeitest hier. Du hilfst mir.«

Marlena lachte missmutig. »Ich sehe genau, dass der Laden nicht gut läuft«, meinte sie. »Früher hattest du doppelt so viele Gäste.«

»Früher?«

»Als Basia noch lebte.«

Ich konnte Marlena nicht sagen, dass mir der Laden völlig egal war. Dass ich das Geld nicht brauchte. Dass auf meinem Konto genügend Geld lag, um sie und Stan ein Leben lang zu unterhalten. Verwahrlostes Geld, das sich trotzdem vermehrte. Ich hob nur genau das ab, was ich brauchte, und das war schon seit Jahren nicht viel gewesen.

»Ich will nicht, dass du gehst«, sagte ich.

»Ich auch nicht, aber Stan ...«

Marlena kniff die Augen zusammen. Sie nahm eine neue Serviette und schnäuzte sich.

»Vielleicht gehört Stan einfach dorthin«, sagte sie, während sie sich die Nase putzte.

»Stan gehört zu dir«, sagte ich. »Und du gehörst hier nach Polen.«

Marlena wandte bei meinen Worten den Kopf ab. Sie schluckte einige Male.

»Ich habe einen Sohn, der schon seit über einem Jahr kein Wort mehr sagt. Hast du eine Ahnung, woher das kommt?«

Ich gab Marlena keine Antwort, weil ich genau wusste, dass ihre Frage keine Frage war. Stan sprach nicht mehr, weil er sich seiner Mutter widersetzte, die beschlossen hatte, in Polen zu bleiben. Damit widersetzte er sich auch meinem Wunsch, sie hierzubehalten, doch den Gedanken schob ich so weit wie möglich von mir.

»Es kommt bestimmt ein Moment, an dem Stan sich hier zu Hause fühlt«, sagte ich. »Und irgendwann kennt er es nicht anders.«

»Glaubst du?«, fragte Marlena.

Ich nickte, obwohl ich nicht im Geringsten wusste, was das bedeutete: sich irgendwo zu Hause zu fühlen. Jahrelang hatte ich gedacht, es gäbe nichts, was sich an mich binden wollte. Kein Ort, keine Freunde, keine Beziehungen. Später dachte ich, dass es an mir lag; dass ich derjenige war, der sich an nichts binden wollte. In den ganzen Jahren, die ich durch die Welt gezogen war, auf der Suche nach einem Ort, an dem ich Wurzeln schlagen konnte, hatte ich nie etwas gefunden, weswegen es wert war, zu bleiben.

Vielleicht hatte ich es auch nie richtig versucht. Nicht einmal bei meiner Familie in Amerika, zu der ich nach dem Tod meiner Mutter gegangen war. Meine Tante

Freeda hatte mich eingeladen, und Hans Polak ermutigte mich, die Einladung anzunehmen. Es würde meinen Horizont erweitern, hatte er gesagt.

Tante Freeda war die älteste Schwester meiner Mutter und kurz vor dem Krieg mit ihrer Familie aus Polen geflohen. Ich hatte sie nur ein Mal getroffen, als ich zwölf Jahre alt war. Sie war mit der ganzen Familie nach Holland gegangen, und mit ihrem Sohn Micha hatte ich mich damals gut verstanden. Als ich ihm fünfzehn Jahre später wieder gegenüberstand und er gerade stolzer Vater eines Sohnes geworden war, fand ich nichts, was uns verband.

Sechs Monate lang hatten alle versucht, mich in das glückliche Bild der amerikanischen Familie einzubeziehen. Ich wurde zu Konzerten und Partys mitgenommen, ich wurde einflussreichen Menschen vorgestellt, die meiner beginnenden Anwaltskarriere einen Schub geben konnten. Leute schüttelten mir stets herzlich die Hand, und es wurde immer freundlich gelacht. Nach einem halben Jahr hatte ich dieses optimistische Lächeln mehr als satt, und es war mir völlig klar, dass ich dort nicht steckenbleiben wollte.

Ich sah Marlena an. Würde ich mein Herz an sie hängen oder hoffte ich, sie würde ihres an mich hängen? Ich beugte mich zu ihr und küsste sie auf die Stirn.

»Marlena?« Ich kniff die Augen zusammen. »Ich weiß, es ist nicht der richtige Moment, aber ich möchte, dass du weißt ...« Ich beendete den Satz nicht. Marlena setzte sich auf und schaute mich mit gerunzelter Stirn an. Ihre Wimperntusche war verlaufen und zog zwei schwarze Spuren über die Wangen. Ich nahm eine Serviette und wollte es wegwischen.

»Was tust du?«, fragte Marlena. Sie stand auf und ging zu dem kleinen runden Spiegel an der Wand.

»Ich sehe furchtbar aus«, sagte sie.

»Marlena«, begann ich wieder.

»Sag es einfach, Szymon, oder lass es bleiben.«

Ich nahm meinen ganzen Mut zusammen, um endlich das zu sagen, was ich schon tausend Mal hatte sagen wollen, was aber lächerlich war, nämlich, dass ich Marlena liebte. Nicht wie man einen Freund oder ein Familienmitglied liebt, sondern wie in meiner Vorstellung ein Mann eine Frau zu lieben hat.

Ich stand auf und ging zu ihr. Mit beiden Händen ergriff ich ihre rechte Hand. Marlena lachte.

»Du machst mir jetzt keinen Antrag, oder?«

Sie lachte wieder. Ich sah zu Boden.

»Szymon?«, fragte sie zögernd.

»Ich weiß, ich bin ein alter Mann, und du bist eine junge Frau, aber ...«

Ich stockte. War es möglich, das auszusprechen, was ich sagen wollte?

»Was genau meinst du jetzt, Szymon?« Marlena sah mich mit hochgezogenen Augenbrauen an.

»Ich will alles tun, um dich glücklich zu machen«, sagte ich. »Um Stan glücklich zu machen.«

»Das ist nicht deine Aufgabe.«

»Aber wenn ich es kann, warum nicht?«

»Und wie stellst du dir das vor? Willst du einen Zauberstab schwenken? Bringst du Stan wieder zum Reden? Machst du auf einen Schlag alles rückgängig, was je schiefgelaufen ist?«

Marlena zog ihre Hand aus meiner und ging zum Besteckkasten. Sie fing an, die Tische zu decken.

»Warum bist du so wütend?«, fragte ich.

»Du machst dich lächerlich«, meinte Marlena.

»Ach ja?«

»Ja.«

193

»Ohne euch bin ich nichts«, sagte ich. »Kapier das endlich.«

»Wenn ich dich richtig verstehe, sollen wir dich also glücklich machen, ja?«

»Du verstehst alles falsch.«

»Was willst du eigentlich sagen, Szymon?«

»Dass ich es wiedergutmachen will.«

Marlena stützte sich mit beiden Händen auf den Tisch und ließ den Kopf hängen. »Du brauchst nichts wiedergutzumachen, Szymon.«

Doch, wollte ich herausschreien. Ich wollte schreien, dass ich für sie sorgen wollte. Dass es meine Pflicht war, für sie zu sorgen. Ich wollte alles Mögliche sagen, aber anstatt den Mund aufzumachen, starrte ich schweigend auf den Boden.

»Ich muss weitermachen«, sagte Marlena. »Wir kriegen gleich Gäste.«

Ich nickte, nahm die leere Apfelsaftflasche vom Tisch stellte sie in die Kiste hinter dem Tresen. Als ich wieder hochkam, wurde mir schwindlig. Mit beiden Händen hielt ich mich am Rand des Spülbeckens fest und musste ein paar Sekunden so stehen bleiben, bis ich wieder einen Schritt machen konnte. Zum Glück hatte Marlena nichts mitbekommen.

»Ich gehe nach hinten«, sagte ich. »Stan kommt gleich aus der Schule.«

»Ist gut«, sagte Marlena.

Durch die Küche verließ ich das Restaurant und ging über die sandige Fläche zu meinem Haus. Die Hühner rannten auf mich zu und gerieten mir zwischen die Beine. »Kssscht!«, rief ich. Flügelschlagend stoben sie auseinander.

4

Ich saß am Küchentisch und schaute nach draußen, wo die Neonbuchstaben mit dem Namen des Hotels nacheinander aufleuchteten. Hotel Europa. Das Licht des P war schon vor zwei Wochen ausgegangen, deshalb stand jetzt »Euro a« auf der Seite des Gebäudes. Nowak wollte jemanden herschicken, der sich die Sache ansah, aber der Mann war immer noch nicht gekommen. Ansonsten war das Hotel dunkel. Wir hatten es für einen Tag geschlossen, weil Marlena zu ihrer Schwester gefahren war, um bei den Vorbereitungen für den Geburtstag ihres Vaters zu helfen. Er wurde fünfundsiebzig.

Auf dem Küchentisch stand ein Blumenstrauß. Ich hatte ihn bei einem alten Ehepaar gekauft, das einen Stand auf dem Markt vor der Kirche hatte. Sie saßen den ganzen Tag unter einem verschossenen Sonnenschirm, der sie vor Sonne oder Regen schützte. In den Plastikkübeln standen Sträuße mit Gerbera, Tulpen und natürlich Rosen. Ich hatte mich nicht getraut, Rosen zu kaufen.

Es war nicht schwer zu verstehen, dass Marlena mich für einen alten Mann hielt. Ich war nur fünf Jahre jünger als ihr Vater, und obwohl geistig und körperlich fitter, hatte ich nicht gerade die Ausstrahlung eines Liebhabers. Ich dachte an das Gespräch mit ihr vor ein paar Tagen. Wollte ich wahrhaftig, dass sie mich glücklich machte? Ich schüttelte den Kopf und stand auf, um Teewasser aufzusetzen. Als ich den Wasserhahn aufdrehte, hörte ich die Wasserleitung klopfen. Alles in diesem Haus wurde alt und musste langsam erneuert werden.

Dass ich wenig Geschick in der Liebe habe, ist keine Übertreibung. Ich weiß noch, wie unwohl ich mich auf den vielen Festen von Tante Freeda fühlte, bei denen sie mich immer wieder mit irgendeinem netten Mädchen verkuppeln wollte. Am liebsten blieb ich an einem der Tische sitzen und beobachtete alles aus der Entfernung. Mein Cousin Micha meinte, das sei der schlechteste Ort, um jemanden kennenzulernen. Er zog mich mit auf die andere Seite des Raumes und stellte mich am Türrahmen ab. Lässig angelehnt mit einem sehr teuren Glas Wein. Das sei die beste Stelle, um mit Frauen in Kontakt zu treten. Sie kamen immer vorbei, wenn sie auf die Toilette mussten, und zwar alle fünf Minuten. »Sag einfach etwas Nettes über ihr Kleid oder ihre Frisur oder ihre Augen«, hatte Micha mir geraten. »Dann läuft der Rest von alleine.« So weit kam es bei mir nicht. Die erste Frau, die vorbeikam, prallte gegen mich. Dabei ergoss sich der Wein über mein weißes Hemd und hinterließ einen großen birnenförmigen Fleck. Die Frau entschuldigte sich. Sie habe mich nicht gesehen. »Nicht schlimm«, sagte ich, woraufhin sie kichernd weiterging.

Eigentlich waren nur zwei Frauen in meinem Leben wirklich wichtig. Die eine war meine Mutter und die andere meine Cousine Basia. Sie war die Tochter des ältesten Bruders meines Vaters und hatte den Krieg überlebt, weil sie als Kind auf einem Bauernhof mitten in Polen untergetaucht war. Ihr Vater hatte sie dorthin gebracht und eine Menge Geld bezahlt, um sie aus dem Blickfeld und den Klauen der Nazis zu halten. Fünf Jahre hatte sie als Mitglied der Bauernfamilie auf dem Hof verbracht. Das unvollständige Gemeinderegister verhinderte, dass ihre wahre Identität aufgedeckt wurde. Als Einzige ihrer Familie überlebte sie den Krieg. Zumindest dachte sie das.

Basia war neun Jahre alt, als der Krieg begann, und fünfzehn, als er endete. Als sie von einem Kind zur jungen Frau wurde, verliebte sich einer der Söhne der Bauernfamilie unsterblich in sie. Er war zehn Jahre älter, aber fest entschlossen, sie zu heiraten, wenn sie volljährig war. Aus Dankbarkeit für das, was die Familie für sie getan hatte, wollte Basia seinen Heiratsantrag nicht ausschlagen. Vier Jahre wartete der Bauernsohn, bis sie schließlich gemeinsam vor dem Altar standen und Basia ihm das Jawort gab.

Von Basias Existenz hörte ich zum ersten Mal auf dem achtzigsten Geburtstag von Tante Freeda. Ich stand mit ihr in der Bibliothek ihrer stattlichen Wohnung am Ufer des Lake Michigan. Das Zimmer ging zum Garten hinaus. Es war wunderschönes Wetter, draußen standen die Gäste in Grüppchen zusammen und unterhielten sich. Ich sah meinen Cousin Micha heftig nach einem Kellner mit einem Tablett voller Champagnergläser gestikulieren. Neben ihm stand ein hochgewachsener junger Mann mit dunklen Locken. Erst als er sich umschaute, erkannte ich Natan. Er winkte mir zu. Ich winkte zurück.

Tante Freeda hatte sich in einen der Ledersessel gesetzt. In der Hand hielt sie einen Brief, der einige Tage zuvor bei ihr abgegeben worden war. Sie rieb mit dem Daumen über den Umschlag und fragte, ob ich wüsste, wer Barbara Kowalewska sei. Ich schüttelte den Kopf.

»Barbara, Basia«, sagte meine Tante.

Ich schüttelte wieder den Kopf.

»Die Tochter vom Bruder deines Vaters.«

Ich spürte, wie mein Herzschlag kurz aussetzte, als Tante Freeda meinen Vater erwähnte.

»Der Bruder meines Vaters?«

»Der Älteste, Dawid. Deine Mutter hat ihn doch bestimmt manchmal erwähnt?«

Ich nickte, auch wenn ich mich kaum an den Namen Dawid erinnern konnte.

Meine Tante erzählte, sie habe Basia noch deutlich vor Augen. Ein fröhliches Mädchen, das sie vor dem Krieg häufig bei meinen Eltern in Warschau getroffen hatte. Niemand wusste, dass sie noch lebte.

»Deine Cousine, Szymon.« Tante Freeda hielt mir den Brief hin. »Lies«, sagte sie. »Du kannst doch Polnisch, oder?«

Ich nickte und nahm den Brief. Basias Handschrift war schwer zu entziffern. Die Worte standen dicht beieinander, und es gab kaum einen Unterschied zwischen dem O, dem U und dem A. Träge glitten meine Augen über die Sätze. Ich las, dass Basia schon seit Jahren auf der Suche nach meiner Tante war, ihre Versuche aber abbrechen musste, als die Grenzen vom Osten in den Westen geschlossen wurden. Erst 1989 konnte sie die Suche wiederaufnehmen. Nach zahllosen Briefen und Telefonaten mit diversen Instanzen hatte sie endlich Tante Freedas Adresse herausgefunden. Sie hoffte leidenschaftlich, dass dieser Brief sie erreichen würde und dass sie ihr sagen könne, ob irgendwo noch jemand von ihrer Familie am Leben war. Sie fragte nach meiner Mutter. Sie hatte gehört, sie habe aus Polen flüchten wollen, wusste aber nicht, ob es ihr gelungen war. Ich sah Tante Freeda an. Sie starrte abwesend auf einen der Bücherschränke. Ihre Gesichtshaut war weiß, und die Wangen waren übersät von kleinen gesprungenen Adern.

Es klopfte an die Tür. Micha kam, um mitzuteilen, dass die Torte gleich nach draußen gebracht würde. Im Garten standen schon alle bereit. »Ich komme gleich«, sagte Tante Freeda. Ich half ihr aus dem Sessel. Sie packte mich am Unterarm und sah mich an. »Ich würde es sehr zu schätzen wissen, wenn du sie aufsuchst, Szymon.

Deine Eltern haben sie immer sehr gemocht, und die Zuneigung war gegenseitig.«

Das Teewasser kochte. Aus einem der Schränke nahm ich einen Beutel Earl Grey und hängte ihn in die Porzellankanne. Als ich das Wasser aufgoss, verbrannte ich mir den Zeigefinger am heißen Wasserdampf. Das passierte ständig. Die Haut am Finger war davon hart und rot geworden. Ich setzte mich wieder an den Küchentisch. Ich dachte an das erste Mal, als ich hier saß, Basia gegenüber, und der früher so verliebte Bauernsohn neben ihr.

Todmüde war ich von der Fahrt über holperige Betonplatten, bei denen ich ständig aufpassen musste, dass ich nicht in einen Schlitz geriet oder aus Versehen jemanden anfuhr, der plötzlich mit einer Kuh auf der Straße auftauchte.

Basia war eine kräftige, fröhliche Frau mit grauem Haar, das sie in einem Dutt auf dem Hinterkopf trug. Sie hatte *Sernik* und süße Brezeln für mich gebacken. Während ich aß, rief sie am laufenden Band: »Du siehst deinem Vater so ähnlich. Du siehst deinem Vater so ähnlich. Kaum zu glauben!« Dabei schlug sie sich mit den Händen auf die Oberschenkel. Ihr Mann Mariusz schwieg. Er war verschlossen, hatte nur noch wenige Zähne im Mund und eine tief zerfurchte Stirn. Bei unserer ersten Begegnung sah er mich die ganze Zeit argwöhnisch an, und als ich am nächsten Morgen zum Frühstück erschien, grüßte er nicht. Einige Tage später tat er es doch und bekam einen schweren Hustenanfall, als habe er sich an seiner eigenen Freundlichkeit verschluckt. Tatsächlich hatte Mariusz Probleme mit seiner kaputten Lunge. Zwei Jahre nach meinem ersten Besuch versagte sie den Dienst, als noch eine schwere Grippe dazukam.

Basia hatte sofort mein Herz erobert. Vielleicht lag es daran, dass sie meinen Vater wirklich gekannt hatte, vielleicht, weil sie mich sofort ins Herz schloss. Es war egal. Vom ersten Besuch an fühlte ich mich bei ihr willkommen und gemocht. Basia wurde meine Führerin in die Geschichte meiner Eltern. Sie erzählte mir von der Zeit, die sie noch gemeinsam verbracht hatten. Basia meinte, sie wären ein sehr beliebtes Paar mit einer respektablen Existenz im Warschau vor dem Krieg gewesen. Sie zeigte mir, wo sie gewohnt hatten. Dort stand nun ein Hochhaus aus Beton. Ich versuchte mir vorzustellen, dass meine Eltern hier entlanggegangen waren. Dass sie hier ihr Haus betreten und verlassen hatten. Wie meine Mutter meinem Vater hinterhergerannt war, weil er ein Buch auf dem Tisch vergessen hatte, das er für seine Arbeit an der Universität brauchte. Oder dass er durchs Fenster zugesehen hatte, wie sie die Straße hinunterging, auf dem Weg zur Straßenbahn, die sie ins Stadtzentrum brachte. Ich fragte Basia, ob sie wusste, wo mein Vater verhaftet worden war, doch sie verneinte. Sie zeigte mir allerdings das Pawiak-Gefängnis, den Ort, an den man ihn 1940 nach seiner Verhaftung gebracht hatte. Nur der Keller des Gebäudes war erhalten geblieben, und seit kurzem befand sich dort ein Museum. Als ich es von außen betrachtete, war mir merkwürdig zumute. Basia fragte, ob ich hineingehen wolle. Sie selbst war noch nicht drin gewesen. Ich zögerte und fühlte die Magensäure in meiner Kehle aufsteigen. »Vielleicht ein andermal«, sagte ich.

Beim Pawiak-Gefängnis hatte Basia mich untergehakt, und so waren wir weitergelaufen. Ich hatte das Gefühl, dass sie mich stützen wollte, doch vielleicht suchte sie Halt bei mir. Arm in Arm gingen wir zu dem Haus, in dem mein Vater zusammen mit ihrem Vater und noch einem weiteren Bruder aufgewachsen war. Es war der einzige Ort, der noch teilweise existierte, und ich war froh darüber, dass es ein Stück Stein gab, das mein Vater einmal berührt hatte.

Warschau selbst erfuhr ich als bedrückend. Ich fühlte mich von der Trostlosigkeit erschlagen. So viel Grau von den verrußten Betonfassaden der phantasielosen Hochhäuser. So viel hartnäckiges Schweigen in den überfüllten Straßenbahnen, so viele in sich gekehrte Gesichter auf der Straße, die ich nicht lesen konnte, weil sie keine Offenheit nach außen zuließen. Die wiedererrichtete Altstadt mit ihren farbenfrohen Giebeln und dem lachsrosafarbenen Königspalast als Höhepunkt stand in scharfem Kontrast zu dieser erdrückenden Atmosphäre. Basia hatte mich darauf hingewiesen, dass bei der Renovierung sogar schiefe Mauern aus dem neunzehnten Jahrhundert nachgebaut worden waren. Eine perfekte Replik des Imperfekten. Irgendwie hatte es etwas schmerzhaft Naives.

Mein Tee war kalt geworden. Ich hatte noch keinen Schluck getrunken. Vom Küchentisch aus konnte ich das Fenster des Zimmers sehen, in dem ich bei meinen zahllosen Besuchen bei Basia geschlafen hatte. Damals war es ein muffiger Raum, in dem nur ein Waschtisch mit kaltem Wasser stand. Im Winter war es eiskalt, und die Fenster beschlugen mit einem schwarzen Belag, der von den stinkenden Öl- und Kohleöfen verursacht wurde. Das war einer der Gründe, weswegen ich es hier nie länger als eine Woche aushielt.

Es war nie meine Absicht gewesen, in Polen zu bleiben. Dass es doch geschah, lag mehr oder weniger am Tod von Mariusz. Ein halbes Jahr nach seinem Tod fuhr ich unangekündigt von der Schweiz aus nach Polen, um

Basia zu sehen. Ich wohnte zu dem Zeitpunkt in einem Appartement in Zürich. Als ich Basia sah, erschrak ich. Die stets fidele, fröhliche Frau war zu einem Häufchen Elend geschrumpft. Die Haut hing um ihren Körper, als wäre sie zu weit, und alles an ihr schien verblichen und geborsten: Haare, Augen, Haut, Nägel, Lippen. Im Hotelrestaurant taten zwei Nichten von Mariusz, was sie konnten, um den Laden am Laufen zu halten. Währenddessen lag Basia die meiste Zeit im Bett und wollte nicht aufstehen. Als ich in ihr Zimmer kam, zog sie die Decken über sich wie ein kleines Kind und drehte mir den Rücken zu. Ich setzte mich auf den Bettrand und legte den Arm auf die Decken.

»Basia«, sagte ich.
Keine Reaktion.
Nach einer Weile stand ich auf. Basia bewegte sich unter den Decken.
»Bist du weg?«, fragte sie.
»Nein«, sagte ich.
Es blieb einen Moment still.
»Willst du, dass ich gehe?«
Wieder blieb es still.
»Basia?«
»Jahaa«, klang es gereizt.
»Willst du, dass ich gehe?«
»Willst du das?«
»Ich bin gerade vierzehnhundert Kilometer gefahren, um dich zu sehen. Deshalb nein, ich will nicht gehen.«
Basia schlug die Decken von sich und drehte sich zu mir um. »Aber du gehst«, sagte sie.
»Wieso?«
»Morgen oder übermorgen oder am Tag drauf.«
»Ich bin gerade angekommen.«
»Aber weg gehst du. Oder?«

»Irgendwann schon, ja, wenn du das meinst.«
»Das meine ich.«
Basia zog die Decken wieder über sich und drehte mir erneut den Rücken zu.
»Basia«, sagte ich.
»Ja.«
»Was willst du damit sagen?«
»Nichts. Dass du nicht hier wohnst, dass du bald wieder weggehst.«
»Und deshalb habe ich hier nichts zu suchen? Meinst du das?«
Basia seufzte tief. Sie bewegte den Kopf über das Kissen, als ob es sie juckte. Ihre grauen Haare verknäulten sich noch mehr. Plötzlich wandte sie mir das Gesicht zu.
»Wo wohnst du eigentlich?«, fragte sie heftig.
»Ich?«
»Ja, wo wohnst du?«
»Jetzt in Zürich.«
»Und später?«
»Wieso später?«
»Später, wenn du genug von Zürich hast?«
»Das weiß ich nicht.«
»Nicht in Polen.«
»Nein.«
»Nicht hier.«
»Nein.«
Sie drehte wieder das Gesicht weg und schaute auf die Tapete an der Wand gegenüber. An manchen Stellen war sie von der Feuchtigkeit gelockert worden, die jahrelang von dem darüberliegenden Fenster nach unten getropft war und den Leim des Papiers aufgelöst hatte.
»Du kannst überallhin«, sagte Basia.
Ich setzte mich wieder auf die Bettkante.
»Was ist los, Basia?«

»Warum bleibst du nicht einfach hier?«

»Um was zu tun?«

Basia zog sich das Laken übers Gesicht. Ich versuchte es herunterzuziehen, aber sie hielt es mit aller Kraft fest.

»Du benimmst dich wie ein kleines Kind«, sagte ich.

»Na und«, stieß Basia unter dem Laken hervor.

»Seit wann willst du, dass ich in Polen bleibe?«

»Seit wann?« Basias Gesicht kam wieder zum Vorschein.

»Ja, seit wann?«

»Einfach so.«

»Seit Mariusz tot ist?«

»Ist das wichtig?«

»Ich habe keine Lust, hier den Ehemann zu spielen.«

»Den Ehemann?«

Basia schlug mit beiden Händen aufs Bett. Ich umklammerte eine der Hände. Sie zog sie nicht zurück.

»Warum sollte ich bleiben?«, fragte ich.

»Ich sollte dir eine runterhauen«, sagte Basia.

»Aber das tust du nicht.«

Jetzt zog Basia die Hand zurück. Sie kreuzte die Arme vor der Brust. Die blasse Haut an ihrem Hals kräuselte sich noch mehr.

»Sieh mich nicht an«, sagte Basia. »Ich bin alt, hässlich und ich stinke.«

Mit verdrießlichem Gesicht kaute sie an den Fingernägeln. Ich hörte es ticken, als sie die Nägel an den Rändern der Schneidezähne entlangzog.

»Was ist eigentlich wirklich los?«, fragte ich.

Basia sah mich wütend an.

»Ich muss das Hotel verkaufen.«

»Warum?«

»Weil ich es nicht bezahlen kann.«

»Was kannst du nicht bezahlen?«

»Das Hotel. Es gehört zur Hälfte einem Großneffen von Mariusz, und der will es jetzt loswerden. Er will, dass ich ihn ausbezahle, aber das ist eine idiotische Idee, denn das kann ich nicht. Womit? Womit soll ich das machen?«

Basia weinte. Es begann als unterdrücktes Schluchzen und wurde innerhalb einer Minute zu einem hicksenden Jammern, bei dem sie den Rotz, der ihr aus der Nase lief, am Laken abwischte. Ein Zipfel des Lakens verschwand in ihrem Mund. Sie kaute darauf herum, und mit dem Kauen beruhigte sich langsam das Weinen. Ich rückte näher an sie heran und nahm sie in die Arme. Sie schluchzte nicht mehr, sondern lehnte ruhig an meiner Schulter, während ich ihr sanft auf den Rücken klopfte. So saßen wir eine ganze Weile da, während ich darüber nachdachte, was zu tun sei.

Die Lösung war natürlich simpel. Basia brauchte Geld, ich hatte Geld. Es wäre eine Investition, die ich wahrscheinlich nie zurückbekommen würde. Das Hotel-Restaurant befand sich in keinem blühenden Zustand, und die Verpflegung von Lastwagenfahrern mit *Bigos*, *Đurek* und *PieroĐki* war nicht gerade eine Goldmine, von den Zimmerbuchungen ganz zu schweigen. Aber es war ein Ort, der Basia alles bedeutete. Schon über zwanzig Jahre wohnte und arbeitete sie hier; hier und nirgendwo anders wollte sie bleiben.

Zwei Tage nach ihrem Weinkrampf stand Basia auf und stellte sich wieder an den Herd in der Restaurantküche. Mariusz' Nichten verwies sie mit einer zischenden Geste dazu, die Gäste zu bedienen und die Teller zu spülen.

Ich hatte Mitleid mit den beiden Mädchen, die sichtlich ihr Bestes taten, doch bei der kleinsten Kleinigkeit mit ihrer launischen Tante zusammenstießen.

Am ersten Abend, den Basia wieder ganz arbeitete, saßen wir gemeinsam nach Geschäftsschluss an der Bar. Basia hatte meinen Lieblingswodka eingeschenkt. Selbst trank sie warmes Bier mit Honig.

»Ich habe nachgedacht«, sagte ich. »Ich werde den Großneffen von Mariusz ausbezahlen.« Basia schaute mich mit schiefgelegtem Kopf an. Sie öffnete den Mund, um etwas zu sagen, aber es kam kein Ton heraus. Dann schlug sie hart auf mein Bein. »Du musst mich nicht für dumm verkaufen«, schalt sie.

»Es ist mein Ernst«, sagte ich. »Ich will den Großneffen ausbezahlen, damit das Restaurant ganz dir gehört.«

»Und du?«

»Was, ich?«

»Wo bist du dann?«

»Vielleicht bleibe ich doch.«

Wieder schlug mir Basia hart aufs Bein.

»Du sollst nicht lügen.«

»Ich lüge nicht.«

Basia schwieg eine Weile. Dann sagte sie: »Polen ist zu hart für dich.«

»Ich komme von hier, hast du das vergessen?«

»Du kommst aus Holland.«

»Ich dachte, du freust dich.«

»Nur wenn du bleibst.«

Basia wandte sich ab und rutschte vorsichtig vom Barhocker.

»Was machst du?«, fragte ich.

»Ich gehe schlafen.«

Sie nahm ihr Glas warmes Bier mit.

»Basia, ich schenke dir ein halbes Restaurant!«, rief ich.

»Ja, ja, ja.«

»Freust du dich nicht?«

»Ich will kein Restaurant«, sagte Basia auf dem Weg zum Wohnhaus. »Ich will ein Leben. Machst du gleich das Licht aus?«

Ich blieb sitzen. Eine Stunde, zwei Stunden? Ich weiß es nicht, aber auf jeden Fall eine halbe Flasche Wodka lang. Nachdem ich die Treppe in mein Zimmer hochgestolpert war und mich angezogen aufs Bett gelegt hatte, konnte ich nicht einschlafen. Ich starrte an die Holzdecke, und eine Frage spukte mir ständig im Kopf herum. Bleibe ich hier? Ich wusste es nicht. Beim Aufwachen stellte ich mir die Frage noch einmal. Und wieder hatte ich keine Antwort. Morgens fragte mich Basia nichts. Wir hüllten die Themen Kaufen und Bleiben in anhaltendes Schweigen. So ging es tagelang. So ging es wochenlang. Bis ich dahinterkam, dass ich anscheinend geblieben war. Und als Basia zu demselben Schluss gekommen war, habe ich Mariusz' Großneffen ausbezahlt. Er verlangte einen viel zu hohen Betrag, den ich ihm dennoch gab. Dazu kamen die vielen tausend Złoty für den Einbau der Zentralheizung und der Sanitäreinrichtungen in allen Hotelzimmern. Basia klatschte verzückt in die Hände über alle Verbesserungen, die ich in rasantem Tempo anbringen ließ. Sie könne sehen, dass ich ein richtiger Geschäftsmann sei, sagte sie immer. Erst als ich vorschlug, etwas anderes als die traditionellen polnischen Eintöpfe und Suppen auf die Speisekarte zu setzen, begehrte sie auf. Eine Veränderung der Karte war unmöglich. Polen aßen am liebsten ihre eigenen Gerichte. Doch ich entdeckte schnell etwas, für das sich fast alle Polen erwärmen konnten: Amerika. Als ich das sagte, zog Basia die Augenbrauen hoch. »Was soll das denn?«, fragte sie. Voller Begeisterung präsentierte ich ihr die Idee mit den amerikanischen Hamburgern. »Das wird wie eine Bombe einschlagen«, sagte ich. Basia sah mich spöttisch an. »Amerikanische Hamburger? Was soll ein Pole mit amerikanischen Hamburgern?« Es dauerte Wochen, bis ich sie überzeugt hatte, den Burger einmal probeweise zu servieren. Es war sofort ein großer Erfolg. Als Gäste speziell nach dem Burger zu fragen begannen, landete er in verschiedenen Variationen auf der Speisekarte. Im Volksmund hießen wir Hotel Ameryka. Ich schlug Basia vor, den Namen auch auf die Fassade zu setzen, doch sie weigerte sich strikt. Es musste und sollte Hotel Europa bleiben. Hotel Euro a, wie es jetzt dort stand.

Ich hatte keine Ahnung, was das Hotel bringen würde, wenn ich es jetzt verkaufen sollte. Doch ich wusste, dass ich es direkt täte, wenn Marlena und Stan weggingen. Verkaufen und weggehen. Weiß Gott wohin. Vielleicht in ein Haus in der Schweiz, irgendwo in den Bergen, an einen Ort ohne Nachbarn, wo nur der Postbote in unregelmäßigen Abständen meine Kontoauszüge vorbeibringen würde.

Ich stand auf und knipste ein paar Lampen an. Draußen dämmerte es. Ich sah nach, ob im Kühlschrank etwas Essbares war. Ein Rest Suppe und eine Dose mit Braten. Ich wärmte die Suppe in einem Topf. Ich hatte keine Ahnung, wann Marlena zurückkommen würde, und es ärgerte mich, dass sie noch nichts von sich hatte hören lassen. Mir reichte es, auf sie zu warten, und gleichzeitig war mir klar, dass es das Einzige war, was ich in den letzten Wochen getan hatte. Warten, dass Marlena fertig war: mit der Arbeit, mit Schlafen, mit Fortsein. Warten, bis sie wieder nach Hause kam.

5

Es hatte geschneit. Die Gäste stampften auf der Matte vor der Tür den Schnee von ihren Stiefeln und klagten über die Kälte, bevor sie sich setzten. Nowak hatte morgens die Straße und den Parkplatz mit einer Baggerschaufel freigeräumt, die er vor seinen Traktor montiert hatte. Der Traktor war zwanzig Jahre alt und stieß eine schwarze Rauchwolke aus seinem emporragenden Auspuff, wenn man ihn anließ. Nowak meinte, das sei gerade gut. »Ein Arbeitspferd muss man riechen«, sagte er. Ich nickte schwach, denn ich war schon froh, dass er mir half, den Schnee vor dem Restaurant wegzuschaffen. Der Schnee war ganz plötzlich gekommen und in keiner Vorhersage aufgetaucht.

Stan saß neben Nowak auf dem quer über den Kotflügel geschweißten Beifahrersitz, dicke Handschuhe an den Fingern und die dunkelblaue Mütze tief ins Gesicht gezogen. Er durfte den Hebel bedienen, mit dem man die Baggerschaufel auf und ab bewegte. Vorsichtig zog er mit beiden Händen am Hebel. Als Zeichen, dass er es richtig machte, gab ihm Nowak zwei leichte Klapse auf den Hinterkopf. Stans Blick wich keinen Moment von dem Hebel.

Es war Samstagmorgen, und nachmittags wollte ich mit Stan nach Warschau fahren und ein Geschenk für Marlena aussuchen, die am nächsten Tag Geburtstag hatte. Ich hatte ihn gefragt, was er seiner Mutter schenken wolle, aber er hatte nicht geantwortet, wie immer.

Es gab Augenblicke, in denen ich Stan die Worte am liebsten aus dem Mund geschüttelt hätte, genau wie früher, wenn eine Münze im Schlitz eines Kaugummiautomaten festsaß und man kräftig dagegen schlug, um sie zu befreien. Aber Stan war kein Kaugummiautomat. Er war ein verletzter Junge, und das Allerschlimmste war, dass ich daran mitschuldig war. Schon seit Wochen versuchte ich mein Schuldgefühl Stan gegenüber zu unterdrücken, doch je mehr ich mich anstrengte, desto schlimmer wurde es.

Ich hatte Marlena angefleht zu bleiben, als sie nach fast neun Jahren plötzlich wieder vor der Tür stand. Und ich hatte keinen Moment darüber nachgedacht, welche Folgen das für Stan haben konnte. »Es war ihre Entscheidung, hier zu bleiben.« Diesen Satz musste ich mir selbst immer häufiger sagen. Ich versuchte mich daran zu erinnern, wie es genau gewesen war, als sie vor über anderthalb Jahren anrief und fragte, ob sie vorbeikommen könne. Ich hatte mich sehr gefreut, ihre Stimme zu hören.

Sie kam mit dem Zug, und ich holte sie am gleichen Bahnsteig ab, von dem ich sie vor neun Jahren verabschiedet hatte. Das Bild ihrer winkenden Hand aus dem offenen Fenster stand mir noch klar vor Augen.

Marlena hatte sich verändert, aber sie war immer noch eine Schönheit. Als sie vor mir stand, wurde mir klar, dass ich vergessen hatte, wie schön sie war. Sie gab mir einen Kuss auf die Wange.

Ich wusste nicht, dass Marlena Polen vor neun Jahren verlassen hatte, und schon gar nicht, dass sie nach Holland gegangen war. »Was hast du denn ausgerechnet da gewollt?«, fragte ich. »Das ist eine lange Geschichte«, meinte sie. In den anderthalb Jahren, die sie jetzt bei mir wohnte, hatte ich immer noch nicht die ganze Geschichte gehört. Manchmal hatte ich das Gefühl, sie ließe mich ein Puzzle aus tausend Teilen zusammensetzen, dessen Gesamtbild ich nie zu sehen bekommen würde.

Draußen schneite es, und während die letzten Mittagsgäste langsam aufbrachen, ging ich zum Wohnhaus, um Stan für unseren Ausflug nach Warschau abzuholen.

Stan war nirgendwo zu sehen. Seine Jacke hing an der Garderobe, doch unten gab es keine Spur seiner Anwesenheit. Ich ging die Treppe hinauf. Stan hatte ein eigenes Zimmer, in dem er jedoch nur selten war. Ich öffnete die Tür. Ein Vorhang war noch zugezogen. Ich knipste das Licht an und sah mich im Zimmer um. Das Bett war nicht gemacht, und sein Schlafanzug lag auf dem Boden. Ich hob ihn auf und hängte ihn über den Stuhl in der Zimmerecke. Ich zog die Gardine auf und schaute hinaus. Von hier aus konnte man ein Stück von Nowaks Haus sehen. Dicke Rauchschwaden quollen aus seinem Schornstein. Ich drehte mich um. Das Zimmer war hellblau gestrichen, in der gleichen Farbe wie Stans Zimmer in Holland. Marlena hatte die Idee gehabt, allerdings war ihre Absicht so überdeutlich, dass ich bezweifelte, dass Stan sie auch nur irgendwie gewürdigt hatte. An der Wand hing ein Poster von einem himmelblauen Traktor vor dem Hintergrund einer gezeichneten grünen Hügellandschaft. »Pronar 122 A« stand dort in deutlichen Buchstaben. Das Poster war ein Geschenk von Nowak, der es von einer Landwirtschaftsschau mitgebracht hatte. Der Minister für Landwirtschaft hatte dort unter lautem Beifall ein Stück Acker mit einer solchen Pronar-Maschine gepflügt. Stan hatte aufmerksam zugehört, als Nowak davon erzählte.

Ich war gerade wieder auf dem Weg nach unten, als ich ein Geräusch aus Marlenas Zimmer hörte. Ihre Tür war zu. Ich blieb davor stehen. Stille. Ich legte die Hand auf die Klinke und zögerte. Ich wusste, dass Marlena es nicht mochte, wenn ich in ihr Schlafzimmer kam. »Stan?«, fragte ich deutlich. Ich hörte ein Rascheln.

»Stan, bist du da drinnen?« Es raschelte wieder, und ich öffnete die Tür.

Stan saß auf dem Boden inmitten zahlloser beschriebener Blätter. Auf dem Bett stand ein geöffneter Schuhkarton, daneben lag ein ausgefranster Bindfaden. Der Faden war zerschnitten. Stan war in die Zimmerecke gekrochen und sah mich verschreckt an. Er presste etwas an die Brust. Ich trat ins Zimmer und hob ein paar Blätter vom Boden auf. Auch aufgerissene Briefumschläge lagen herum. Auf der Vorderseite stand Marlenas Name und die Adresse des Hotels. Der Absender war Natan Feldman, gefolgt von einer Adresse in Addison, Illinois.

Angesichts der Menge an Papier hatte Stan wohl alle Briefumschläge geöffnet und die eng beschriebenen Blätter mit Natans krakeliger Handschrift herausgeholt. Seine Schrift war nicht leicht zu entziffern, und ich bezweifelte, dass Stan irgendetwas hatte lesen können.

Stan duckte sich immer noch in die Zimmerecke. Ich ging zu ihm und kniete mich neben ihn. Er nahm die Arme näher an den Körper.

»Was hast du da, Stan?«, fragte ich.

Stan schüttelte den Kopf.

»Weißt du, von wem die Briefe sind?«

Stan sagte nichts.

»Sie sind von Natan. Er ist ein Neffe von mir, ein Großneffe. Er wohnt in Amerika. Er hat deiner Mutter die Briefe geschrieben, weil er sie sehr nett fand. Sie sind für deine Mutter bestimmt, nicht für uns.«

Stan schwieg noch immer. Ich setzte mich auf den Boden und betrachtete die zahllosen verstreuten Blätter.

»Vielleicht sollten wir sie wieder in die Umschläge stecken. Ich kann dir dabei helfen.« Demonstrativ nahm ich ein paar Blätter und versuchte herauszufinden, ob sie zusammengehörten oder nicht. Das ging allerdings nicht, ohne den Inhalt zu lesen. Ich überlegte, was ich tun sollte. Es war unmöglich, vor Marlena geheim zu halten, dass Stan die Briefe geöffnet hatte. Aber ich konnte Stan auch unmöglich verraten.

»Stan, was soll ich mit den Sachen machen? Ich weiß, dass du nichts sagst, aber Mama muss es doch irgendwie erfahren.«

Ich hob die Blätter auf und legte sie auf einen Stapel. Natan hatte Marlena vierundzwanzig Briefe geschrieben. Als die Flut der Briefe versiegte, band ich sie alle mit einem Bindfaden zusammen und bewahrte sie auf. Ich wusste nicht, ob ich jemals die Gelegenheit haben würde, sie Marlena zu geben. Vierundzwanzig Briefe auf hellblauem, hauchdünnem Luftpostpapier. Wie viele Worte hatte Natan Marlena geschrieben, und was hatte er sagen wollen? Dass es ihm leidtat? Dass er nicht ehrlich gewesen war, verlobt war, heiraten würde? Die Verlockung war groß, ein Blatt vom Stapel zu nehmen und zu lesen, aber unter Stans durchdringendem Blick brachte ich den Mut nicht auf.

Stan sah zu, wie ich alle Blätter zusammenlegte, den Stoß im Schuhkarton verstaute und diesen mit dem Deckel schloss. Den ausgefransten Faden legte ich auf den Karton. Stan saß immer noch in der Zimmerecke. Ich konnte nicht erkennen, was er in der Hand hielt, und dass er es mir nicht zeigen wollte, war klar.

»Kommst du mit?«, fragte ich. Ich nahm den Schuhkarton und wollte das Zimmer verlassen. Es schien mir in dem Moment das Beste, Stan in Ruhe zu lassen und so zu tun, als wäre nichts geschehen. Doch das Gegenteil war der Fall. Ich befürchtete, Marlena würde außer sich sein, wenn sie entdeckte, dass jemand Natans Briefe geöffnet hatte. Und es würde sie noch wütender machen, wenn sie sah, dass die Blätter ungeordnet auf einem Stapel lagen.

»Mein Papa?«

Ich blieb stehen und drehte mich um. Stan hatte ein Foto in der rechten Hand und hielt es steif vor sich. Ich ging zu ihm und setzte mich auf die Bettkante, um es anzuschauen. Ich sah Natan, der im Gras unter einem Baum saß. Er lachte in die Kamera.

»Woher hast du das?«, fragte ich, während zu mir durchdrang, dass er gerade zwei Worte gesprochen hatte.

Stan deutete mit dem Kopf auf den Schuhkarton.

»Waren da noch mehr?«

Stan streckte mir die andere Hand entgegen. Ich sah einen ganzen Stapel Fotos.

»Darf ich mal sehen?«

Er gab sie mir. Ich sah eine sehr junge Marlena; die Marlena, die mir vor Jahren zum ersten Mal begegnet war. Sie saß ebenfalls im Gras unter einem Baum. Auf anderen Fotos saß sie auf einer Mauer, posierte vor einem Denkmal oder lehnte an einem Laternenpfahl. Die Fotos waren in Warschau gemacht. Ich erkannte die Verteidigungsmauer aus rotem Backstein, die die Grenze zwischen der Altstadt und dem modernen Teil bildete, sowie das Kopernikus-Denkmal gegenüber der Universität. Marlena schaute auf allen Fotos ernst und ein wenig forschend in die Kamera, als traute sie dem Ganzen nicht.

»Das ist deine Mutter«, sagte ich zu Stan.

Es gab ein misslungenes Foto, das Marlena und Natan zusammen zeigte. Anscheinend war es von einem Terrassentisch aus mit dem Selbstauslöser gemacht worden. Im Moment der Aufnahme versuchte Natan, den Arm um Marlena zu legen. Marlena schien aber von etwas außerhalb des Bildes abgelenkt zu sein und beugte sich von ihm weg, weshalb sie nur zur Hälfte abgebildet war.

»Und das«, sagte ich, während ich mit dem Zeigefinger auf Natans Gesicht tippte, »das ist Natan.«

Stan sah mich mit schräggelegtem Kopf an. Ich konnte immer noch nicht fassen, dass er eben zwei Worte gesagt hatte. Ich musste mich zusammenreißen, um so zu tun, als sei es die normalste Sache der Welt.

»Du hast gefragt, ob der Mann auf dem Foto dein Papa ist«, sagte ich.

Stan nickte.

»Ich glaube, das musst du deine Mutter fragen.«

Ich streckte die Arme aus. »Komm mal her.«

Langsam stand er auf und setzte sich neben mich aufs Bett. Ich nahm ihn in die Arme und wiegte ihn sanft. Verkrampft ließ er es zu.

»Du weißt doch, dass ich dich sehr, sehr liebhabe«, sagte ich. »Dich und deine Mutter. Sehr, sehr lieb.«

»Ich will nach Hause«, sagte Stan.

»Das weiß ich, mein Junge. Das weiß ich doch.« Ich strich ihm über Kopf und Nacken, wie man eine Katze streichelt. Langsam entspannte er sich. Ich summte ein Lied, ein Schlaflied, das meine Mutter früher für mich gesungen hatte. Den Text hatte ich vergessen.

»Sollen wir ein Geschenk für deine Mutter kaufen?«, fragte ich, als das Lied zu Ende war. Er nickte. Ich nahm die Fotos und legte sie zu den Briefen in den Schuhkarton. Den Karton klemmte ich unter den Arm. Mir war noch nicht ganz klar, wie ich Marlena erzählen sollte, was damit geschehen war.

Natans erster Brief kam einen Monat nach seiner Abreise. Marlena war wieder zu Hause, weil der sommerliche Hochbetrieb vorbei war und es keine Arbeit mehr für sie gab. Basia und ich hatten sie zum Zug gebracht und ihr nachgeschaut, wie sie mit einer Hand aus dem offenen Zugfenster winkte, bis sie nicht mehr zu sehen war. Die Tage nach ihrer Abreise war ich trübsinnig. »Ist etwas?«, hatte Basia gefragt.

Beim ersten Brief hatte ich gezögert. »Aus Amerika«, sagte der Postbote, während ich die Briefmarke betrachtete. »Aber nicht für dich«, fügte er hinzu. Ich nahm den Brief und versteckte ihn vor Basia.

An jenem Abend saß ich mit Natans Brief auf dem Bett. Ich wusste, dass er Marlena noch nichts von seiner Verlobung erzählt hatte, und ich fragte mich, ob er es jetzt wohl täte. Ich versuchte mir Marlenas Reaktion auf die Nachricht vorzustellen.

Nach einer schlaflosen Nacht beschloss ich, den Brief nicht weiterzuschicken. Stattdessen steckte ich ihn in eine hölzerne Zigarrenkiste, in der ich alte Schlüssel aufbewahrte. Insgeheim hoffte ich, Marlena würde Natan vergessen, jetzt, wo er weg war. Vielleicht würde die Entfernung ihr verliebtes Herz abkühlen. Vielleicht würde sie einsehen, dass diese Affäre in das Kapitel Sommerliebe gehörte. Nicht mehr und nicht weniger. Aber ihre vielen Anrufe und Fragen, ob wir schon Post von Natan bekommen hätten, ließen etwas anderes ahnen.

Eine Woche später folgte der zweite Brief. Und dann ein dritter und ein vierter. Im Durchschnitt einer im Monat. Erst als seine Briefe alle unbeantwortet blieben, wurden es weniger. Manchmal dauerte es ein halbes Jahr, bis wieder ein neuer Umschlag von ihm eintraf. Die Zigarrenkiste war inzwischen so voll, dass ich die Briefe mit einem Bindfaden zusammenband und in einen Schuhkarton legte.

Stan presste die Nase gegen das Schaufenster, in dem farbenprächtige Baisertorten auf langsam rotierenden Tortenplatten standen. Wir hatten für Marlena gerade eine Armbanduhr im dreigeschossigen Einkaufszentrum am Stadtrand gekauft, das vor kurzem erweitert worden war und jetzt mehr denn je Wohlstand und Luxus symbolisierte. Wegen des Schnees hatten wir für die Fahrt länger gebraucht als sonst, doch das Einkaufszentrum hatte bis zehn Uhr abends geöffnet. Wir brauchten uns also nicht zu beeilen.

Am nächsten Morgen würden wir Marlenas Geburtstag feiern. Stan durfte die Torte aussuchen. Er hatte ein Auge auf die giftgrüne Baisertorte mit der Winnie-Puuh-Glasur geworfen. Es war die teuerste, die es gab.

»Möchtest du die?«

Er nickte. Seit unserem Gespräch in Marlenas Schlafzimmer hatte er nichts mehr gesagt. Ich hatte Angst, meine Euphorie über sein Sprechen sei vorschnell gewesen. Unauffällig bemühte ich mich, ihn zu mehr Worten zu verleiten, doch bisher ohne Erfolg.

Die Verkäuferin packte uns die Torte ein und band eine goldene Schleife um den Karton. Sie schaute Stan an.

»Magst du einen Windbeutel?«, fragte sie.

Stan sah mich an.

»Sag es ruhig«, meinte ich.

Stan nickte der Verkäuferin zu und bekam auf einem Papptellerchen einen kleinen Windbeutel, der in Schokolade getaucht war.

»Sie auch?«, fragte die Frau.

»Gern«, sagte ich.

Stan hatte schon angefangen zu essen. Die Verkäuferin schaute ihn zärtlich an.

»Was sagt man dann?«, fragte ich Stan, als er den Windbeutel aufgegessen hatte. Erschrocken sah er mich an.

»Ach nein, das muss doch nicht sein, ist schon in Ordnung«, meinte die Verkäuferin. Sie lächelte ihm zu. »Du brauchst nicht danke zu sagen. Wie heißt du denn?«

»Stanisław«, erwiderte Stan.
»Das ist ein schöner Name. Und wie alt bist du?«
»Neun Jahre.«
»Hat dir der Windbeutel geschmeckt?«
»Ja, sehr.«
»Das freut mich. Für wen ist denn die Torte?«
»Für meine Mama. Sie hat morgen Geburtstag.«
»Na, das muss ja eine sehr liebe Mama sein, wenn du so eine schöne Torte für sie aussuchst. Oder?«

Stan nickte. Ich strich ihm über den Kopf. An der Kasse bedankte ich mich bei der Verkäuferin. Sie hatte keine Ahnung, was sich eben vor ihren Augen abgespielt hatte. Ein ganz normales Gespräch zwischen einer jungen Frau in einem Geschäft und einem Kind. Für mich war es ein Wunder.

Marlena fragte, wie es in Warschau gewesen war. »Gut«, sagte ich. »Wir haben ein wunderschönes Geschenk für dich.« Sie lächelte matt. »Eigentlich haben wir zwei schöne Geschenke für dich.«

»Zwei sogar. Ist das nicht ein bisschen viel?«

Ich lachte. »Ich habe sogar ein unbezahlbares Geschenk für dich.«

Jetzt sah mich Marlena erwartungsvoll an. Ich hielt kurz inne, weil ich unsicher war, wie ich von den heutigen Ereignissen erzählen sollte. Und vor allem: Wo sollte ich anfangen.

»Stan hat heute gesprochen.«

Marlena sah mich stumm an.

»Wirklich«, sagte ich. »Er hat gesprochen. Er hat sogar ein kurzes Gespräch mit der Verkäuferin in der Konditorei geführt. Er hat seinen Namen gesagt und wie alt er ist und dass wir eine Torte für seine Mama kaufen, die morgen Geburtstag hat.«

Marlena schlug die Hand vor den Mund.

»Ist das wahr?« Ihre Stimme bebte.

Ich nickte.

»O Gott, ich kann es nicht glauben.« Die Tränen liefen ihr über die Wangen.

»Wie ist das bloß geschehen?«

»Das ist die andere Neuigkeit, von der ich dir erzählen muss.« Ich stellte den Schuhkarton mit dem ausgefransten Bindfaden vor sie auf den Tisch.

Marlena betrachtete den Karton einige Sekunden, als wüsste sie nicht sofort, was es war. »Woher hast du den?« Sie zog den Karton an sich.

»Stan hat ihn gefunden.«

Marlena nahm den Deckel ab.

»Er saß in deinem Schlafzimmer, und alle Briefe lagen durcheinander auf dem Boden. Ich habe sie wieder zusammengesammelt, so gut es ging.«

»Hast du sie gelesen?«

»Natürlich nicht.«

»Und Stan?«

»Ich glaube nicht.«

Marlena nahm die Fotos, die zuoberst auf den Briefen lagen. Sie betrachtete sie flüchtig.

»Und die Fotos?«, fragte sie.

»Aus den Briefen, vermute ich. Hast du sie noch nie gesehen?«

»Nein.«

»Waren die Briefe noch zu?«

Marlena nickte. Stan hatte also alle Briefumschläge selbst geöffnet.

»Ich glaube nicht, dass er sie gelesen hat. Schau dir die Handschrift an. Die kann ein neunjähriger Junge kaum entziffern.«

Marlena zog willkürlich ein Blatt aus dem Stapel Luftpostpapier und fing an zu lesen. Nach ein paar Zeilen legte sie das Blatt wieder weg.

»Ich weiß nicht, ob ich das wissen will.« Sie stand vom Tisch auf und zog die rote Strickjacke enger um sich.

»Sie sind für dich geschrieben«, sagte ich.

»Vor hundert Jahren. In einem Leben, an das ich mich kaum noch erinnern kann.«

Sie ging im Zimmer auf und ab. Die Fotos lagen noch auf dem Tisch. Obenauf das misslungene Selbstporträt von Natan und ihr.

»Er hatte eine Verlobte«, sagte ich. »In Amerika.«

»Eine Verlobte?« Marlena blieb stehen.

»Ich bin dahintergekommen, als er noch hier war.«

»Und warum hast du nichts gesagt?«

»Ich wollte es sagen ...« Ich stockte.

»Du wolltest es sagen, aber?«

»Ich fand, Natan müsse es selbst sagen. Ich hatte einen furchtbaren Streit mit ihm, Marlena. Ich habe verlangt, dass er es dir erzählt, und als er es nicht tat, habe ich ihn weggeschickt.«

»Du hast ihn weggeschickt?«

»Er war verlobt. Er wollte eine andere heiraten. Er war nicht ehrlich zu dir.«

»Du hast Natan weggeschickt, weil er nicht ehrlich zu mir war?«

»Ich wollte dich beschützen.«

»Das ist dir wohl nicht gelungen«, sagte Marlena.

Ich schwieg. Wie hätte ich wissen sollen, dass ich einen so großen Fehler beging, indem ich Natan wegschickte? Wenn er geblieben wäre, hätte Marlena selbst entscheiden können, welches Leben sie führen wollte.

Marlena nahm den Karton mit den Briefen und setzte sich damit aufs Sofa.

»Und die hier?«

Sie nahm einige blaue Blätter und hielt sie in die Höhe.

»Wann sind die alle gekommen?«

Ich hielt den Atem an. Ich dachte krampfhaft über eine Antwort nach und spürte, wie meine Augen von links nach rechts schossen.

»Wann sind diese Briefe gekommen?«, fragte Marlena wieder.

»Ich weiß es nicht genau«, sagte ich.

Ein Schauer lief mir den Rücken hinauf, vom Steißbein bis zum Schädelrand.

»Du lügst, oder?«, fragte Marlena.

Ich schüttelte den Kopf. »Ich weiß es wirklich nicht mehr genau.«

Wie konnte ich ihr sagen, dass ich die ersten zwei Briefe verschwiegen hatte? Und wie groß war die Möglichkeit, dass sie dahinterkam, wenn ich es verschwieg? Natan hatte seine Briefe bestimmt datiert, und auch auf den Umschlägen stand ein Poststempel mit Datum. Doch würde Marlena wissen, wie lange die Post aus Amerika brauchte? Wären mehr als zwei Wochen glaubwürdig? Die Gedanken rasten mir durch den Kopf, auf der Suche nach einem Ausweg aus dieser Situation. Als ich aufschaute, sah ich Marlenas grimmigen Blick.

»Du lügst, Szymon. Du hast sie mir verschwiegen.«

Es war eine trockene Feststellung. Ich nickte und wandte den Kopf ab.

»Verdammt nochmal!«, rief sie und stand auf. Sie kam auf mich zu und trommelte mit den Fäusten auf meine Brust. »Hast du überhaupt eine Ahnung, was du da getan hast?«

Ich packte sie an den Handgelenken.

»Ich wollte dich schützen.«

Marlena riss sich los und stürzte zur Tür.

»Wohin willst du?«

Sie antwortete nicht, sondern lief in ihrer roten Strickjacke nach draußen. Ich rannte hinter ihr her und griff im Flur nach unseren beiden Mänteln an der Garderobe. Es hatte wieder angefangen zu schneien.

»Geh weg!«, rief Marlena, als ich hinter ihr herrannte. »Geh bloß weg!«

»Marlena, komm bitte rein. Es sind alles Missverständnisse. Ich kann es erklären, glaub mir.«

Marlena blieb stehen und drehte sich um.

»Willst du sagen, mein ganzes Leben sei gescheitert wegen ein paar Missverständnissen, und dass ich schon seit Jahren umsonst unglücklich bin?«

»Du brauchst nicht unglücklich zu sein«, sagte ich.

»Ich bin es aber. Ich bin es.« Marlena wischte mit beiden Händen die heruntertropfenden Tränen weg.

»Ich wollte, ich könnte es wiedergutmachen«, sagte ich.

Marlena trat mit den Stiefeln ein paar Mal nach den Schneehaufen. Sie hob den Kopf. Die Schneeflocken fielen ihr ins Gesicht. Mit offenem Mund stand sie da. Ich glaubte, sie würde schreien, aber sie tat es nicht. Vielleicht war ich es ja, der schreien wollte. Da stand eine Frau, der ich mein Herz schenken wollte, doch alles, was ich ihr gegeben hatte, waren Schmerz und Kummer. Ich sah sie an, die Mäntel immer noch im Arm.

Es gab nichts, was ich tun konnte.

»Komm wieder hinein, bitte. Das hat doch keinen Sinn. Morgen hast du Geburtstag. Stan hat für dich eine Torte ausgesucht. Wir haben ein Geschenk. Und Stan spricht. Er spricht. Ist das nicht das Allerwichtigste? Bitte!«

Marlena schwieg.

»Bitte«, wiederholte ich.

Marlena drehte sich um und stampfte mit großen Schritten an mir vorbei ins Haus. Kurz darauf folgte ich.

»Ich will dich jetzt nicht sehen«, sagte sie, als ich hereinkam.

Ich schwieg.

»Es ist mir ernst. Ich kann dich jetzt nicht ertragen.«

»Dann gehe ich nach oben«, meinte ich und stieg die Treppe hoch.

Nach ein paar Stufen blieb ich stehen. »Gute Nacht.«

Marlena schlug mit der Hand in die Luft, als sei ich eine lästige Fliege, die sie verjagen wollte. Ich ging nach oben, in mein Zimmer, einer schlaflosen Nacht entgegen.

## 6

Am nächsten Morgen stand ich früh auf, um Stan zu wecken. Wir hatten vor, zusammen das Frühstück für Marlena zu machen. Als ich leise seine Zimmertür aufschob, um nachzuschauen, ob er schon wach war, sah ich, dass sein Bett leer war. Ich ging durch den Flur. Marlenas Tür stand offen. Auch in ihrem Bett hatte niemand geschlafen. Ich lief die Treppe hinunter in der Hoffnung, ich würde sie unten antreffen, doch auch da war niemand. In der einen Sofaecke lag eine zerwühlte Decke. In der anderen waren einige Kissen aufgestapelt. Anscheinend hatte Marlena dort die letzte Nacht verbracht. Auf der breiten Armlehne stand der Schuhkarton. Er war leer.

Mit einem ungutem Gefühl ging ich in den Flur. Marlenas und Stans Jacken hingen nicht an der Garderobe. Auch ihre Stiefel standen nicht an der Tür. Ich schaute zu den Haken neben dem Spiegel. Die Autoschlüssel hingen noch an ihrem Platz.

Ich eilte nach oben und zog eine Hose und einen Pullover über den Pyjama. Wenige Minuten später stand ich draußen im Schnee. Es war noch dunkel und still. Mit einer Taschenlampe suchte ich den Boden nach Fußspuren ab, um herauszubekommen, in welche Richtung Marlena und Stan gegangen sein konnten, doch der frische Schnee hatte ihre Abdrücke ausgelöscht.

Wo waren sie um Himmels willen so früh ohne Auto hingegangen? Vielleicht zur Bushaltestelle. Ich lief einige Schritte im Schnee, doch dann fiel mir ein, dass Sonntag war und dass um diese Zeit noch keine Busse fuhren. Ob sie jemand mitgenommen hatte? Ich konnte mir nicht vorstellen, dass Marlena hier mit Stan im Dunkeln gestanden und den Daumen rausgehalten hatte. Außerdem, wer fuhr hier so früh schon vorbei? Ich sah zu Nowaks Haus hinüber. Dort lag alles noch in tiefer Stille.

Ich ging zurück ins Haus. Es war Viertel nach sieben.

Konnte ich schon jemanden anrufen? Ihre Schwester vielleicht. Und was sollte ich ihr sagen? Marlena ist weggelaufen? Weggelaufen! Als wäre sie ein kleines Kind oder eine Katze. Als wäre ich ihr Mann. Im Mantel setzte ich mich an den Küchentisch. Ich hatte keine Ahnung, was ich tun sollte.

Das Haus fühlte sich leer an. So leer wie noch nie, nicht einmal nach Basias Tod. Ich tat, was ich konnte, um ruhig und logisch nachzudenken, doch alles, was ich spürte, war Wut. Bei jedem Atemzug schien sich meine Brust mit einem Zorn zu füllen, der sich von der Kehle in den Kopf schob. Ich musste die Kiefer anspannen, um nicht laut herauszuschreien, und ich merkte, dass ich die Hände zu Fäusten geballt hatte. Ich stand auf und zog den Mantel aus. Das Pyjamahemd hing unter meinem Pullover hervor. Vielleicht sollte ich mich erst einmal richtig anziehen. Ich ging die Treppe hoch. Im Badezimmer standen die Zahnbürsten von Marlena und Stan.

Sie waren beide brandneu, ich hatte sie vorige Woche gekauft. Ich wusch das Gesicht und rasierte mich. Als ich in den Spiegel sah, fühlte ich mich schwer wie Blei. Da stehst du dann, du Idiot, dachte ich. Und hast alle verjagt.

Nach dem Anziehen kontrollierte ich noch einmal Stans Zimmer. Ich guckte sogar in seinen Schrank, als könnte er sich darin versteckt haben, doch es war nichts Besonderes zu entdecken. In Marlenas Zimmer blieb ich neben dem ordentlich gemachten Bett stehen, auf dem die karierte Überdecke lag, die Basia selbst genäht hatte. Man erkannte kaum, dass Marlena inzwischen hier wohnte. Außer an einem Paar hochhackiger roter Schuhe unter dem Stuhl am Fenster und natürlich einem Foto von Stan auf dem Mahagoninachttisch neben dem Bett. Ich nahm das Foto und betrachtete es. Es war vor ein paar Monaten in der Schule gemacht worden. Stan schaute trübe in die Kamera. Als ich das Foto wieder hinstellen wollte, fiel der Rahmen um. Der Ständer aus Karton war schon ganz verbogen und wurde nur noch mit Klebeband zusammengehalten. Das Klebeband war nun gerissen. Ich versuchte es wieder festzukleben, doch es gelang mir nicht. Nach einer Weile legte ich den Rahmen mit dem Foto nach oben auf den Nachttisch. Ich legte mich aufs Bett, starrte an die Decke und fragte mich, während ich so dalag, was geschehen würde, wenn Marlena tatsächlich gegangen war. Für immer.

Angenommen, sie wäre auf dem Weg zu Natan. Sie hätte ein Taxi gerufen und wäre jetzt zusammen mit Stan unterwegs zum Flughafen.

Was, wenn Natan geschrieben hatte, wieder und wieder, dass er sie liebte, dass er sie heiraten wolle? Ich schüttelte den Kopf. Natan war verheiratet, schon seit Jahren.

Ich hatte es von seiner Mutter erfahren, die mich unerwartet anrief. Natan war damals schon seit drei Jahren fort und in der ganzen Zeit hatte ich mit niemandem in Amerika Kontakt gehabt. Ich erschrak, als ich ihre Stimme hörte. Sie fragte, wie es mir ging. »Gut«, hatte ich zögernd geantwortet.

»Und Basia?«

»Auch gut.«

»Wir finden es so schade, dass wir sie noch nicht kennengelernt haben. Sag ihr das doch. Natan meint, sie wäre ein richtiger Schatz.«

Sie rief an, um mich zu Natans Hochzeit einzuladen. Selbstverständlich war auch Basia von Herzen willkommen. »Es hat eine Weile gedauert«, meinte sie, »aber letztendlich ist doch noch was draus geworden.« Ich fragte, ob die Einladung von Natan käme. Sie schwieg kurz. »Ich weiß nicht genau, was zwischen euch vorgefallen ist, und Natan möchte nicht darüber sprechen. Aber sagen wir, ich würde es sehr zu schätzen wissen, wenn du kämst. Natürlich auch im Namen von Micha und deiner Tante Freeda. Sie haben dich schon fast zehn Jahre nicht mehr gesehen.« Ich dankte Natans Mutter für die Einladung, antwortete aber, ich könne unmöglich weg.

Vom Bett aus hörte ich, wie draußen ein Auto hielt. Der Motor wurde nicht ausgeschaltet, sondern lief weiter. Ein Taxi, schoss es mir durch den Kopf. Schnell stand ich auf und eilte die Treppe hinunter. Ich zog den Mantel an, setzte die Mütze auf und lief nach draußen. Es hatte aufgehört zu schneien.

Vor dem Hotel stand ein grauer Mercedes. Aus der Entfernung sah ich, dass nur eine Person darin saß. Außerdem war es kein Taxi. Ich ging langsamer. Als ich näher kam, erkannte ich ein holländisches Nummernschild. Der Motor lief immer noch, und im Auto schaute sich ein Mann um, als suchte er nach einem Hinweis. Als er mich sah, öffnete er das Fenster. Ich bückte mich und schaute ihn an. Der Mann hielt ein kleines Buch in der Hand. Während sein Zeigefinger der Zeile folgte, sagte er in unverständlichem Polnisch: »*DzieÐ dobry, szukam ...*«

»Sie können ruhig Holländisch sprechen«, meinte ich.

Der Mann sah mich erst überrascht und dann erleichtert an.

»Guten Morgen«, sagte er. »Ich suche eine Adresse: Targowa 2.«

»Das ist hier. Doch wenn Sie ein Zimmer möchten: Wir haben heute geschlossen.«

»Nein, nein. Ich suche Marlena Borzęcka.«

»Und wer sind Sie, wenn ich fragen darf?«

»Ich bin Andries. Ich bin ihr Mann.«

Andries saß im Zimmer auf dem Sofa zwischen der zerwühlten Decke und dem Kissenstapel, während ich in der Küche Kaffee machte. Ich hatte ihm noch nicht gesagt, dass Marlena und Stan aus heiterem Himmel gegangen waren. Nur, dass sie im Moment nicht zu Hause waren.

»Und wo ist zu Hause?«, fragte Andries. Ich zeigte auf das Wohnhaus hinter dem Hotel.

»Wissen Sie, wann sie zurückkommen?«

»Nein«, meinte ich.

Er hatte sehr enttäuscht ausgesehen, und ich bot ihm eine Tasse Kaffee an. Jetzt saß er in meinem Wohnzimmer.

»Wissen Sie, wo sie sind?«, fragte Andries, als ich ihm einen großen Becher Kaffee hinstellte.

Ich sah ihn forschend an. Der Mann war klein, vierschrötig und hatte dünnes, braunes Haar. Man konnte ihn unmöglich für Stans Vater halten.

»Ich erwarte sie im Laufe des Tages zurück«, meinte ich. »Marlena hat heute Geburtstag.«

»Das weiß ich«, sagte Andries. »Machen sie sich einen schönen Tag zusammen?«

»Ja«, erwiderte ich. »Ich durfte nichts davon wissen. Es war eine Überraschung für Stan.«

Andries biss sich auf die Lippen, als ich Stans Namen erwähnte.

»Wie geht es ihm?«, fragte er.

»Stan? Gut. Sehr gut.«

»Er wohnt also auch hier?«

»Ja, ja. Sie wohnen beide hier.«

»Und Sie?«

»Ich? Ich wohne auch hier.«

»Und Sie sind ...« Andries beendete den Satz nicht.

»Ein alter Freund. Von früher.«

»Aus Holland?«

»Nein, von hier. Mir gehört das Hotel.«

»Oh.«

»Es ist eine lange Geschichte«, sagte ich.

Andries nickte.

»Schön warm, der Kaffee«, sagte er.

»Möchten Sie vielleicht auch etwas essen? Es ist noch früh, und ich habe selbst noch nicht gefrühstückt.«

»Wenn es nicht zu viel Mühe ist.«

Ich ging in die Küche, um ein paar Schinkenbrötchen zu machen. Als ich den Kühlschrank öffnete, sah ich den Karton mit der Torte. Übelkeit stieg in mir auf. Ich lehnte den Kopf an einen der Küchenschränke. Was sollte ich diesem Mann erzählen? Wie würde ich Marlena wiederfinden? Ich drehte den Wasserhahn auf und schaufelte mir mit einer Hand Wasser ins Gesicht. Ich musste ruhig bleiben. Im Wohnzimmer saß Marlenas Mann. Zweifellos war er nach Polen gekommen, um Stan zu sehen. Stan, der nach fast anderthalb Jahren gestern vorsichtig wieder die ersten Worte gesagt hatte. Ob er jetzt mit Marlena redete? Oder nicht? Ich schlug mit der flachen Hand auf die Arbeitsplatte und murmelte einen Fluch.

Andries saß immer noch auf dem Sofa. Er schaute sich im Zimmer um.

»Haben Sie ein Foto von ihm?«, fragte er.

»Von Stan? Nein, ich glaube nicht. Ich habe es nicht so mit Fotos«, erwiderte ich.

»Und was ist das?« Andries zeigte auf etwas, das unter einem Kissen hervorlugte. Es war eines der Fotos, die Natan gemacht hatte. Ich stand auf, ging darauf zu und griff danach, bevor Andries es sehen konnte.

»Das ist etwas anderes«, meinte ich.

»Ist das etwa der Mann, der Marlena geschwängert hat?«

Ich betrachtete das Foto. Es war das misslungene Selbstporträt.

»Ich weiß es nicht«, sagte ich. »Ich kenne das Foto nicht. Ich sehe es jetzt zum ersten Mal.«

»Sie sind ein schlechter Lügner«, meinte Andries.

Ich steckte das Foto in die Hosentasche. Andries sah mich durchdringend an.

»Ich habe Ihnen etwas zu essen gemacht.« Ich reichte ihm einen Teller. Darauf lagen zwei Mohnbrötchen mit Schinken. Andries nahm den Teller. Er hatte grobe Hände mit kurzen, schwarzgeränderten Nägeln. Er begann sofort zu essen.

»Hatten Sie eine lange Reise?«, fragte ich.

»Länger, als ich dachte«, sagte Andries zwischen zwei Bissen.

»Wegen dem Schnee«, sagte ich.

»Und den Straßen«, nickte Andries.

»Ja, manchmal ist es furchtbar. Aber man gewöhnt sich dran, kann ich Ihnen sagen. Und es wird immer besser.«

Ich tat, was ich konnte, um das Gespräch in banalen, alltäglichen Bahnen zu halten. Als Andries aufgegessen hatte, stellte er den Teller mit einem ziemlichen Knall auf den Couchtisch.

»Ich wüsste gern, wo meine Frau und mein Sohn sind.«

»Sie meinen Stan?«

»Ich meine meinen Sohn, ja.«

»Ich wusste nicht, dass Sie sein Vater sind.«

»Vor dem Gesetz bin ich sein Vater, ja.«

»Vor dem Gesetz, wie das klingt.«

»Und was sind Sie? Nicht sein Großvater, nehme ich an.«

»Ich bin ein entfernter Verwandter«, sagte ich.

»Ein entfernter Verwandter?«

»Ein entfernter Verwandter, ja.«

Ich quälte Andries, nicht weil ich es wollte, sondern weil ich nicht wusste, wie ich sonst eine echte Antwort vermeiden konnte. Andries stand auf und ging zur Treppe.

»Was tun Sie?«

»Ich will wissen, ob da oben nicht doch zufällig jemand ist.«

»Oben ist niemand.«

»Dann werde ich ja dahinterkommen.«

Er ging die Treppe hinauf. Ich ließ es geschehen. Oben würde er doch niemanden finden. Ich hörte, wie er durch den Flur ging und eine Tür nach der anderen öffnete. Dann blieb es lange still.

»Finden Sie sich zurecht?«, rief ich hinauf.

Keine Reaktion. Ich ging nach oben, um ihn zu holen und fand ihn in Stans Zimmer. Er saß auf dem Bett und hatte das Foto aus Marlenas Zimmer in der Hand. Als ich im Türrahmen stehen blieb, sah er auf.

»Ich will ihn sehen«, sagte er.

Ich ging zum Fenster und legte die Hände auf die Heizung. Draußen ging Nowaks Sohn mit einem Paar Skiern über der Schulter vorbei.

»Ich bin nicht ganz ehrlich zu Ihnen gewesen«, sagte ich und drehte mich um.

Andries starrte weiter auf Stans Pyjama. Auf seinen Wangen sah ich Tränenspuren. Ich atmete tief durch.

»Heute Morgen ist Marlena mit Stan fortgegangen. Ich weiß nicht, wohin. Ich weiß nicht, ob sie zurückkommt.«

»Wie meinen Sie das, fortgegangen?«

»Wie ich es sage: fortgegangen, verschwunden, abgehauen.«

»Sie ist abgehauen?«

»Ja.«

»Hat sie denn etwas mitgenommen?«

»Was meinen Sie?«

»Sachen. Hat sie Sachen mitgenommen? Einen Koffer, Kleider, etwas in der Art?«

Ich überlegte. »Ich glaube nicht.«

»Und Geld?«

»Nicht dass ich wüsste.«

»Hat sie ihre Tasche mitgenommen? Ihren Pass?«

Ich musste Andries alle Antworten schuldig bleiben.

»Sind Sie sicher, dass sie weg sind?«, fragte Andries.

»Ja«, sagte ich. »Ja.«

»Woher wissen Sie das?«

»Wegen allem«, sagte ich. »Wegen allem, was geschehen ist.«

»Was ist denn genau geschehen?« Andries sah mich an. Ich hatte keine Ahnung, was in ihm vorging.

»Gehen wir wieder runter«, sagte ich. »Da ist es wärmer.«

»Mir ist nicht kalt«, sagte Andries.

»Mir aber.«

Ich stand auf und verließ das Zimmer. Ich wollte nur weg von Andries, der mit verweintem Gesicht auf Stans Bett saß. Alles, was ich wollte und getan hatte, schien auf einmal lächerlich. Wie konnte ich Andries erzählen, was geschehen war? Dass ich derjenige war, der Marlena überredet hatte, in Polen zu bleiben, und dass ich alles dafür tun wollte, damit seine Frau und sein Sohn bei mir blieben. Was, wenn ich ihm erzählte, dass Stan seit anderthalb Jahren kein Wort gesagt hatte und erst seit gestern wieder ein paar Sätze sprach? Was, wenn ich ihm von den vierundzwanzig Briefen erzählte, die Stans wirklicher Vater geschrieben hatte? Briefe, die ich unterschlagen hatte. Und wie würde ich ihm in Gottes namen erklären, dass ich Marlena liebte? Seine Frau. Wie konnte ich zugeben, dass ich in sie verliebt war? Eine lächerliche Verliebtheit, wie bei einem Teenager, der sich in seine Lehrerin verliebt. Und was würde ich schlussendlich damit sagen? Dass alles, was geschehen war, eigentlich meine Schuld war? Erneut fühlte ich, wie sich eine riesige Wut in mir breitmachte. Um die Anspannung in meinem Körper loszuwerden, trat ich gegen die Fußleiste im Flur. Es knallte, und ich spürte, wie meine Zehen durch das Leder meines Schuhs gegen das Holz stießen. Ich trat noch einmal zu. Und noch einmal. Meine Zehen kribbelten. Andries kam in den Flur.

»Alles in Ordnung?«

Ich drehte mich zu ihm um. »Wunderbar«, sagte ich. Aber am liebsten hätte ich mich auf dem Boden wie ein Kind zusammengerollt, mit geschlossenen Augen, in der Illusion, dass mich niemand sehen konnte.

Andries legte mir eine Hand auf die Schulter.

»Würden Sie mich bitte zu Stan bringen?« Er fragte sehr ruhig, ohne zu betteln oder zu befehlen. Eher wie ein Arzt, der zu seinem Patienten gebracht werden will.

»Ich weiß wirklich nicht, wo er ist«, sagte ich.

»Aber vielleicht möchten Sie mir suchen helfen?«, fragte er. Ein paar Sekunden sahen wir uns in die Augen.

In meinem Kopf war es ruhig. »Gut«, sagte ich.

7

Die Sitze des Mercedes waren beheizt. Andries fragte, ob ich irgendeine Ahnung hätte, wo Marlena sein könne. Mir fiel nur ihre Schwester ein, die seit anderthalb Jahren wieder im Haus ihres Vaters wohnte.

»Ist das weit weg?«, fragte Andries.

»Etwas über eine Stunde«, erwiderte ich.

Andries ließ das Auto an, und so fuhren wir auf meine Anweisungen zu Marlenas Elternhaus, das etwa siebzig Kilometer weiter südlich lag. Ich war vor fast zehn Jahren das einzige Mal dort gewesen, in dem Sommer, als Marlena für mich arbeitete. Dem Sommer mit Natan. Marlenas Mutter hatte bestimmt, dass sie ein Mal pro Woche nach Hause kam, um zu helfen. Marlena gehorchte widerwillig, denn nur unter dieser Bedingung durfte sie im Hotel arbeiten. In jener Woche gab es Probleme mit der Bahn, und ich hatte Marlena angeboten, sie nach Hause zu bringen. Marlenas Mutter machte mir einen Tee mit Honig und Zimt. Während ich trank, betrachtete sie mich argwöhnisch. »Woher kommen Sie?«

»Aus Warschau«, sagte ich. Es war eine Notlüge, um die endlose Geschichte zu umgehen, aus der mein Leben bestand.

»Ich hasse Warschau«, sagte Marlenas Mutter.

»Ich auch.«

»Aber Sie kommen doch daher, oder nicht?«

»Ja«, sagte ich und nahm noch einen Schluck Tee.

»Und, arbeitet Marlena hart?«

»Sehr hart.«

»Hat sie von mir.«

Marlena kaute an den Nägeln und schaute geniert aus dem Fenster. Ihre Mutter gab ihr einen Klaps. »Lass das«, sagte sie. »Wegen dir fährt alles zur Verdammnis.«

Marlena musterte ihre Mutter mit einem harten Blick. »Das habe ich dann bestimmt auch von dir«, sagte sie und stand auf.

»Sitzen bleiben!«, rief ihre Mutter. »Wir haben Besuch.«

Doch Marlena ging.

Ich wollte auch aufstehen, aber Marlenas Mutter ermahnte mich zu bleiben. »Der darf man nicht hinterherlaufen«, sagte sie. »Davon trägt sie die Nase nur noch höher.«

Ich meinte, ich müsse dringend zurück. »Ja, ja«, sagte sie. Ich bedankte mich für den Tee.

Draußen auf dem Hof stand Marlena und warf den Hühnern Gemüseabfälle zu. Sie rannten jedem Bissen hinterher. »Soll ich dich morgen Nachmittag abholen?«, fragte ich.

»Lieber nicht«, meinte sie. »Meine Mutter kann fremden Besuch nicht leiden.«

Ich hatte Mühe, mich an den genauen Weg zu erinnern. Durch den Schnee sah die Landschaft völlig anders aus. Auch viele Straßen hatten sich in der Zwischenzeit verändert. Mit der Landkarte auf dem Schoß versuchte ich die Strecke so gut wie möglich zu finden. Außer einigen Anweisungen wie links, rechts und im Kreisel geradeaus, sprachen Andries und ich kein Wort. Wir befanden uns in der Nähe des Weilers, wo Marlena aufgewachsen war. Ich erkannte den kleinen Supermarkt wieder, wo ich damals auf der Rückfahrt angehalten hatte, um einen Donut zu kaufen. »Da«, sagte ich, »wo der rote VW steht. Da ist es. Sehen Sie ihn?« Andries bremste und sah sich nach einer Stelle um, wo er den Mercedes parken konnte. Überall an der Straße türmten sich hohe Schneewehen. Es wäre keine gute Idee, dort mit dem Auto hineinzufahren. Ich zeigte auf die Einfahrt vor einer Scheune, etwas weiter entfernt. »Da können Sie ihn hinstellen.«

Kurz bevor ich aus dem Auto stieg, packte Andries mich am Arm. »Stan ist mein Sohn«, sagte er. »Ich will, dass Sie das wissen. Vor dem Gesetz mein Sohn. Ich bitte Sie nicht darum, mich zu unterstützen, aber ich kenne meine Rechte. Ich will es nur gesagt haben.«

Andries ließ meinen Arm los und öffnete die Tür. Kurz darauf pflügten wir gemeinsam durch den Schnee. Andries starrte zu Boden, die Hände tief in den Taschen vergraben und den Blick nach innen gewandt. Ich fragte mich, wie Stan wohl reagieren würde, wenn er ihn sah.

Der Hof war von einer Betonmauer umgeben, deren Eisentor krachend ins Schloss fiel. Von dem Geräusch fuhr ich zusammen. Ein kleiner Holzschuppen auf dem Hof stand offen, und im Vorbeigehen sah ich einige Gartengeräte. Eine Schubkarre lehnte mit den Griffen nach oben am Schuppen, daneben standen runde Holzpfosten, die mit einer Schneeschicht bedeckt waren.

Andries ließ mir den Vortritt, und als ich klingelte, schlugen zwei Hunde an. Mittlerweile war es fast halb zwölf. Eine fahle Sonne schien durch ein hellgraues Wolkenfeld. Andries und ich warteten. Niemand öffnete. Ich klingelte noch einmal. Wieder bellten die Hunde. Nach ein paar Minuten öffnete Marlenas Vater die Tür. Er sah so alt aus, dass ich mich neben ihm jung fühlte. Misstrauisch sah er uns an.

»Wir suchen Marlena«, sagte ich.

Marlenas Vater schaute abwechselnd von mir zu Andries.

»Wir dachten, sie wäre vielleicht hier.«

»Sie sind doch Szymon, nicht wahr?«

Ich nickte.

»Und das?« Marlenas Vater zeigte auf Andries.

»Das ist ein Freund«, sagte ich.

Marlenas Vater trat einen Schritt zurück und schaute um sich.

»Ist sie hier?«, fragte ich.

Er antwortete nicht.

»Bist du dir sicher, dass er nicht vom Krankenhaus ist?«, fragte er und zeigte erneut auf Andries.

»Vom Krankenhaus?«

»Beim letzten Mal haben sie meine Frau mitgenommen«, sagte er. »Und jetzt ist sie tot.«

»Das tut mir leid«, erwiderte ich. »Aber ich kann Ihnen versichern, dass dieser Mann nicht vom Krankenhaus ist.«

»Ist sie hier?«, fragte Andries. Ich bat Andries, noch einen Moment still zu sein. Marlenas Vater sah ihn erschrocken an.

»Er spricht eine andere Sprache.«

»Er kommt aus Holland«, sagte ich.

»Aus Holland?«

»Ist Marlena hier?«, fragte ich.

»Ja, ja, sie ist hier, aber das darf ich nicht sagen, also sage ich es nicht. Siehst du das Fenster da?« Er zeigte nach oben. »Da, da ist sie geboren. Meine Frau wollte ins Krankenhaus, aber es ging so schnell. Also ist sie da geboren.«

Er zeigte wieder auf das Fenster. Ich spürte, dass Andries sich neben mir unruhig hin und her bewegte.

»Dürfen wir vielleicht kurz hereinkommen?«, fragte ich.

Marlenas Vater schüttelte den Kopf.

»Papa«, hörte ich eine Frauenstimme aus dem Hintergrund, »ist alles in Ordnung?«

Es war Irena, Marlenas Schwester. Sie trug eine schwarze Strickjacke, die bis obenhin zugeknöpft war. Sie erkannte mich sofort. »Szymon«, sagte sie, kam auf mich zu und gab mir einen Kuss auf die Wange.

»Ist sie hier?«, fragte ich Irena.

Irena nickte. »Sie will dich nicht sehen.«

»Ich komme nicht in eigener Sache«, meinte ich. »Ich komme seinetwegen.« Ich nickte zu Andries, der die rechte Hand aus der Jackentasche zog und ihr hinhielt. Irena nahm sie nicht.

»Wer ist das?«

»Marlenas Mann. Stans Vater.«

»Stans Vater?«

»Stans gesetzlicher Vater, ja. Ist er hier?«

»Er ist mit Tadeusz im Kino«, sagte Irena.

»Und Marlena?«

Irena drehte sich um. »Komm mit.«

»Wollen Sie mich jetzt auch abholen?«, sagte Marlenas Vater zu Andries. Der sah mich fragend an.

237

»Sie ist hier«, erklärte ich. »Aber Stan ist mit seinem Cousin im Kino.«

Ich zog Andries am Arm an Marlenas Vater vorbei ins Haus. Im Flur zog ich die Stiefel aus. Andries sah seine braunen Lederschuhe an, die bis weit über die Spitzen nass vom Schnee waren. Sie sahen neu aus.

»Sie können sie ruhig anbehalten«, sagte ich.

Auf Socken ging ich hinter Irena her in die Küche. Andries folgte langsam.

Marlena saß mit rotgeweinten Augen und bläulichen Augenringen am Küchentisch. Vor ihr lagen die Fotos, die Natan geschickt hatte. Sie schob sie schnell zusammen, als sie mich sah, und wandte den Kopf ab.

»Ich weiß, dass du mich nicht sehen willst«, sagte ich, »aber ich habe dir jemanden mitgebracht.«

Ich ging zur Seite, damit sie Andries im Türrahmen sah.

»Hallo Marlena«, sagte Andries. Er nahm die Hände aus den Taschen und trat in die Küche. Seine Arme hingen unbeholfen an seinem Körper herunter. Marlena stand auf und wollte durch die Hintertür nach draußen laufen.

»Renn jetzt nicht weg«, sagte ich.

Marlena blieb stehen.

»Was willst du hier?«, fragte sie Andries.

»Ich komme wegen Stan«, erwiderte er.

»Stan ist nicht da.«

»Ich will ihn sehen. Er ist mein Sohn.«

»Stan ist nicht dein Sohn.«

»Stan ist mein Sohn.«

»Nein«, sagte Marlena. »Stan ist sein Sohn.« Sie warf ein Foto von Natan auf den Tisch. »Und wenn er sich nicht eingemischt hätte«, sie deutete auf mich, »wäre ich jetzt mit ihm verheiratet und nicht mit dir.«

»Das ist nicht seine Schuld, Marlena«, warf ich ein.

»Hundertzwölf Blätter«, sagte sie zu mir. »Hundertzwölf Blätter und auf allen steht die Frage: Warum lässt du nichts von dir hören? Erreichen dich meine Briefe nicht? Erzähl mir, wo du bist, was du tust, gibt es einen anderen? Auf allen steht: Ich liebe dich, ich will dich heiraten, vergib mir, dass ich nicht ehrlich war, meine Liebe zu dir ist echt. Hundertzwölf Seiten.«

Ich sah zu Boden.

»Vielleicht setzen wir uns alle hin«, meinte Irena. »Dann koche ich einen Tee.«

»Nein«, sagte Marlena.

»Ich bin vielleicht kein guter Mann für dich gewesen«, sagte Andries. »Aber ich bin ein guter Vater. Und ich habe das Recht, Stan zu sehen. Vor dem Gesetz bin ich sein Vater.«

»Es geht nicht um dich«, sagte Marlena.

Andries lief rot an. Seine Fäuste waren geballt, und ich befürchtete, er würde sich auf Marlena stürzen.

»Setzen wir uns«, sagte ich zu Andries und drückte ihn auf einen Stuhl. Ich setzte mich neben ihn. »Tee ist eine gute Idee«, sagte ich zu Irena.

Während sie Wasser in den Teekessel laufen ließ und ihn auf den Herd stellte, starrte Marlena unbewegt nach draußen.

»Er ist tausendvierhundert Kilometer gefahren, um Stan zu sehen«, sagte ich zu ihr. »Willst du ihm das jetzt verbieten?«

»Vielleicht mischst du dich mal einfach nicht ein«, erwiderte sie und sah wieder nach draußen.

»Warum hast du mich eigentlich geheiratet?«, fragte sie Andries plötzlich. Er sah überrascht auf.

»Ich?«

»Ja, du. Ich war von einem anderen Mann schwanger.

Warum hast du mich nicht auf die Straße gesetzt oder zurückgeschickt? Jeder andere Kerl hätte das getan.«

Andries schaute zu mir. Ich zuckte die Schultern.

»Na?« Sie sah Andries eindringlich an.

»Ich weiß nicht«, sagte Andries.

»Du machst dich lächerlich, Marlena«, sagte ich. »Willst du jetzt auf einmal ihm die Schuld geben? Ich verstehe ja, dass du wütend auf mich sein willst, aber auf ihn? Das ist völlig idiotisch.«

»Du glaubst, dass ich wütend sein *will*?«, fragte Marlena.

»Er hat dich aufgenommen, er hat dein Kind aufgenommen. Nein, viel mehr als das, er hat dein Kind aufgezogen, als wäre es sein eigenes, sein eigener Sohn. Und jetzt wirfst du ihm vor, dass er das alles getan hat?«

»Du glaubst, dass ich wütend sein *will*?«, wiederholte Marlena.

»Ja«, sagte ich. »Ja, ja, ja.«

Marlena lachte auf. »Du willst also sagen, dass ich dazu nicht den geringsten Grund habe?«

»Vielleicht habe ich einen Fehler gemacht«, gab ich zu.

»Vielleicht? Sagst du vielleicht?«

Andries stand unvermittelt auf, die Fäuste immer noch geballt.

»Ich will nur sagen, dass ich vor dem Gesetz der Vater von Stan bin und dass ich das Recht habe, ihn zu sehen«, sagte er laut. Dann setzte er sich wieder. Wir sahen ihn alle verblüfft an. Einen Moment war Ruhe.

»Weißt du, was ich am liebsten täte?«, fragte Marlena. »Ich würde am liebsten auf die Wiese laufen, dann weiter in den Wald und irgendwo mit einer Axt einen Baum umhacken. Am liebsten einen richtig großen, der dann mit furchtbarem Krach umfällt, sodass man das Krachen seiner Äste hört und das Krachen der anderen Bäume, die er in seinem Fall mitnimmt. Gott, was täte ich das gern. Zack, zack, zack!« Sie ahmte die Bewegung einer Axt nach.

»Vielleicht solltest du das einfach tun«, meinte Andries.

»Ja, vielleicht sollte ich das einfach tun«, sagte Marlena und lief durch die Hintertür hinaus in den Schnee. Andries stand auf und wollte ihr folgen.

»Lass sie doch«, meinte ich und erhob mich.

»Nein«, sagte Andries und ging hinaus.

Irena und ich sahen uns an.

»Ich habe nicht ganz verstanden, um was es eben ging«, sagte sie.

»Sei froh.«

Irena stellte die Teekanne und ein paar Tassen auf den Tisch und setzte sich. »Möchtest du auch?«, fragte sie und schenkte sich ein.

»Gern«, antwortete ich und sah nach draußen. Andries war zu Marlena gerannt und hatte sie am Arm gepackt. Marlena riss sich los. Andries blieb stehen. An seinem Gestikulieren war zu erkennen, dass er auf Marlena einsprach. Sie stand da, ihm halb zugewandt, sah ihn allerdings nicht an.

»Setz dich doch, Szymon«, sagte Irena, doch ich blieb stehen.

Ich sah, wie Marlena zwei Schritte auf Andries zuging. Sie warf den rechten Arm einige Male in die Luft. Es war merkwürdig, Marlena und Andries zuzusehen, ohne zu wissen, worum es ging. Natürlich konnte ich erraten, dass sie über Stan redeten. Und darüber, dass Andries Rechte hatte. Vor dem Gesetz. Ich praktizierte schon sehr lange nicht mehr als Anwalt, doch ich wusste noch genau, welche Rechte das waren. Und Andries kannte sie auch. Ich bekam ein flaues Gefühl im Magen.

Irena gab mir eine Tasse Tee und stellte sich zu mir.

»Meine Mutter hat Marlena immer einen Albtraum genannt. ›Deinetwegen kann ich nicht schlafen‹, hat sie immer gesagt.«

»Marlena ist eine großartige Frau«, sagte ich.

Irena sah mich von der Seite an, und ich spürte, dass ich rot wurde. Sie hatte es garantiert auch bemerkt, doch sie hielt den Mund, Gott sei Dank.

Als Marlena wieder zur Hintertür hereinkam, brachte sie eine Kältewelle mit. Kurz darauf folgte Andries. Er blieb in der Tür stehen, als wollte er verhindern, dass Marlena wieder einen Fluchtversuch unternahm. Seine Ohren waren rot von der Kälte. Marlena lehnte sich an die Anrichte. »Ist etwas?«, fragte sie und sah mich an.

»Marlena, jetzt hör endlich auf«, sagte Irena scharf. »Setz dich hin. Da steht Tee.« Sie deutete mit dem Kopf zum Tisch. Marlena nahm einen Stuhl und setzte sich so weit wie möglich von mir weg.

»Und du auch«, sagte Irena zu Andries.

Andries sah mich fragend an.

»Sie sagt, Sie sollen sich hinsetzen.«

»Ich stehe hier gut«, erwiderte Andries.

»Setz dich hin, Andries«, sagte Marlena jetzt.

»Oh, na gut.«

Andries setzte sich. Irena goss Tee in eine Tasse und schob sie ihm hin.

»Er will Milch in den Tee«, sagte Marlena. Sie ging zum Kühlschrank, nahm eine Milchflasche und stellte sie vor Andries auf den Tisch.

»Danke«, sagte er.

Marlena setzte sich wieder. Eine ganze Weile herrschte Schweigen. Das einzige Geräusch, das ich hörte, war das Ticken des Löffels, mit dem Andries die Milch in seinen

Tee rührte. Als er den ersten Schluck nahm, erzählte Irena, dass sich gestern eine Ente am Küchenfenster totgeflogen hatte. Ihr Vater hatte es gesehen und war nach draußen gerannt, in den Schnee, auf nackten Füßen. Er hatte versucht, die Ente wieder zum Leben zu erwecken, indem er ihr Schnee über den glänzend grünen Kopf rieb. Natürlich war es ihm nicht gelungen.

Ich musste an die Enten im Teich neben der Kirche denken. Letzte Woche hatte ich sie gemeinsam mit Stan gefüttert. Der Teich war schon teilweise zugefroren, doch in der Mitte war noch ein großes Loch, in dem einige Enten herumschwammen. Stan und ich hatten ihnen Brotstückchen zugeworfen. Die Enten quakten und schnatterten laut. »Schau«, sagte ich und zeigte auf den Enterich, »das ist der dickste, also ist er der Chef.« Wir sahen ihm zu, wie er von einer Ente weggejagt wurde. »Und das ist bestimmt seine Frau«, fügte ich hinzu.

Etwas weiter entfernt stand eine alte Dame. Aus ihrer weißen Plastiktüte holte sie kleine runde Brötchen, die sie den Enten im Ganzen zuwarf. Ein Brötchen blieb auf dem Eis liegen, und drei Enten rannten darauf zu.

»Wir haben Konkurrenz«, meinte ich zu Stan. »Sollen wir mal gucken, wer gewinnt?« Ich warf eine ganze Brotscheibe aufs Eis. Die Enten eilten flügelschlagend zu unserer Seite. Die alte Frau schaute zu uns herüber. Ich grüßte, doch sie wandte sich brummend ab.

»Bestimmt ein schlechter Verlierer«, sagte ich. Endlich sah ich ein Lächeln auf Stans Gesicht. Es fühlte sich an wie ein Sieg.

Ich schrak aus meinen Gedanken, als die Haustür aufging und Tadeusz etwas zu Stan sagte. Andries stand sofort auf, das Gesicht zur Tür gewandt. Seine Hände steckten in den hinteren Hosentaschen. Marlena blieb am Tisch sitzen. Tadeusz betrat die Küche, und Stan folgte ihm mit einem Ausmalbild von Pokémon in der Hand. Als er Andries sah, blieb er stocksteif stehen. Sein Bild ließ er fallen. Stan schaute zu Andries und dann zu Marlena. Sie nickte. Es dauerte eine Ewigkeit, bis Stan langsam auf Andries zuging. Als er fast bei ihm war, schlang Andries die Arme um ihn und kniff die Augen fest zu, um seine Tränen zu verbergen. Nach einer Weile umarmte Stan auch Andries. Der hob ihn hoch. »Mein Junge«, sagte er.

Stan schwieg. Er hielt sich mit beiden Händen an Andries' Pullover fest. »Hast du mich vermisst?«, fragte Andries. Stan ließ den Pullover los und sackte ein Stück nach unten. Andries zog ihn hoch und hielt ihn fester. Plötzlich schlug Stan mit den Fäusten auf Andries ein. »Na«, sagte Andries. Stan schlug weiter. »Na«, sagte Andries wieder und stellte Stan auf den Boden. Er rannte sofort zu Marlena und versteckte sich halb hinter ihrem Rücken. Andries war verblüfft. Ich war verblüfft. Irena war verblüfft. Tadeusz war verblüfft. Sogar Marlena war verblüfft. Mit einem solchen Wiedersehen hatte niemand gerechnet.

## 8

Andries war außer sich. Ich saß neben ihm im Auto und sah, wie er sich ständig mit dem Handrücken die Nase abwischte. Hinter uns saßen Marlena und Stan.

Nach Stans unerwarteten Schlägen hatte niemand gewusst, was zu tun war. Schließlich hatte Irena das Schweigen gebrochen und Tadeusz gefragt, wie es im Kino gewesen sei. Das Pokémon-Bild hatte sie vom Boden aufgehoben und auf den Tisch gelegt. Zögernd erzählte Tadeusz von dem Film und schaute dabei abwechselnd zu Andries, Marlena und mir. Er hatte keine Ahnung, was los war. Die ganze Zeit war Stan hinter Marlena stehen geblieben.

Sie hatte ihm über den Rücken gestreichelt und gesagt, sie müsse kurz mit Andries reden. Die beiden gingen ins Wohnzimmer.

Während ihres Gesprächs saß ich mit Stan, Irena und Marlenas Vater in der Küche. Tadeusz hatte sich aus dem Staub gemacht. Ich fragte Stan, ob er heute schon Torte gegessen habe. Er schüttelte den Kopf. »Sollen wir dann gleich nach Hause fahren? Da steht eine ganz tolle Torte, erinnerst du dich?« Irena fragte Stan, was das für eine Torte sei, und er antwortete: »Grün.« Sie sah mich an. Ich nickte. »Giftgrün.« »Hauptsache, sie schmeckt nicht giftgrün«, meinte Irena. Marlenas Vater döste in seinem Sessel. Das Kinn sackte ihm immer tiefer auf die Brust, und wenn es dort angekommen war, schrak er kurz auf, um einige Minuten später wieder einzunicken. »Komm, Papa, ich bringe dich ins Bett«, sagte Irena. »Zeit für deinen Mittagsschlaf.« Sie half ihrem Vater beim Aufstehen. Er schwankte. Stan kam ihr zur Hilfe. »Komm«, sagte Irena, »wir bringen ihn zusammen ins Bett.« Mit beiden Händen schob Stan seinen Großvater vorwärts. Ich blieb alleine zurück. Auf dem Tisch lag immer noch das Foto von Natan. Wie hätte ich ahnen können, dass er in der Lage sein würde, mein Leben komplett auf den Kopf zu stellen.

Ich erinnere mich noch gut an das erste Mal, als ich Natan sah. Er war erst eine Woche alt, und alle waren begeistert von seiner Schönheit. Ich war gerade in Amerika angekommen und wohnte bei Tante Freeda, die mich stolz zu ihrem ersten Enkel mitschleppte. Sie fragte, ob ich Natan festhalten wolle. Ich wollte lieber nicht, weil ich Angst hatte, ihn fallen zu lassen, doch bevor ich ein Wort sagen konnte, lag er schon in meinen Armen. Er war schwerer, als ich dachte. Micha schaute mich lachend an. Er war unheimlich stolz auf seinen Sohn. »Steht dir gut«, sagte er. »Ja, ja, ja«, brummte ich und gab Natan schnell meiner Tante zurück. »Er beißt nicht«, lachte Micha. »Nein, nein, garantiert nicht«, grinste ich.

Natürlich hatte ich mich gefreut, als Natan Jahre später bei mir in Polen auftauchte. Basia und ich hatten ihn mit offenen Armen empfangen, als er nur mit einem Rucksack am Flughafen von Warschau ankam. Völlig aus dem Häuschen hatte er uns begrüßt und auf der Heimfahrt bestimmt hunderttausend Fragen gestellt. Basia lachte über seine Neugier. Es war das erste Mal, dass Natan das Land seiner Großeltern besuchte, und er wollte tief in seine Herkunft eintauchen. »Hast du dir das gut überlegt?«, fragte ich besorgt. »Ja«, antwortete er feierlich, »ich glaube daran, dass man seine Geschichte kennen muss.« Ich lächelte. »Du nicht?«, fragte Natan. »Ich versuche der Geschichte lieber auszuweichen«, erwiderte ich. Als ich sein Foto betrachtete, wurde mir klar, dass mir das nicht wirklich gelungen war.

Auf der Heimfahrt wich Marlena meinen Blicken aus. Seit ihrem Gespräch mit Andries hatten wir kaum ein Wort gewechselt. Sie saß auf dem Rücksitz und schaute hinaus. Es hatte aufgehört zu schneien, und in den Wolken zeigten sich kleine blaue Löcher. Nach einer Weile fragte Marlena, wie es Andries, wie es auf dem Hof ging.

»Prima«, sagte er.

Er schaute Stan während der Fahrt immer wieder im Rückspiegel an. Er hatte ihn schon mehrmals etwas gefragt, doch Stan gab keine Antwort.

»Letzte Woche sind wieder zwei Kälber geboren worden«, sagte er. Kurz schnellte Stan hoch. »Ein Mädchen und ein Junge«, sagte Andries. »Richtig gute. Und Boele hat wieder einen Fußball kaputtgebissen. Von Jos und Arend. Ich habe ihnen einen neuen gekauft. Sie fragen mich oft, wann du zurückkommst.«

Stan sah Marlena an.

»Ich habe mit deinem Papa abgemacht, dass du in den Weihnachtsferien zu ihm fährst«, sagte sie. »Wenn du das willst, natürlich.« Ich drehte mich überrascht um. Marlena mied meinen Blick.

»Hast du Lust?«, fragte Andries. Stan nickte zögernd. Ich sah, wie um Andries' Mund ein Lächeln auftauchte.

»Aber du kommst doch wieder zurück, oder, Stan?«, fragte ich.

»Natürlich«, sagte Marlena und zog Stan an sich.

Die grüne Baisertorte stand immer noch in dem Karton mit der goldenen Schleife im Kühlschrank. Vorsichtig schob ich sie auf eine runde Glasplatte und stellte sie auf den Tisch, zusammen mit der eingepackten Armbanduhr, die Stan und ich gestern für Marlena gekauft hatten. Marlena packte die Uhr aus und murmelte einen Dank, ohne mich anzusehen. Sie band die Uhr nicht um. Beim Essen schaute Stan die ganze Zeit zu Andries hinüber, der unaufhörlich Geschichten vom Bauernhof erzählte. Stans Schweigen schien ihn nicht zu stören. Ich fragte mich, ob Marlena ihm gesagt hatte, dass Stan die letzten anderthalb Jahre kein Wort gesprochen hatte, oder ob sie es sorgfältig geheim halten wollte in der Hoffnung, sein vorsichtiges Sprechen würde sich in den nächsten Tagen fortsetzen.

»Darf ich noch ein Stück?«
Marlena sah überrascht auf.

»Willst du noch ein Stück, mein Junge?«

Stan nickte. Marlena schob ihm noch ein Stück Torte auf den Teller.

»Schmeckt es dir?«, fragte Andries.

Stan nickte wieder.

»Stan ist ein Schleckermaul«, lächelte ich.

»Süßigkeiten und Lakritze«, sagte Andries.

»Süße Lakritze«, triumphierte Stan und grinste Andries und mich an.

»Ich habe Lakritze im Auto«, sagte Andries. »Magst du?«

»Ja«, rief Stan begeistert.

»Dann hole ich sie dir.« Andries stand auf. »Oder kommst du mit?«

Stan sprang auf und zog Andries am Ärmel in den Flur. Kurz darauf hörten wir die Tür aufgehen und wieder zuschlagen. Marlena und ich saßen allein am Tisch.

»Was habt ihr besprochen?«, fragte ich.

»Nichts.«

»Geht er mit Andries zurück?«

»Nein, natürlich nicht.«

»Aber im Auto sagte Andries …«

»Nur in den Ferien«, meinte Marlena.

»Und du hast keine Angst, dass …«

»Nein«, schnitt mir Marlena das Wort ab.

»Und du?«, fragte ich.

»Was, ich?«

»Was machst du?«

»Nichts. Ich mache nichts.«

»Und mit Natan?«

Marlena öffnete die Schachtel und nahm die Uhr heraus.

»Du weißt, dass er mittlerweile verheiratet ist?«, fragte ich.

Marlena nickte, legte die Uhr um und betrachtete sie.
»Sie geht genau richtig.«
»Gehst du zu ihm?«
»Vielleicht«, sagte Marlena. »Vielleicht auch nicht.«
Ich seufzte tief.
»Es ist vorbei, Szymon. Natan und ich, das ist vorbei.«
»Und Andries?«
»Wir lassen uns scheiden, erinnerst du dich?«
»Das ist also auch vorbei.«
»Ja.«
Ich schwieg. Ich wollte fragen: Und wir? Aber ich fürchtete ihre Antwort.
»Du bleibst also hier?« Ich zögerte einen Moment. »Bei mir?«
Marlena sah mir ins Gesicht. »Ich glaube kaum, dass man das so sagen kann.«
»Wie dann?«
Marlena schwieg. Ich breitete die Arme aus und zeigte um mich.
»Was dich betrifft, ist das also auch vorbei?«
»Du sollst nicht so drängeln, Szymon.«
»Ich stelle eine Frage, ich stelle einfach eine Frage«, sagte ich und warf die Kuchengabel auf den Teller.
Marlena hob die Augenbrauen. »Ich weiß es einfach nicht, Szymon. Gut?«
Ich seufzte tief und nickte langsam. »Gut.«
Stan kam wieder in die Küche gerannt, in jeder Hand eine Tüte Lakritze.
Andries folgte keuchend und mit roten Wangen.
»Wir haben eine Schneeballschlacht gemacht«, sagte er.
Stan lief zu Marlena und kroch ihr auf den Schoß.
»Papa hat zwei Tüten Lakritze mitgebracht. Eine ge-

mischte und eine mit Münzen.« Er riss eine der Tüten auf.

»Erst deinen Kuchen aufessen«, sagte Marlena.

Stan schmollte. Andries zog ein kleines viereckiges Päckchen aus der Jackentasche und legte es vor sie auf den Tisch.

»Zum Geburtstag«, sagte er.

Marlena schaute auf.

»Das wäre doch nicht nötig gewesen.«

Sie nahm das Päckchen und drehte es in den Händen. Es war in Papier mit goldenen Streifen verpackt, und auf der Oberseite klebte eine weiße Stoffblume mit einem Aufkleber des Geschäfts, aus dem es stammte.

»Schön eingepackt«, sagte sie. »Soll ich es jetzt auspacken?«

Sie fragte, als hoffte sie, Andries würde nein sagen.

»Wie du willst«, meinte er.

»Mach es schon auf«, sagte ich.

Marlena löste die Stoffblume von dem Päckchen und legte sie auf den Tisch. Vorsichtig zog sie das Klebeband ab. Sie versuchte, das Papier nicht zu zerreißen. Zum Vorschein kam eine dunkelrote, flache Schmuckschatulle. Marlena zog eine silberne Kette mit einem Anhänger heraus, dessen Form ich nicht erkannte.

»Es ist ein Hund«, sagte Andries. »Na ja, es ist kein Hund, sondern das chinesische Zeichen für einen Hund. Die Frau im Laden sagte, dass du nach dem chinesischen Horoskop ein Hund bist.«

Er schwieg. »Ich hoffe, es gefällt dir«, sagte er dann.

Marlena betrachtete den Anhänger. »Danke.«

Andries brummte etwas und sah zu Boden.

»Würdest du sie mir umlegen?«

Er hielt die Kette in seinen groben Händen mit den schwarzgeränderten Nägeln. Nach einer Weile gelang es ihm, den Verschluss zu öffnen. Er ging leicht in die Knie, während Marlena ihre langen Haare im Nacken hochhielt. Andries musste etwas herumbasteln, doch dann war der Verschluss wieder zu.

»Fertig«, sagte er.

Marlena ließ die Hand sinken und schüttelte ihr Haar wieder über die Schultern.

»Gefällt es dir?«, fragte sie Stan.

Stan nickte.

Andries setzte sich an den Tisch. Stan ließ ihn nicht aus den Augen, und je später der Abend wurde, desto näher schob er sich an ihn heran. Schließlich saß er auf seinem Schoß und schlief dort fast ein. Andries fragte, ob er Stan ins Bett bringen dürfe. Marlena nickte. Ich war überrascht, denn normalerweise war das meine Aufgabe. Andries trug Stan nach oben. Marlena ging mit ihm. Kurz darauf hörte ich sie im Badezimmer reden. Während Marlena und Andries oben waren und Andries zweifellos bei Stan auf der Bettkante saß, ging ich nach draußen. Der Himmel war wieder ganz klar, und über mir stand ein dicht besäter Sternenhimmel. Ich fühlte mich alt und überflüssig. Und das Gefühl war vielleicht sogar das schlimmste von allem. Der Gedanke, dass ich nichts zur Sache tat, sondern am besten gemieden wurde.

Marlena kam mit einer Decke nach draußen und legte sie mir um die Schultern. »Du darfst dich nicht erkälten.« Sie blieb neben mir stehen und schaute auch hinauf.

»Kannst du mir vergeben?«, fragte ich nach einer Weile.

»Das weiß ich nicht.«

Ich wandte ihr das Gesicht zu. Marlena schaute immer noch nach oben.

»Mein Opa hat mir früher erzählt, dass jeder Stern für einen Toten steht«, sagte sie. »Er meinte, die Toten würden auf uns herabschauen, jede Nacht, um uns daran zu erinnern, was wir alles falsch gemacht haben.«

»Wie furchtbar.«

»Ja«, sagte Marlena. »Mein Opa war ein furchtbarer Mann. Aber das wusste ich nicht. Erst Jahre nach seinem Tod habe ich erfahren, was er getan hatte.«

»Und hast du ihm vergeben?«

»Ich glaube nicht, dass das meine Aufgabe ist.«

Ich schaute wieder nach oben. »Meine Mutter hat immer gesagt, ein Mensch sei dafür geschaffen, weiterzumachen. Nicht, um sich umzuschauen. Denn wenn das so wäre, hätten wir unser Gesicht auf dem Hinterkopf.«

Marlena drehte sich zu mir um.

»Ich weiß genau, was du sagen willst«, sagte ich.

»Das weißt du nicht«, erwiderte Marlena.

Ich zuckte die Schultern, zog die Decke fester um mich und drehte die Enden um meine Hände. Sie fühlten sich kalt und steif an. Es war an der Zeit, eine Entscheidung zu treffen. Irgendeine, egal welche. Ich versuchte nachzudenken, wusste jedoch nicht worüber.

»Ich weiß, du wirst mich nie lieben«, sagte ich zu Marlena, ohne sie anzusehen. »Aber ich liebe dich. Und ich weiß, dass es lächerlich ist, aber vielleicht ist es das, was ich nach all den Jahren endlich gelernt habe: Liebe ist lächerlich. Die Liebe macht mich lächerlich. Und wenn das so ist, muss ich lernen, damit zu leben.«

Eine Weile war es still. Ich merkte, dass ich den Atem anhielt.

»Du bist nicht lächerlich, Szymon.« Marlena legte die Hände auf meine Schultern und zog die Decke dichter um mich.

»Das nennen sie Geschichte«, sagte ich. »Das, was wir hier machen, das nennen sie Geschichte.«

»Ich hasse Geschichte«, sagte Marlena.

»Auch wenn es deine eigene ist?«
Sie schwieg.
»Ich weiß, dass du nicht weißt, was du jetzt tun sollst«, sagte ich. »Ob du hierbleibst oder gehst. Aber ich will, dass du weißt, dass ich nirgendwo hingehe. Ich bleibe hier, an diesem Ort und nirgendwo sonst.«
Marlena lehnte kurz den Kopf an meine Schulter.
»So etwas kannst du nicht sagen«, meinte sie.
»Aber ich sage es. Ich sage es jetzt.«
»Komm jetzt mal mit rein. Wenn du noch lange hier draußen stehen bleibst, erkältest du dich.« Marlena drehte sich um und ging. Ihre Schritte knirschten im Schnee. Ein Lastwagen fuhr vorbei. Er hatte das Fernlicht angeschaltet. Ich hörte, wie der Schnee unter seinen Reifen zu Matsch gefahren wurde. Ich ging wieder hinein ins Zimmer, wo Andries am Tisch saß. Vor ihm stand eine Flasche Bier.
»Willst du auch eins?«, fragte Marlena.
»*Nastrovje*«, sagte Andries und hob die Flasche.
»Soll es morgen wieder schneien?«, fragte er Marlena.
Sie hob die Schultern. »Sie haben es nicht vorhergesagt«, meinte sie, »aber man kann nie wissen.«

Jana Hensel
# Keinland
Ein Liebesroman

196 S., geb., Schutzumschlag
20,00 € (D); 20,60 € (A)
ISBN 978-3-8353-3067-2
auch als E-Book

*»Die sensible Bilanz einer
Herzensangelegenheit – mit Sätzen,
die im Kopf hängenbleiben«*

Börsenblatt, 14.6.2017

www.wallstein-verlag.de